KJB

Cristina Chiperi

MEIN DILEMMA BIST DU!

Aber du bist meine Welt

Aus dem Italienischen
von Ulrike Schimming

KJB

FSC
www.fsc.org
MIX
Papier aus verantwortungsvollen Quellen
FSC® C083411

Erschienen bei FISCHER KJB

Im Italienischen erschienen unter
dem Originaltitel ›My Dilemma is you! 2‹

Satz: Dörlemann Satz, Lemförde
Druck und Bindung: CPI books GmbH, Leck
Printed in Germany
ISBN 978-3-7373-4100-4

Ich danke all meinen Fans, eure Liebe und Unterstützung sind wundervoll!

1

Endlich bin ich wieder frei!

Eine Woche ist seit meiner »Flucht« nach Los Angeles vergangen, und heute darf ich zum ersten Mal wieder raus.

Das Klingeln des Weckers ist das schönste Geräusch der Welt, und ich freue mich unbändig auf diesen Tag. Zum einen kann ich es gar nicht erwarten, Cameron zu umarmen, zum anderen habe ich, seit ich zurück in Miami bin, immer nur in meinem Zimmer gehockt, weil noch Ferien waren. Doch heute fängt die Schule wieder an. Dass Mama und Papa mit dem zweiwöchigen Hausarrest, den sie mir angedroht haben, tatsächlich Ernst machen, hätte ich nicht gedacht. Aber sie ziehen es wirklich durch. Die ersten fünf Tage zu Hause, an denen ich gar nichts machen konnte, waren so was von deprimierend. Zum Glück ist Cam jeden Tag durch mein Fenster gestiegen und hat ein bisschen Zeit mit mir verbracht. Aber er ist immer nur kurz geblieben, denn wenn meine Eltern ihn erwischt hätten, wäre alles noch viel schlimmer geworden.

Ich verstehe ja, dass sie von meinem Verhalten enttäuscht sind, aber ich musste mich doch von meiner besten Freundin Cass verabschieden. Das halte ich für wichtiger als alle blöden Verbote auf der Welt und werde das auch weiter so sehen. Mama hat mir allerdings noch nicht verziehen, und so bald wird sie das wohl auch nicht tun.

Ich stehe auf und checke am Fenster erst einmal das Wetter, damit ich mich in Sachen Klamotten richtig entscheiden kann. Obwohl die Sonne scheint, ist es kühl. Also schlüpfe ich in ein Paar Leggins und einen dünnen Pullover.

Als ich aus dem Zimmer trete, läuft Kate mit ihrem Handy in der Hand durch den Flur.

»Guten Morgen, Schwesterchen. Gibt's was Neues von Hayes?«

»Nein«, sagt sie traurig.

Seit dem Skiurlaub ist Kate total panisch, weil Hayes ihr nicht mehr schreibt und sie auch kaum noch telefonieren. Es tut mir so leid für sie, und ich würde wirklich alles tun, damit sie wieder lächelt.

»Rede heute in der Schule doch mal mit ihm«, sage ich.

»Und wenn er dann denkt, dass ich so eine Klette bin wie die anderen?«

»Du hast ein Recht darauf zu erfahren, was los ist. Also mach dir keinen Kopf«, beruhige ich sie.

Kate nickt und lächelt gequält.

Nach dem Frühstück flitze ich nach draußen: Cameron lehnt an seinem Wagen und starrt auf sein Phone. Er wartet auf mich! Mein Herz schlägt mit einem Mal dreimal so schnell.

Seit dem Tag, an dem wir uns kennengelernt haben, sind die Dinge zwischen uns eigentlich ziemlich schräg gelaufen. Da ist es schon echt merkwürdig, dass sich unsere Beziehung so harmonisch entwickelt. Aber sie tut es tatsächlich. Hoffentlich geht das immer so weiter!

Ich laufe zu Cam und umarme ihn. Nur einen Tag habe ich ihn nicht gesehen, und doch kommt mir das schon wie eine Ewigkeit vor. Cam drückt mich an sich, und wie immer fühle ich mich in seinen Armen geborgen und vollkommen sicher. Ich trete einen Schritt zurück. Er nimmt mein Gesicht in beide Hände und haucht mir einen Kuss auf die Lippen. »Du hast mir gefehlt, Kleines.«

Ich stelle mich auf Zehenspitzen und küsse ihn ebenfalls. »Du mir auch«, flüstere ich.

»Wie lange wird deine Mutter dich denn noch bestrafen?«

»Ich weiß es nicht … Sie ist immer noch sauer auf mich, und ich glaube, das dauert noch eine Weile.«

Er zuckt mit den Schultern. »Dann steige ich also weiter durch dein Fenster bei dir ein.«

Ich lächle, obwohl mir mein gewohntes Leben ganz fürchterlich fehlt. Ich vermisse es, kommen und gehen zu können, wann ich will, und mich mit meinen Freunden zu treffen, vor allem mit Sam und Nash. Seit Silvester habe ich sie nicht mehr gesehen, wir haben nur gesimst. Ich will mein Leben zurück!

»Fahren wir, sonst kommen wir zu spät.« Ich öffne die Wagentür und steige ein. »Und bei dir? Alles okay?«, frage ich, während Cam den Motor anlässt und losfährt.

»Tja, meine Eltern halten unseren Trip nach L. A. immer noch für unverantwortlich und haben gedroht, dass sie mir das Auto wegnehmen. Aber am Ende lief alles doch so, wie ich es dir gesagt habe: Ich musste nur an ihr Schuldgefühl appellieren, und schon ist ihre Wut wie von Zauberhand verflogen.«

Ich gebe es zwar nur ungern zu, aber Cam hat recht: Es ist wirklich alles so gekommen, wie er es vorhergesagt hat.

»Und so ist die Liebe meines Lebens immer noch bei mir, wie du siehst.« Er zwinkert mir zu und streichelt das Armaturenbrett seines Wagens.

»Wie charmant! Danke, dass ich nach deiner Karre komme.« Ich verschränke die Arme vor der Brust und schmolle. Aber ich bin natürlich nicht wirklich sauer, denn er macht ja nur Spaß. Wie er wohl reagiert?

Cam legt eine Hand auf meinen Oberschenkel. »Ach komm … du weißt doch, dass du meine einzige Liebe bist.«

Ich strecke mich zu ihm rüber und drücke ihm einen Kuss auf die Wange. »Dieses Mal verzeihe ich dir.«

Er schenkt mir sein wunderschönstes Lächeln. Es ist so traumhaft, wenn er gute Laune hat. Jedes Mal, wenn er lächelt, bin ich total hin und weg, und mir ist, als wäre ich im Paradies.

Vor der Schule bekomme ich dann doch etwas Bauchschmerzen. Ich hatte verdrängt, dass noch keiner von unseren Freunden weiß, dass Cam und ich nun wirklich zusammen sind. Was sie wohl sagen werden? Vor allem Susan. Ich habe überhaupt keine Lust, dass es wieder wie vor den Ferien läuft, sie mich beleidigt und mir schreckliche Sachen an den Kopf wirft, während ich mich ständig verteidigen muss. Aber sobald sie von der Neuigkeit erfährt, geht sie mit Sicherheit an die Decke und macht mir das Leben zur Hölle.

»Alles klar bei dir?«, fragt Cameron.

Er parkt, und die ersten Schüler schauen zu uns rüber.

»Äh … ich glaube schon.« Wäre der Tag doch nur schon vorbei.

Er ergreift mein Kinn und dreht mein Gesicht so zu ihm, dass ich ihm in die Augen schauen muss. »Wenn du dir wegen Susan Sorgen machst, dann lass es. Sie kann dir nichts anhaben, solange ich bei dir bin. Ich werde alles tun, damit sie uns in Ruhe lässt, okay?« Er küsst mich. »Und jetzt los.«

Wir überqueren den Hof und schlängeln uns durch die Schüler, die auf das Läuten warten. Cam legt einen Arm um meine Schultern und zieht mich dicht an sich. Alle Blicke sind auf uns gerichtet. Das nervt mich total.

Ich bemerke Sam, Nash, Matt und Taylor. Sam dreht sich um, und als sie uns entdeckt, kommt sie zu mir und umarmt mich. Ich habe sie wirklich vermisst.

»Cris, du weißt gar nicht, wie du mir gefehlt hast! Nash

und ich wollten schon mit einem großen Protestplakat vor deinem Haus aufmarschieren. Sie können dich doch nicht ewig einsperren!«

Beim Gedanken an Mamas Reaktion auf eine Demo von Sam und Nash in unserem Garten muss ich lachen. Aber selbst so eine Aktion würde ihre Meinung höchstwahrscheinlich nicht ändern.

»In einer Woche ist ja hoffentlich alles wieder vorbei«, sage ich. »Komm. Die anderen warten schon.«

Wenn ich die Sam, die ich vor ein paar Monaten zum ersten Mal traf, mit dem strahlenden Mädchen vergleiche, das gerade vor mir steht, scheint sie ein völlig anderer Mensch zu sein: Sie ist offener, immer fröhlich und gern in Gesellschaft. Nur die langen Ärmel trägt sie immer noch. Ab und zu frage ich Cameron, ob er wieder Schnitte an ihren Armen entdeckt hat, aber jedes Mal versichert er, dass es keine neuen Wunden gibt.

Sam nimmt meine Hand, und wir gehen zu den anderen.

Nash kommt auf mich zu und umarmt mich. »Da ist ja die Gefangene!«

Ich lächle, dann sehe ich Matt und weiß plötzlich nicht mehr, was ich tun soll – ihn umarmen oder einfach nur grüßen?

»Hallo«, sage ich schließlich.

Er lächelt mir zu, bleibt aber auf Abstand.

Taylor hingegen tritt zu mir und nimmt mich in die Arme. Es ist so lange her, seit ich ihn das letzte Mal gesehen habe, und auch wenn wir eigentlich immer nur wenig reden, ist er für mich doch ein guter Freund.

»Okay, okay, ich verstehe ja, dass Cris euch gefehlt hat, aber nun macht mal langsam«, mischt sich Cameron ein und ergreift meine Hand.

Ich liebe es, wenn er den Eifersüchtigen spielt.

»Ich habe von eurem Abenteuer gehört«, sagt Taylor.

Wieso wissen alle schon, was passiert ist? Ich sehe Sam an, aber sie schüttelt den Kopf. Also müssen Nash oder Cameron ihnen von unserem Trip nach Los Angeles erzählt haben.

»Ja, also, ich würde das nicht unbedingt Abenteuer nennen …« Cass ist nicht mehr da. Ich schlucke die Tränen hinunter, die in mir aufsteigen.

»Abenteuer oder nicht, gestern musste Cam wegen deiner Strafe allein mit uns ins Kino gehen«, erklärt Sam.

»Tut mir leid.« Ich schaue schuldbewusst zu Cameron, aber er lächelt mich an.

»Keine Sorge, Kleines. Ich habe mich trotzdem amüsiert.«

»Ach was?! Genau deshalb wäre es besser gewesen, wenn du auch dabei gewesen wärst, Cris. Dann wäre Cam nämlich mit Besserem beschäftigt gewesen, als Nash und mich ständig vom Knutschen abzuhalten«, erklärt Sam.

»Mit was Besserem?« Taylor betrachtet sie erstaunt.

»Ja, was Pärchen dann eben so beschäftigt«, antwortet Nash.

Matt und Taylor drehen sich zu mir und Cameron um.

»Ihr seid zusammen?« Matts Stimme zittert.

Ist das wirklich so überraschend?

Cam umfasst meine Hüfte und zieht mich zu sich. »Ja.«

Matt grinst schief. Er scheint erstaunt und gleichzeitig betrübt über Camerons Antwort. Nur verstehe ich nicht, warum. Zwischen uns ist es nun schon seit geraumer Zeit vorbei, und er hat schließlich als Erster die Verbindung zwischen Cam und mir erahnt.

Es läutet, und ich lasse den Gedanken sausen.

»Och, nö! Verdammt!«, stöhnt Taylor.

»Ich packe meine Bücher noch in den Schrank. Wir sehen uns gleich.« Rasch verabschiede ich mich.

Cam nimmt meine Hand, und zusammen gehen wir ins Gebäude. Vor meinem Spind hole ich die Bücher aus dem Rucksack.

»Wie viele schleppst du denn mit dir rum?« Er kichert.

»Na, alle, die ich heute brauche.«

»Haben wir so viele Fächer?« Er scheint ehrlich erstaunt zu sein.

Ich schüttle entgeistert den Kopf. Cameron hasst die Schule, aber dass er nicht mal seinen Stundenplan kennt, hätte ich nicht gedacht.

Er zuckt mit den Schultern. »Den Kram kenne ich ja mittlerweile schon auswendig, also brauch ich keine Bücher. Ich bin auch ohne sie ein Genie.«

»Klar, wie auch nicht.« Ich knalle die Schranktür zu.

»Zweifelst du an meiner Intelligenz?«

»O nein, natürlich nicht.« Ich ziehe eine Augenbraue hoch.

»Du weißt genau, dass ich ein schlaues Kerlchen bin. Du bist bloß zu neidisch, um das zuzugeben.« Er zwinkert mir zu.

Ich boxe leicht seinen Arm, und er ergreift meine Hand und zieht mich zu sich. »Du bist unwiderstehlich, wenn du so bist«, flüstert er, nur einen Hauch von meinen Lippen entfernt.

Ich drucke mich dichter an seinen Körper und küsse ihn. Die anderen Schüler im Korridor sind mir völlig egal. Sie müssen sich an den Anblick von mir und Cameron gewöhnen.

Cam legt mir eine Hand auf die Wange, die andere auf meine Taille.

»Das ist doch wohl ein Scherz, oder?«, kreischt da eine Stimme.

2

Wir drehen uns um, und mit einem Schlag bekomme ich eine Gänsehaut. Susans Gesichtsausdruck ist furchterregend: Sollte sie je die Gelegenheit finden, mich umzubringen, sie würde es tun. Ganz sicher.

»Sag mir, dass das ein Scherz ist, Cameron! Du willst mich doch nur eifersüchtig machen, oder?«, bestürmt ihn Susan, während sie näher kommt. »Komm, gib's zu, dass das nicht dein Ernst ist?«

Cam stöhnt genervt. »Doch.«

»Was?! Du … mit der? Wo ist der Junge, der mich liebt und sich nie mit einer wie der einlassen würde?«

Er macht einen Schritt auf Susan zu. »Der ist verschwunden, als du zu dieser Zicke mutiert bist, die glaubt, wer-weiß-was zu sein.«

»Ich war immer nur ich selbst.«

»Nein. Die Susan, in die ich mich verliebt habe, war nicht so egoistisch und hat andere Leute nicht so behandelt.«

Susan lässt die Schultern hängen, eine Träne rollt über ihre Wange. Dann sieht sie mich an, und ihr Blick wird wieder so eiskalt wie vor ein paar Sekunden, als sie mich in den Armen von Cameron entdeckt hat. »Das wirst du mir bezahlen. Das schwöre ich dir.« Sie kommt auf mich zu. »Warum nimmst du mir das Einzige weg, das mich glücklich macht?«, zischt sie unter Tränen.

Ich habe es so satt, Susans Anschuldigungen still zu ertragen. Ganz egal, wie verzweifelt sie ist. »Ich nehme dir gar nichts weg! Cameron wollte schon lange mit dir Schluss machen. Er wollte nur sicher sein, dass ich dasselbe für ihn empfinde wie er für mich. Außerdem ist das hier nicht im Geringsten mit dem zu vergleichen, was du mir angetan hast.«

»Was laberst du denn da? Ich habe dir nichts angetan!« Sie stemmt die Hände in die Hüften.

»Nichts?! Du spinnst wohl?! Du hast Matt beeinflusst und ihm einen Haufen Müll über mich erzählt. Du hast ihn überredet, dass er mit Tamara geht und mich komplett verarscht, während ich dabei war, mich richtig in ihn zu verlieben … Das ist also nichts?! Du weißt nicht, wie schlecht es mir ging. Aber ich hätte es wissen müssen: Von hinterhältigen Leuten kommen auch nur hinterhältige Aktionen!«

Ich mache einen Schritt auf sie zu, doch Cam stellt sich zwischen uns, damit wir nicht übereinander herfallen. Er zwingt sich zu einem Lächeln und drückt mir einen Kuss auf die Stirn.

»Kleines, du gehst besser. Lass mich mit ihr reden. Ich bring das in Ordnung, du wirst sehen.«

Er hat recht, denn ich verliere langsam die Beherrschung. Also nicke ich und mache mich auf den Weg in den Unterrichtsraum.

»Das wirst du mir teuer bezahlen! Du wirst schon sehen! Du wirst wie Charly enden!«, ruft Susan mir nach.

Bei diesen Worten laufe ich schneller. Ich will mir nicht noch mehr von ihr anhören. Seit ich auf diese Schule gehe, hat Susan mir ständig nur gesagt, dass sie sich rächen würde für das, was ich ihr angeblich antue. Aber zum Glück ist bis auf einige wenige fiese Pranks und ihre miese Intrige mit Matt, mit der sie mich von Cam fortlocken wollte, nicht viel passiert. Es waren alles nur leere Worte. Bis jetzt. Heute aber schwingt ein anderer Ton in ihrer Stimme mit, als ob sie wirklich vorhätte, es mir heimzuzahlen.

Ich verscheuche diesen Gedanken, als der Blitz einer Kamera mich blendet. Ich blinzle ein paarmal, bis ich wieder klar sehen kann.

Lexy steht wenige Schritte von mir entfernt mit der Kamera in der Hand. Hinter ihr lauert Lindsay Constancio, ihre Assistentin und rechte Hand, ausgestattet mit Stift und Block.

»Willst du etwas dazu sagen, was da gerade mit Susan vorgefallen ist? Sie sieht echt fertig aus … Wie läuft es zwischen dir und Cameron? Glaubst du, er ist mit dir zusammen, um Susan eifersüchtig zu machen?«, fragt Lexy in einem Atemzug.

Was sind das bitte für Fragen? Erwartet sie echt eine Antwort darauf? Ohne ein Wort gehe ich an ihnen vorbei und betrete die Klasse.

Cameron kommt wenig später zu mir.

»Und?«, frage ich.

»Susan hat sich beruhigt und aufs Klo verzogen.«

Hm. Für den Moment ist also erst mal Frieden. Doch was macht Susan wohl, wenn ich mal allein mit ihr bin? Das wird irgendwann der Fall sein, denn Cameron kann ja nicht immer bei mir sein und mich verteidigen.

»He, sie wird dir schon nichts tun«, flüstert er, als könne er meine Gedanken lesen, und streichelt meine Wange.

Kurz darauf kommt Susan zusammen mit ihrem Fanclub in den Raum. Ihr Make-up ist verlaufen, ihre Augen sind gerötet. Ich stelle mir vor, wie sie sich fühlt, und ein bisschen tut sie mir leid. Aber das ist nun echt nicht meine Schuld.

Sie wirft mir einen bösen Blick zu und setzt sich an ihren Platz. Da tritt Matt zu ihr und legt ihr eine Hand auf die Schulter. Die Verbindung zwischen den beiden ist also wirklich tief. Wieso habe ich das eigentlich nicht gleich bemerkt?

Den größten Teil des Vormittags kämpfe ich gegen die Müdigkeit und die Langeweile. Die Stunden kriechen im Schneckentempo dahin und wollen einfach nicht vergehen. Am ersten Schultag nach den Ferien ist das aber immer so: Alles läuft langsamer, niemand hat Lust, sich schon voll in die Erklärungen der Lehrer, die Tests und Prüfungen zu stürzen, vor allem, wenn man mit den Gedanken noch bei den vergangenen Ferien ist … oder schon bei den nächsten.

Wir haben nämlich eine großartige Nachricht erhalten. Der Englischlehrer hat uns verraten, wohin wir unsere nächste Jahrgangsfahrt machen: Anfang März fliegen wir für eine Woche nach London! Das wird so mega!

Als es zur Mittagspause läutet, kommt Sam zu mir. »Was war mit Susan?«

»Sie hat Cam und mich zusammen gesehen und sich tierisch aufgeregt. Ich wette, morgen stehe ich auf der ersten Seite der Schülerzeitung als die Bitch, die ihr den Freund geklaut hat.«

»Ach Cris, beachte sie gar nicht. Du und Cameron, ihr seid zusammen und glücklich, oder?«

Ich nicke.

»Das ist das Einzige, was zählt.« Sam strahlt.

Sie hat recht.

Während Sam zu den anderen in den Hof geht, stelle ich mich in die Schlange vor den Getränkeautomaten. Ich habe keinen Hunger, aber mit einem Kakao werde ich den zweiten Teil dieses endlosen Tages besser überstehen.

»Hey!«, sagt jemand hinter mir.

Als ich mich umdrehe, schaue ich in die urwaldgrünen Augen von Austin.

»Hallo! Wie geht's dir?« Wir umarmen uns.

Der Automat gibt ein merkwürdiges Geräusch von sich. Ich nehme mein heißes Getränk.

»Also … ich habe gehört, du bist jetzt mit Dearing zusammen«, sagt er und drückt auf die Taste für einen Tee.

»Äh, ja.«

»Dann stimmt es also wirklich! Wow!« Selbst Austin scheint erstaunt zu sein. Irgendwie reagieren alle gleich, wenn sie das von mir und Cameron erfahren. Warum nur?

»Wow?«

»Ja, also … Es ist irgendwie merkwürdig, dass ihr ein Paar seid. Mehr nicht. Ich hatte mich so daran gewöhnt, dass ihr ständig streitet.« Er holt den Becher mit dem heißen Tee aus dem Automaten.

Ich zucke mit den Schultern. »Jetzt müsst ihr euch eben daran gewöhnen, dass wir zusammen sind.«

Wir gehen in den Hof.

»Ich bitte dich nur um eins.« Er bleibt stehen und schaut mir in die Augen. »Pass auf dich auf, ja? In der Vergangenheit hat Cameron ziemlichen Mist gebaut, und ich möchte nicht, dass du leidest.«

Ich weiß genau, was er meint. »Cam hat sich geändert«, erwidere ich und nippe an meinem Kakao.

»Pass trotzdem auf. Bis jetzt hat nur Susan ihn im Zaum halten können, denn in sie war er wirklich verliebt. Ich wünsche mir nur, dass er nicht wieder so ein Arsch wird wie früher.«

Bei diesen Worten klappt mir der Mund auf. Dass Cam so starke Gefühle für Susan hatte, gefällt mir nicht, und im Vergleich zu ihr komme ich mir vor wie ein Nichts. »Ist gut, Austin. Ich hab's verstanden. Aber ich vertraue ihm und weiß, dass er sich geändert hat.«

»Okay, wie du meinst. Du bist für mich eine Freundin,

und da hielt ich es für meine Pflicht, dich zu warnen. Jetzt muss ich zu Camila. Wir sehen uns dann.«

Ich bleibe allein zurück und denke über Austins Worte nach. Warum erregt meine Geschichte mit Cameron so viel Aufsehen? Alle scheinen sich Sorgen um mich zu machen, aber ich verstehe gar nicht, warum.

Ich möchte nicht, dass du leidest … Bis jetzt hat nur Susan ihn im Zaum halten können, denn in sie war er wirklich verliebt.

Ich schüttle den Kopf, damit Austins Worte wieder verschwinden. Nein. Der Junge, von dem er geredet hat, war doch ein ganz anderer Mensch. Cameron hat sich verändert, und ich vertraue ihm.

3

Heute Morgen wache ich so spät auf, dass ich als allererstes Cam simsen muss. Er soll ohne mich zur Schule fahren, damit wenigstens er nicht zu spät kommt. Kurz darauf brettert Papa mit Höchstgeschwindigkeit durch die Stadt und bringt mich in nur zehn Minuten zur Schule.

Als ich in den Unterrichtsraum trete, läuft die Stunde erst seit einer Viertelstunde. Papa ist ein Held! Wenn er nicht gewesen wäre, hätte ich die gesamte Stunde verpasst.

Der Tag fängt zwar gerade erst an, aber ich bin bereits total erschöpft, denn mein Herz rast immer noch von dieser morgendlichen Hektik. Zum Glück ist Freitag, und damit endet die erste Schulwoche nach den Weihnachtsferien und somit auch mein Hausarrest. Hurra! Am Montag kriege ich endlich mein Leben wieder! Dann kann ich nach der Schule draußen bleiben und darf auch abends endlich wieder weggehen.

Ich sitze schon ein paar Minuten an meinem Platz, als Cameron mir ein Papierkügelchen zuwirft. Um ein Haar erwischt ihn der Lehrer. Warum macht er das bloß immer noch mit diesen blöden Kügelchen?

›Guten Morgen, Schlafmütze! Isst du mit mir zu Mittag? Du hast mir gefehlt.‹

Während der Woche konnte er nicht mehr so oft in mein Zimmer steigen, wie wir es gern gehabt hätten, und daher haben wir echt wenig Zeit zusammen verbracht. Mama hat mich nämlich viel öfter kontrolliert, seit die Schule wieder angefangen hat. Vielleicht hat sie irgendetwas gemerkt.

›Klar! Aber das hättest du mich auch in der Pause fragen können. Ich will nicht schon wieder mit dir in dem Kabuff landen! ;-)‹

›Natürlich willst du das! Ich fänd's mega …‹

Lächelnd schüttle ich den Kopf. Cam ist einfach unverbesserlich arrogant, aber ich erwidere lieber nichts mehr, sonst werden wir wirklich noch erwischt.

Am Anfang der Pause muss ich dem Lehrer noch meine Verspätung erklären, dann geselle ich mich zu Cam auf den Hof.

Sam, Nash, Matt und Carter sitzen mit ihm auf der Bank.

Cam klopft sich auf die Oberschenkel. Ich lasse mich auf ihm nieder, und er drückt mir einen Kuss auf die Wange.

»Über was redet ihr?«

»Wie lustig es wird, mit dir auf Exkursion zu fahren«, sagt Cameron und zwinkert mir zu.

Bei dem Gedanken, dass wir beide durch London bummeln, bekomme ich heiße Wangen.

»Eine ganze Woche Europa! Ich kann es immer noch

nicht glauben! Wir teilen uns die Zimmer, mit wem wir wollen, und können die Stadt allein erkunden. Das wird bestimmt wunderbar«, ruft Sam aufgeregt.

Ja, das wird grandios! Ich kann es kaum erwarten! Es sind noch zwei Monate bis dahin, hoffentlich vergeht die Zeit ganz schnell.

Die gesamte Pause lang beratschlagen wir, was wir in London machen könnten, für jeden Tag entwerfen wir ein Programm, bis das Klingeln uns in den Unterricht zurückjagt.

Als ich mich wieder an meinen Platz setze, taucht Austin in der Tür auf und winkt mich zu sich auf den Korridor.

»Solltest du nicht in deinem Kurs sein?«, frage ich, als ich zu ihm trete.

Er zuckt mit den Schultern und lächelt. »Keine Lust. Außerdem muss ich dich zwei dringende Sachen fragen.«

»Ja?«, sage ich etwas besorgt.

»In zwei Wochen hat Camila Geburtstag.«

»Und?« Was habe ich mit Camila zu tun?

»Erstens: Hast du Lust, mit auf die Party zu kommen? Zweitens: Ich weiß nicht, was ich ihr schenken soll. Kannst du mir helfen, etwas für sie auszusuchen? Sie ist meine beste Freundin, und ich möchte sie mit etwas Schönem überraschen, aber ich hab grad überhaupt keine Idee. Bei solchen Dingen steh ich echt immer auf dem Schlauch.«

So eine Frage hätte ich nie im Leben erwartet. Glück gehabt. Ich hab schon befürchtet, dass er noch mal über Cam reden wollte.

»Klar! Aber wie hast du das denn in den vergangenen Jahren gemacht?«, frage ich.

»Ich habe ihr Tassen geschenkt.« Er zupft an einem Flyer an der Flurwand herum.

»Tassen?! Das ist ein Scherz, oder?«

»Nein, echt wahr. Ich weiß, das hört sich total doof an, aber ihr gefallen sie! Dieses Jahr möchte ich aber mal was ändern. Also, begleitest du mich? Wir könnten morgen gehen oder Sonntag …« Er schaut mich fast flehend an.

Ich stelle mir Camilas Gesicht vor, wie sie jedes Jahr an ihrem Geburtstag eine neue Tasse für ihre Sammlung auspackt, und muss kichern.

»Ist gut! Ich will nicht, dass sie noch eine Tasse bekommt. Aber ich bin mir nicht sicher, ob ich schon dieses Wochenende kann. Besser, wir telefonieren noch mal.«

»Tausend Dank, Cris.« Er umarmt mich.

»Ach, wie niedlich!«

Ich drehe mich um. Cameron lehnt mit einem spöttischen Grinsen am Türrahmen und klatscht.

»Also, wir simsen uns dann zusammen, okay?«, sagt Austin. Er wirft Cam einen bösen Blick zu, ohne ihn eines Kommentars zu würdigen.

»Was war das? Seid ihr beste Freunde, oder was?«, fragt Cam, als ich in den Raum zurückgehe.

Mir klappt der Mund auf. »Bitte fang nicht so an … Er hat mich nur gefragt, ob ich ihm helfe, ein Geschenk für Camila auszusuchen.«

»Was?!«

Ich bleibe stehen und sehe ihn an. »Er hat nur gefragt …«

»Ja, das habe ich verstanden. Aber damit eins klar ist: Das wirst du nicht tun.« Seine Augen funkeln merkwürdig.

»Natürlich werde ich das«, sage ich selbstsicher.

»Nein. Triff dich, mit wem du willst: Nash, Carter … mit wem auch immer, aber nicht mit Austin.«

»Wir sind Freunde, und ich mache das, worum er mich gebeten hat. Ende der Diskussion.«

Cam schüttelt den Kopf, geht an mir vorbei und setzt sich an seinen Platz. Den restlichen Tag über ist er angefressen und übersieht mich. Ich verstehe seine dumme Eifersucht so gar nicht.

Eigentlich läuft es zwischen uns ja supergut, aber dass er mir sagt, was ich machen und wen ich treffen darf, das geht überhaupt nicht. In diesem Punkt werde ich nicht nachgeben. Cam sollte wissen, dass zwischen mir und Austin nichts ist und nie etwas sein wird, denn ich liebe nun mal ihn. Hm … hinter seiner Feindseligkeit muss etwas anderes stecken. Und ich muss herausfinden, was das ist.

Auf dem Heimweg versuche ich, mit Sam über Cams sonderbare Anwandlung zu reden. Sie ist meine beste Freundin, und ihr vertraue ich.

Aber sie weicht mir aus. »Früher haben Austin und Cam gestritten, aber frag mich nicht, worüber … ich weiß es nicht. Vielleicht will Cam deshalb nicht, dass du dich mit ihm triffst.« Sam windet sich, als ob sie mir etwas verheimlichen müsste.

Ich muss demnach bei Cam und Austin direkt nachforschen.

Als ich zu Hause die Tür öffne und eintrete, ruft Kate mich. Ihre Stimme klingt dünn und traurig. Ich finde sie zusammengekuschelt auf dem Sofa im Wohnzimmer mit verstrubbelten Haaren und geschwollenen roten Augen. Sie hat geweint.

»He, was ist passiert?«

Mit Tränen in den Augen steht sie auf. Sie umarmt mich und drückt sich fest an mich. Was hat sie nur?

»Willst du es mir nicht erzählen?« Ich streiche ihr sanft über den Rücken.

Kate schnieft und nickt. Zusammen gehen wir in mein Zimmer. Sie setzt sich auf mein Bett.

»Heute habe ich allen Mut zusammengenommen und in der Schule mit Hayes geredet. So wie du es mir geraten hast. Ich habe ihn gefragt, ob er böse auf mich ist. Und weißt du, was er gemacht hat? Er hat sich umgedreht und ist mit der blöden Meredith weggegangen. Das ist seine beste Freundin. Ich weiß gar nicht, was ich ihm getan habe, und ich verstehe nicht, warum er sich so benimmt.« Sie bricht wieder in Tränen aus.

Ich setze mich neben sie und drücke ihre Hand. Es tut weh, meine kleine Schwester so aufgelöst zu sehen. Boah, diese Jungs! Ständig bringen sie uns durcheinander und machen uns fertig. Warum können Beziehungen nicht mal einfach und entspannt sein? Dazu gehört doch gar nicht viel: ein bisschen Ehrlichkeit und ein Quäntchen Mut, das zu sagen, was man fühlt und was man denkt, anstatt zu erwarten, dass der andere es von selbst merkt.

»Ich werde mal mit Nash reden«, tröste ich sie, »vielleicht weiß er ja was. So lange entspannst du dich und machst dir keine Sorgen. Bestimmt hat Hayes einen guten Grund für sein merkwürdiges Verhalten. Das finden wir zusammen raus, okay? Und jetzt hör auf zu heulen. Er hat deine Tränen gar nicht verdient.« Mit einem Taschentuch trockne ich ihr das Gesicht ab. »Leg dich ein bisschen hin und ruh dich aus. Danach geht es dir bestimmt besser.«

»Kann ich noch etwas bei dir bleiben? Ich will nicht allein sein.« Sie streckt sich auf meinem Bett aus.

Ich nicke und kuschle mich neben sie. Zart streiche ich ihr über die Haare und nehme sie in die Arme. Die Wärme einer Umarmung tut in so einer Situation eigentlich immer gut. Das weiß ich, seit ich herausgefunden habe, dass Matt mich betrügt. Damals kam Cameron in mein Zimmer und hat mich in die Arme genommen. Das war so wunderbar: Neben den tröstenden Worten war seine Umarmung der beste Balsam für mein gebrochenes Herz. Genau das hatte ich gebraucht.

Ich drehe mich einen Moment zur Seite, um den Wecker zu stellen und zu sehen, ob Cam irgendeine Nachricht geschickt hat.

Nichts.

Kein Lebenszeichen.

Dabei sterbe ich doch vor Neugierde: Ich will unbedingt wissen, was zwischen ihm und Austin passiert ist. Aber es wird bestimmt nicht einfach, die Jungs zum Reden zu bringen. Ich umarme meine zerbrechliche Schwester noch einmal, und nach wenigen Minuten döse ich ein und rutsche in einen angenehmen Halbschlaf, der meinen Geist beruhigt und mich träumen lässt.

Ich bin an einem stillen dunklen Ort, den ich nicht kenne. Ich gehe, ohne zu wissen, wohin, ich sehe nur eine weiße Linie, durchlaufend und unendlich, an der entlang ich weitergehe, einen Schritt nach dem anderen. Plötzlich taucht Susan vor mir auf. Sie schreit und weint, ohne einen Ton von sich zu geben. Dann zwingen mich zwei grelle Lichter, die Augen zu schließen. Als ich sie wieder aufmache, herrscht um mich herum absolute Leere.

Irgendetwas streicht über mein Gesicht, und ich schrecke auf, so als würde ich aus einem Abgrund auftauchen. Ich reiße die Augen auf und erkenne Cameron vor mir. Ist er irre?

»Was machst du hier?«, frage ich benommen.

»Du hast mir auch gefehlt.« Er kichert.

Ich schüttle erleichtert den Kopf. Kate liegt nicht mehr neben mir. Wo ist sie hin?

»Warum bist du hier? Warst du nicht sauer auf mich?«

Er zuckt mit den Schultern und setzt sich aufs Bett. »Das war ich auch. Aber dann habe ich mir überlegt, dass du ja schlau bist und erkennst, dass es Schwachsinn ist, sich mit Austin zu treffen. Also habe ich mich wieder beruhigt.«

»Tja, da täuschst du dich aber. Ob es dir gefällt oder nicht, ich werde mich mit ihm treffen.«

Cam sieht mich mit einem Blick an, der mir Angst einjagt. »Momentan kannst du das aber nicht. Du hast ja immer noch Hausarrest.«

»Wenn ich will, finde ich schon einen Weg.«

Er lächelt schräg. »Ich glaube nicht, dass du das schaffst, wenn ich deinen Eltern davon erzähle.«

»Was soll das denn? Erpresst du mich etwa?« Ich setze mich auf.

»Nenn es, wie du willst.« Er verschränkt die Arme vor der Brust.

Ich atme tief ein. »Du dürftest überhaupt nicht hier sein. Hau ab.«

»Nein.«

»Doch. Du verschwindest jetzt besser.« Ich stehe auf.

»Und warum sollte ich?« Er streckt sich lang auf meinem Bett aus und sieht mich mit einem breiten Grinsen an. Er macht ihm ganz offensichtlich richtigen Spaß, mich zu ärgern.

»Wie du willst …« Ich schließe die Zimmertür, damit niemand merkt, dass er hier ist. Wenn er spielen will, dann spielen wir eben. Aber nach meinen Regeln. »Was ist zwischen dir und Austin vorgefallen?« Ich will endlich Antworten.

»Okay, ich gehe.« Er springt auf und tritt zum Fenster.

»Wie jetzt? Wolltest du nicht noch bleiben?« Ich stelle mich neben ihn.

»Nein. Besser, ich geh jetzt. Ich langweile mich.« Er öffnet das Fenster.

»Warum willst du nicht über Austin reden? Was ist da passiert?«

»Das ist eine alte Geschichte, die längst begraben ist. Über die werden weder er noch ich jemals reden. Also lass die blöde Fragerei.«

»Ich finde das schon noch heraus, ob du es willst oder nicht.«

Er schüttelt den Kopf, grinst mich frech an, und ohne ein weiteres Wort klettert er aus dem Fenster.

Ich bleibe allein zurück, und ein Gefühl von Beklemmung beschleicht mich, wie ich es noch nie erlebt habe.

4

Heute ist ein denkwürdiger Tag: das endgültige Ende meiner Gefangenschaft. Vierzehn Tage Hausarrest für etwas, das ich für richtig halte, sind echt übertrieben. Besser gesagt: Es ist total ungerecht! Wenn meine Eltern denken, dass sie mir damit eine Lektion erteilt haben, irren sie sich gewaltig. Was ich getan habe, würde ich sofort wieder tun. Für eine Freundin wie Cass wäre ich sogar bis ans Ende der Welt gefahren … und noch viel weiter, wenn ich sie dadurch hätte zurückholen können.

Seit ihrem Tod bin ich nicht mehr dieselbe. Cass fehlt mir so sehr. Außerdem ist mit ihr auch ein Teil von mir gegangen, ein Teil meines Lebens.

Cams Nähe hat in jenen schrecklichen Tagen die Leere in mir gefüllt, die immer noch in mir aufsteigt, sobald ich allein bin. Dann überkommt mich die Traurigkeit, und die Erinnerung an Cass tut megamäßig weh. Daher waren die vergangenen zwei Tage ohne Cam schier endlos.

Es ist unfassbar, aber er ist wirklich noch sauer auf mich wegen der Geschichte mit Austin. Am Wochenende hat er mir gerade einmal zwei Nachrichten geschickt. Mehr nicht. Und ich wette, dass er mich heute Morgen auch nicht abholt. Vermutlich muss ich zu Fuß zur Schule.

Bevor ich das Haus verlasse, will ich mich noch von Kate verabschieden. Sie hat leichtes Fieber und bleibt im Bett. Ich klopfe an ihre Tür.

»Süße, darf ich?«, sage ich leise und trete ein. »Kate, hör mal, erhol dich und denk nicht an Hayes. Heute versuche ich, mit Nash zu reden. Und dann sehen wir weiter, okay?«

Sie nickt und umarmt mich. »Danke.«

Meine fiebrige Schwester, die zum ersten Mal Liebeskummer hat, tut mir so leid. Ich gebe ihr einen Kuss auf die Wange und gehe dann.

Auf der Straße lehnt Cameron mit verschränkten Armen und entspanntem Gesichtsausdruck an seinem Auto. Er holt mich also doch ab. Das ist echt mal eine Überraschung, nachdem er sich am Wochenende so aufgeführt hat.

»Was machst du denn hier?« Er soll meine Freude nicht merken, die sich bei seinem Anblick trotz allem in mir breitmacht. Immerhin bin ich sauer auf ihn, und das soll er ruhig spüren.

»Ich hol dich ab, so wie immer«, sagt er ruhig.

»Vergiss es, steig in dein Auto und hau ab. Du vertrödelst hier nur Zeit.«

Er tritt zu mir. »Hast du schlechte Laune?«

Nimmt er mich auf den Arm? Er kommt noch näher und will mich küssen, aber ich weiche zurück.

»Ach, komm … Ich war doch nur sauer, weil du darauf bestanden hast, dich mit Matt-2-die-Rache zu treffen.«

»Er hat einen Namen«, erwidere ich.

»Ach echt? Ich erinnere mich nicht mehr.«

Ich verschränke die Arme vor der Brust.

»Ach ja, Bryan.« Er kichert hämisch.

Diese Späße treibt er doch nur, damit ich endlich lächle. Aber ich rühre mich nicht.

Er nimmt meine Hand. »Los. Sonst kommen wir zu spät.«

Ich ziehe sie weg. »Fass mich nicht an.«

Er lacht, während ich in den Wagen steige und mich anschnalle.

»Wir wissen beide, dass du mir nicht lange böse sein kannst«, sagt er und fährt los. »Heute Abend schauen wir uns einen schönen Film an.«

»Wieso denkst du, ich würde den Abend mit dir verbringen?«

»Wenn du mir sagst, dass du wegen dieser Geschichte immer noch sauer bist, dann verriegle ich die Türen und küsse dich so lange, bis du kapierst, wie sehr ich dich mag.«

Ich schüttle den Kopf und schaue aus dem Fenster.

Plötzlich biegt er in eine kleine Seitenstraße und hält an.

»Was machst du? Wir kommen zu spät!«

»Egal. Ich fahre erst weiter, wenn du mir verzeihst.« Er dreht sich in meine Richtung.

Ich seufze genervt und schaue auf die Uhr. Das muss ich sofort machen, sonst kommen wir wirklich zu spät. »Na gut. Ich verzeihe dir.« Ich beuge mich zu ihm, um ihm einen schnellen Kuss zu geben.

Doch als sich unsere Lippen treffen, durchläuft mich ein wohliger Schauer. Wir küssen uns immer heftiger, und die Gefühle, die Cam in mir auslöst, überwältigen mich. Ich schmelze dahin. Das hat noch nie ein Junge bei mir geschafft.

»Du hast mir so gefehlt, Kleines«, flüstert er.

Meine Abwehr bricht vollends zusammen. Er hat recht: Ich kann ihm wirklich nicht lange böse sein, es ist stärker als ich.

Pünktlich – ich weiß nur nicht wie – kommen wir in der Schule an, und der erste Teil des Tages vergeht wie im Flug, auch weil ich wieder so gut gelaunt bin. Aber trotz allem will ich immer noch herausfinden, was hinter der Abneigung zwischen Cam und Austin steckt.

»Wollen wir zusammen zu Mittag essen?«, fragt mich Sam in der Pause. »Ich möchte mit dir über etwas reden.«

»Klar. Ich bin ganz Ohr«, sage ich, während wir den Raum verlassen.

»Cris, ist dir an Nash irgendeine Veränderung aufgefallen?«

»Nein, gar nicht. Aber in letzter Zeit haben wir auch nicht viel miteinander geredet. Wieso fragst du?«

»Ich weiß nicht …«, sagt sie und nestelt an ihrem Rucksack. »Er ist so distanziert. Also, anfangs hat er mich wie eine Prinzessin behandelt. Wir haben viel Zeit zusammen verbracht, und er war total aufmerksam. Jetzt scheint er mit den Gedanken ganz woanders zu sein, und wenn er mich küsst, habe ich das Gefühl, dass er das eigentlich gar nicht will. Ich weiß nicht, ob du mich verstehst … Es ist alles so verwirrend, und mir geht's total mies.«

Anscheinend benimmt sich nicht nur Hayes merkwürdig.

»Weißt du, ich habe nachgedacht«, fährt Sam fort, »und ich denke, dass er mich nur benutzt hat. Und nachdem er sein Ziel erreicht hat, hat er keine Lust mehr auf mich.«

»Nein, Sam. So ein Typ ist Nash nicht!« Ich streiche ihr sanft über den Arm.

»Und wenn er es jetzt geworden ist?«, fragt sie verzweifelt.

Nash kommt an uns vorbei, bleibt stehen und nimmt Sam in den Arm. »Worüber redet ihr grad?«, fragt er.

Mir kommt er wie der liebevolle und fröhliche Junge vor, der er immer ist.

Sam zuckt zusammen.

»Das Übliche: Schule, Klamotten … Mädchensachen eben«, sage ich.

»Ach so. Cris, du bist doch nicht sauer, wenn ich Sam mal für eine halbe Stunde entführe?« Er zwinkert mir zu.

»Nein, kein Problem, Nash. Wir sehen uns später.« Ich möchte ihn eigentlich noch nach Hayes fragen, aber ich will den beiden diesen schönen Moment nicht kaputtmachen. Ich frage ihn einfach nach Schulschluss.

Dann gehe ich jetzt eben der viel dringenderen Frage nach, was zwischen Cameron und Austin gelaufen ist. Denn endlich weiß ich auch, wen ich danach fragen muss: Lexy.

Ich flitze zu ihrem Unterrichtsraum im zweiten Stock. Als sie mich hereinkommen sieht, reißt sie die Augen auf und macht sich auf ihrem Stuhl ganz klein, so als wollte sie sich verstecken. Zu spät.

Während ich auf sie zugehe, hebt sie die Hände. »Ich habe nichts veröffentlicht. Wenn du also irgendeine SMS gekriegt hast, bin ich nicht schuld«, verteidigt sie sich, ohne dass ich auch nur einen Satz gesagt habe.

»Deshalb bin ich nicht hier«, erwidere ich, »du sollst mir nur ein paar Fragen beantworten.«

Neben ihrem Rucksack auf dem Boden entdecke ich eine neue Kamera. Wie viele von den Dingern hat sie eigentlich?

»Na, dann frag. Aber ich weiß nicht, ob ich dir helfen kann.« Sie entspannt sich.

Lexy weiß alles von allen. Folglich muss sie auch wissen, was zwischen den beiden beliebtesten Jungs der Schule vorgefallen ist.

»Ich weiß, dass zwischen Austin und Cameron in der Vergangenheit irgendwas gewesen ist.«

»Keine Ahnung, wer dir das erzählt hat, aber ich kann dir versichern, dass zwischen den beiden nie etwas war. Sie sind beide zweifellos hetero. Wenn ich nur wüsste, wie sie das mit den Mädchen machen …«

»Das meine ich nicht«, unterbreche ich sie. »Ich meine, dass sie sich gezofft haben, so was in der Art, das mit einer gewissen Charly zu tun haben muss.«

»Ah.« Stille.

»Und?«, hake ich nach.

»Ähm … also … ich …« Lexy dreht hektisch einen Stift in den Fingern. Wenn sie schon allein bei diesem Namen nervös wird, muss das eine echt heikle Angelegenheit gewesen sein. Sie räuspert sich und schweigt.

Das geht mir so auf die Nerven. »Also, sagst du mir nun, was los war, ja oder nein?«

»Tut mir leid, aber Cameron hat mich gebeten, diese Geschichte aus meinem Hirn zu streichen und niemandem etwas zu erzählen. Du solltest mir danken, denn das, was geschehen ist, würde dir gar nicht gefallen. Und die Analogien, die es zwischen dir und diesem armen Mädchen gibt, auch nicht«, erwidert sie leise.

Der letzte Satz lässt mich erzittern.

»Ja, es stimmt«, redet sie weiter. »In manchen Teilen scheint sich ihre Geschichte wirklich zu wiederholen, und das erschreckt mich schon ein bisschen. Pass auf dich auf, Cris. Mehr kann ich dir nicht sagen.« Sie starrt auf die Tischplatte.

Diese Worte steigern meine Neugierde nur noch weiter.

»Lexy!«, ruft jemand hinter mir.

Lindsay kommt zu uns gelaufen, sie ist völlig aufgelöst. »Schnapp dir deine Kamera und komm mit. Wir haben eine neue Geschichte!«

»Was? Nein, Lexy und ich reden gerade!«, sage ich.

»Du solltest dich lieber um deinen Freund kümmern«, erwidert Lindsay mit einem Grinsen. »Er schlägt gerade einem anderen die Zähne aus. Und wenn er dieses Mal nicht endgültig fliegt, dann protestiere ich.«

Oh! Mein! Gott! Was stellt Cam jetzt wieder an? Mit wem prügelt er sich nun schon wieder? Ich ahne Fürchterliches … und hoffe sehr, dass ich mich irre. »Wo sind sie?«, frage ich.

»Bei den Getränkeautomaten«, sagt Lindsay.

Ich stürze aus dem Raum und die Treppe hinunter. Die anderen Schüler drängen sich um die Prügelnden, und ich muss mich mit ausgefahrenen Ellenbogen durch die Menge schieben. Hoffentlich kann ich Cam noch stoppen.

Endlich habe ich die Schaulustigen hinter mir. Wieso tut Cam das schon wieder? Das ist so doof, und das weiß er genau. Gewalt löst doch keine Probleme!

»Cameron! Austin! Hört sofort auf!«, schreie ich wütend.

Cam hebt den Blick und verharrt ein paar Sekunden. »Cris.«

Austin nutzt die Gelegenheit und versetzt ihm einen Faustschlag. Cam taumelt mit schmerzverzerrtem Gesicht einen Schritt nach hinten.

»Hört auf!«, schreie ich noch mal.

Endlich lassen beide voneinander ab.

»Cris … ich …« Austin sieht mich keuchend an.

Ich muss hier weg. Die anderen sollen meine Wut nicht

sehen. Rasch dränge ich mich durch die Menge. Nach wenigen Metern höre ich Schritte hinter mir. Das ist sicher Cameron. Ich drehe mich abrupt um: »Dieses Mal hast du es wirklich …«

Jack steht vor mir.

»O sorry, ich wollte nur wissen, ob es dir gutgeht.« Er kommt langsam näher.

»Entschuldige, ich dachte, du wärst Cameron.«

»Es tut mir leid, wie er sich benimmt. Du verdienst es nicht, dass der dich so behandelt.« Jack lächelt gequält.

»Ich verstehe das nicht, Jack. Wie kann man wegen so einer blöden Sache nur so dämlich reagieren?«

»Blöde Sache? Tja, ich würde das nicht ›blöde Sache‹ nennen. Ich hätte genauso reagiert, wenn mir das passiert wäre.«

Jetzt bin ich verwirrt. Offensichtlich sprechen wir über zwei völlig verschiedene Sachen. »Wovon redest du bitte?«

»Von der Geschichte mit Charly und allem, was dann geschehen ist.«

Okay, diese Angelegenheit verfolgt mich. Ich muss wirklich wissen, was passiert ist, und zwar jetzt. »Jack, ich muss dich um einen Gefallen bitten …«

»Gilinsky, verpiss dich!«, schreit Cameron da und drängt sich zwischen uns.

So aufgebracht habe ich ihn noch nie erlebt.

Jack hebt die Hände und geht, ohne ein weiteres Wort zu sagen.

Cameron zittert vor Wut und flößt mir Angst ein. Warum auch immer sie sich geprügelt haben, es hätte bestimmt auch eine zivilisiertere Art gegeben, diesen Streit beizulegen.

»Cris, wir müssen reden.«

»Worüber? Warum du Austin geschlagen hast?«

»Es nervt mich, euch zusammen zu sehen. Und zu wissen, dass du dich mit ihm triffst … da bin ich ausgeflippt.«

»Ganz sicher, dass nur das der Grund ist?«

Er nickt, aber es überzeugt mich überhaupt nicht. Warum lügt er mich an?

»Du willst also sagen, dass Charly nichts damit zu tun hat?«, bohre ich weiter.

Cam klappt der Mund auf. Er schaut zu Jack, der am Ende des Korridors steht.

»Hat er dir das gesagt?«

Ich nicke.

»Und was hat er dir noch erzählt?«

»Ich weiß alles.« Vielleicht bringt ihn ja diese Behauptung zum Reden.

Er schaut mir in die Augen. »Du lügst.«

Alle kann ich anbluffen, nur ihn nicht.

»Das mit Charly ist eine uralte Geschichte, die niemanden mehr interessiert«, fährt er fort. »Außerdem hat sie nichts mit dir zu tun, also verstehe ich nicht, warum du unbedingt wissen willst, was damals geschehen ist.«

Ich schüttle den Kopf. »Nichts mit mir zu tun? Bist du ganz sicher? Dann erklär mir mal, warum Lexy mir geraten hat, aufzupassen? Sie hat gesagt, dass sich die Geschichte wiederholt.«

Cameron schüttelt den Kopf. »In dieser bekloppten Schule kann sich wirklich niemand einfach nur um seinen Kram kümmern«, sagt er zu sich.

»Du brauchst dich gar nicht aufzuregen, früher oder später erfahre ich es ja doch.«

Er kommt auf mich zu und sieht mich entschlossen an. »Wenn du darauf bestehst, ist es aus zwischen uns.«

Wie jetzt? Das meint er doch nicht ernst?! »Es wäre sowieso aus. Ich bleibe nicht mit jemandem zusammen, der mich anlügt«, sage ich, und Tränen steigen in mir auf.

Er mustert mich frech. »Tja, das wäre für dich ja nicht das erste Mal.«

Wie bitte?! So nicht! Ich verpasse ihm eine Ohrfeige, dass mir die Finger brennen, und gehe. Warum sind die Dinge mit Cam plötzlich so kompliziert? In weniger als fünf Stunden haben wir uns versöhnt und gleich wieder gestritten. Aber dieses Mal hat er die Grenze überschritten. Mit meinen schlechten Erfahrungen punkten zu wollen, ist ein Schlag unter die Gürtellinie – und das lasse ich nicht zu. Dieses Mal ist endgültig Schluss mit Cameron. Ich hasse ihn und will nichts mehr von ihm wissen.

Zu Hause stürze ich in mein Zimmer, ohne jemanden zu begrüßen. Ich bin völlig erledigt und will nur noch allein sein.

»Cris … hast du was rausbekommen?« Kate kommt in mein Zimmer.

Mist. Ich habe völlig vergessen, Nash nach Hayes zu fragen. Wie blöd kann man sein?!

Ich trockne meine Tränen und versuche, mich zusammenzureißen. »Ähm … ja, ein bisschen. Ich weiß, dass Nash sich gegenüber Sam auch merkwürdig benimmt, aber ich habe noch nicht verstanden, warum. Ich hatte keine Gelegenheit, mit ihm zu reden.«

Kate setzt sich auf mein Bett. »Es ist was mit Cameron, oder? Was hat er gemacht?«

Kate zu belügen wäre sinnlos: Sie merkt immer, wenn mit mir etwas nicht stimmt. »Wir haben Schluss gemacht. Er will mir nicht die Wahrheit sagen.«

»Die Wahrheit über was?«

»Über eine gewisse Charly. Das ist eine lange Geschichte … Aber mach dir keine Sorgen, das ist nicht schlimm.«

Sie schaut zu Boden. Was hat sie jetzt?

»Kate?«

Irgendetwas bedrückt sie.

»Du weißt etwas«, sage ich.

Sie nickt.

»Was?«

Sie schüttelt den Kopf und schweigt.

Moment! Das kann sie doch nicht machen. Wenn sie etwas weiß, muss sie es mir sagen. Sie ist schließlich meine Schwester. »Kate, bitte.«

»Na gut. Aber ich weiß nicht, ob es dieselbe Person ist … Die Schwester von Taylor, Lauren, ist in meiner Klasse, und wir sind befreundet. Sie hat mir erzählt, dass es mal eine schlimme Geschichte mit einer gewissen Charly gab. Sie wurde von einem Auto angefahren und ist gestorben. Das ist zumindest die offizielle Version. Aber die meisten Schüler vermuten, dass sie absichtlich von jemandem umgebracht wurde. Mehr weiß ich nicht, tut mir leid. Lauren hat mich gebeten, es niemandem zu erzählen. Also, Cris, tu bitte so, als wüsstest du von nichts.«

Ich bekomme eine Gänsehaut, bei dem Gedanken, dass jemand das arme Mädchen ermordet haben soll. Was ist da passiert? Und was haben Cam und Austin damit zu tun?

5

Da also Sam, Kate und ich wegen Herzschmerz gerade alle drei eine schwere Zeit durchmachen, haben wir beschlossen, am Nachmittag einen Tränendrüsenfilm zu gucken.

Wir treffen uns im Haus der Dearings, denn Sams Eltern haben meine zum Abendessen eingeladen, und so sind wir gleich am richtigen Ort. Allerdings muss ich dann auch mit Cam an einem Tisch sitzen und vor unseren Eltern so tun, als wäre alles in Ordnung. Obwohl es das Letzte ist, was ich will.

Kate und ich klingeln. Sam öffnet und führt uns in einen Raum, in dem ein gigantischer Bildschirm hängt, den ich noch nie bemerkt habe.

Aus der umfangreichen DVD-Sammlung der Dearings sucht Kate einen Film aus und schiebt die Scheibe in den DVD-Spieler, während Sam und ich das Sofa mit Kissen und Decken ausstatten.

»Ich hole das Popcorn«, sagt Kate und verlässt das Zimmer.

»Gibt's was Neues bei ihr und Hayes?«, fragt Sam und setzt sich neben mich.

»Nein, nichts. Und du? Hast du mit Nash geredet?«

Sie schüttelt den Kopf. »Nein, ich hatte nicht den Mut dazu.«

»Hast du Cam mal gefragt?« Die beiden Jungs sind so dick befreundet, dass er bestimmt weiß, was los ist. Ich würde ihn ja auch fragen, wenn ich noch mit ihm zusammen wäre.

»Nein, momentan ist Cam einfach unausstehlich. Vorhin war er kurz hier und hat was geholt. Ich wollte Hallo sagen, aber er ist ohne ein Wort an mir vorbeigestürmt.«

Ich schaue von Sam weg. Das ist bestimmt alles meine Schuld.

Nein, halt! Ist es nicht. Es ist die Schuld von Cam und seiner mangelnden Ehrlichkeit, dass das alles passiert ist.

Kate kommt mit einer Schüssel voll Popcorn zurück und setzt sich auf den Boden.

»Also … was sehen wir?«, fragt Sam.

»Cris muss raten. Du hast zwei Versuche«, erwidert sie und grinst.

»Hm …« Ich tue so, als dächte ich nach. *»Twilight.«*

»Nein. Das wäre zu einfach. Noch mal.«

Mir fällt nichts mehr ein. *»Tribute von Panem?«*

»Falsch! Wir sehen *Wenn ich bleibe*«, erwidert Kate.

Sam greift nach der Fernbedienung und startet den Film.

»Wartet! Die Cola!«, ruft Kate. »Ohne kriege ich das Popcorn nicht runter.«

Ich stehe auf. »Bleib sitzen, ich hol sie.«

In der Küche nehme ich eine Flasche aus dem Kühlschrank und schnappe mir drei Gläser. Als ich ins Wohnzimmer zurückwill, betritt Cameron das Haus und läuft zur Treppe. Um nichts in der Welt will ich ihm begegnen, also warte ich hinter der Küchentür, bis er verschwindet. Dann flitze ich rasch ins TV-Zimmer.

Ich setze mich neben Sam. Mein Herz schlägt wie wild.

»Ist er zurück?«, fragt sie.

»He! Wir haben gesagt, keine Jungs! Das Thema ist tabu«, zischt Kate.

Sam hebt die Hände, und wir schauen den Film. Am Ende heulen wir alle drei.

»Unglaublich, dass Mia wieder aufgewacht ist«, sagt Kate und wischt sich die Tränen ab.

Ich nicke.

»Aber so kann das doch nicht enden. Das ist nicht richtig!«, jammert Sam.

Ich bin total ihrer Meinung.

Tja, wir wollten all unsere Tränen vergießen, und das ist uns hervorragend gelungen. Sam und Kate haben geschwollene rote Augen vom Heulen. Meine sehen wahrscheinlich auch nicht besser aus.

»Mädels, die Pizzen sind da, und … Was ist denn hier los?« Mrs Dearing kommt herein und schaut besorgt von einer zur anderen.

»Nichts. Wir haben nur einen wunderschönen Film gesehen«, erkläre ich und fahre mir mit der Hand über die Augen.

»Ach, zum Glück was Schönes! Ihr seht nämlich ziemlich mitgenommen aus … Los, kommt essen.«

Wir gehen ins Esszimmer, wo Cameron schon an seinem Platz sitzt. Offensichtlich ist er ziemlich angesäuert.

Mama und Papa unterhalten sich mit Mr Dearing.

»Ist was passiert?« Mr Dearing mustert uns.

»Nein, wir haben nur eine DVD geschaut«, sagt Sam.

Ihre Mutter lächelt und zeigt mir meinen Platz … neben Cameron. Ich bedanke mich mit einem gezwungenen Lächeln.

»Also, wie läuft's in der Schule?«, fragt Mrs Dearing.

Sam und ich werfen uns einen Blick zu. »Ähm … sehr gut.« Ich deute ein Lächeln an.

»Du und Cameron, ihr habt euch in letzter Zeit nicht so oft gesehen.«

Warum müssen wir gerade jetzt über dieses Thema reden?

»Cris hatte Hausarrest. Das wisst ihr doch«, kommt Cameron mir zuvor.

»Und wie läuft es so mit euch beiden?«, fragt Papa.

Cam hustet und steht auf. »Ich bin fertig«, sagt er.

»Wo willst du hin?«, fragt Mr Dearing.

»Ich geh duschen.« Cameron klingt stinksauer.

Na großartig! Danke, Papa!

Für den Rest des Abendessens, das erstaunlicherweise ziemlich entspannt verläuft, geht mir Camerons Reaktion nicht aus dem Kopf. Warum hat er nicht einfach so getan, als wäre alles in Ordnung?

Nach dem Essen husche ich rasch in Sams Zimmer und hole ein Buch, das ich ihr geliehen habe und das sie nicht mehr braucht. Bei der Gelegenheit kann ich auch endlich mal mein verheultes Make-up auffrischen, bevor ich wieder nach unten gehe.

Ich klopfe an die Tür vom Gäste-Bad, um ganz sicher zu sein, dass niemand drin ist, und trete ein. Vor dem Spiegel raffe ich meine Haare zu einem Pferdschwanz zusammen.

»Was ist? Willst du mit mir duschen?«, fragt Cameron hinter mir.

Ich zucke zusammen.

Im Spiegel treffen sich unsere Blicke. Er steht da, halbnackt, nur mit einem Handtuch um die Hüften. Wieso ist er nicht in seinem eigenen Bad?

Ich drehe mich um und starre seinen durchtrainierten Körper an. Fast möchte ich ihn um Verzeihung bitten, dass ich so auf der Sache mit Charly herumgeritten bin. Aber nein, das darf ich nicht.

Er tritt zu mir.

Ich bekomme kaum Luft. Seit wann ist es so warm hier drin?

Ich stütze die Hände auf das Waschbecken. In mir steigt eine unbändige Lust auf, ihn zu küssen, aber mein Kopf befiehlt mir, es nicht zu tun. Ich atme tief ein und entferne mich von ihm. »Du brauchst das Bad? Ich bin schon weg.«

Cams Lächeln verschwindet. »Cris, das alles ist echt unerträglich. Ich kann nicht mehr. Ich will mit dir zusammen sein.« Wasser tropft aus seinen Haaren.

»Solange du nicht ehrlich zu mir bist, wird das aber nichts mit uns.«

Er stöhnt genervt und fährt sich mit einer Hand durch die nassen Haare. »Geht es immer noch um diese Geschichte? Warum interessiert die dich bloß?«

»Also, brauchst du das Bad jetzt oder nicht?« Ich muss das Thema wechseln.

»Nee … du kannst hierbleiben, wenn ich mich anziehe, ich hab kein Problem damit.«

Beim Gedanken an einen vollkommen nackten Cameron werden meine Wangen heiß. Ich mache einen Schritt zur Tür.

»Das war ein Scherz.« Er tritt zu mir, drückt mir einen Kuss auf die Stirn und geht.

Als ich mit meinem Make-up fertig bin und aus dem Bad komme, steht Cam im Flur. Er ist angezogen und tippt etwas in sein Handy. »Bist du noch sauer?«, fragt er. »Komm mit zu mir, und in fünf Minuten geht es dir besser.«

»Muss ich dich dran erinnern, dass wir nicht mehr zusammen sind?«

Er lächelt. »In fünf Minuten sind wir wieder zusammen, das verspreche ich dir.«

Er nimmt mich an der Hand und zieht mich in sein Zimmer. Ich habe nicht die Kraft, mich zu wehren. Er schließt die Tür ab und setzt sich aufs Bett.

»Ich werde dir erzählen, was mit Charly passiert ist«, sagt er.

»Wirklich?«

Er nickt und klopft neben sich aufs Bett.

Ich setze mich und höre ihm zu.

»Also, vor zwei Jahren kam Charly an unsere Schule«, fängt er an. »Sie war ein schönes Mädchen, und viele Jungs standen auf sie, ich auch. Damals war ich allerdings ein echtes Arschloch, ich war hinter jedem Girl her, aber Charly gefiel mir ganz besonders. Offensichtlich war Austin genauso an ihr interessiert, und so haben wir beide versucht, bei ihr zu landen. Eines Tages musste sie sich zwischen uns entscheiden.«

»Daher seid ihr nicht gut aufeinander zu sprechen?«

Er nickt. »Aber Charly starb bei einem Autounfall genau an dem Abend, als sie ihre Entscheidung verkünden wollte. Wir werden also nie wissen, für wen sie sich entschieden hätte, Austin oder mich.«

»Und wieso hattest du so viel Angst, mir diese Geschichte zu erzählen?«

»Ich wusste nicht, wie du reagieren würdest. Und außerdem habe ich dir ja schon gesagt, das ist eine alte Geschichte. Es bringt nichts, darüber zu reden.«

Da scheint mehr dahinterzustecken, aber ich verjage den Gedanken wieder, weil Cam immer ehrlich war.

»Okay … jetzt ist wieder alles gut, oder?« Er ergreift meine Hand.

Ich muss lächeln. Er will also unbedingt mit mir zusammen sein. Wie kann ich da Nein sagen? »Cam, versprichst du mir etwas?«

Er nickt.

»Egal, was zwischen dir und mir passiert, behandle Sam bitte nie schlecht. Sie leidet sonst so sehr.«

»Ist gut. Ich verspreche es dir.«

»Okay«, sage ich und will aufstehen.

Er hält mich fest. »Wo willst du hin?« Er drückt mir einen Kuss auf die Lippen und zieht mich aufs Bett.

»Meine Eltern warten, wir wollen zusammen nach Hause gehen.«

»Dann warten sie eben noch etwas.« Er küsst mich noch mal und legt sich auf mich. Seine Beine drängen sich zwischen meine. Ich verschränke die Hände hinter dem Kopf, während er es sich weiter auf mir bequem macht. Er küsst mich immer heftiger, unser Atem geht schneller.

Es klopft an der Tür.

Cam löst sich von meinen Lippen. »Ja, ich komme. Verdammt!« Er steht auf und öffnet die Tür. »Was ist?«

»Entschuldige, ich wollte euch nicht stören, aber … Cris, wir wollen los und warten auf dich«, sagt Kate in einem Atemzug.

Ich muss lächeln, weil sie so verlegen ist.

»Schon gut, wir kommen«, erwidert Cameron und lehnt sich an die Tür.

Kate dreht sich auf dem Absatz um und rennt weg.

Er tritt zu mir und gibt mir einen letzten Kuss.

»Cam, ich muss wirklich gehen.« Ich löse mich sanft von ihm. Wie hätte dieser Abend wohl geendet, wenn Kate uns nicht unterbrochen hätte?

6

Als Cameron und ich vor der Schule ankommen, haben schon alle dieses unsägliche Klatschblatt vor der Nase. Lexy hat vermutlich wirklich nichts anderes zu tun, als sich rund um die Uhr um die Angelegenheiten von fremden Leuten zu kümmern. Ob irgendjemand sie irgendwann stoppen kann?

Im Gebäude begleite ich Cam zu einem Typen aus seiner Fußballmannschaft, den ich noch nicht kenne.

»Hey, Justin«, sagt Cameron.

»Hallo, Cam«, sagt der Junge mit kastanienbraunen Haaren.

»Heute Nachmittag ist das Spiel. Kommst du?«

»Ja, ich bin dabei.« Dann sieht Justin mich an. »Du bist Cris?«

Ich strecke ihm die Hand hin. »Ja, schön dich kennenzulernen.«

»Ganz meinerseits«, entgegnet er und lächelt. »Aber habt ihr zwei nicht Schluss gemacht?«

Bitte? Cameron und ich werfen uns einen ungläubigen Blick zu.

»Woher weißt du das?«, fragt Cam.

»Das hab ich in der Schülerzeitung gelesen. Aber anscheinend hat Lexy sich geirrt.« Er starrt auf unsere verflochtenen Finger.

Cam blickt kurz zu mir, verabredet sich dann mit Justin, und schon gehen wir weiter.

»Woher weiß Lexy das nur? Es war doch niemand dabei, als wir uns gestritten haben«, bemerke ich.

Cam schüttelt den Kopf. Er scheint echt sauer zu sein.

Nach ein paar Metern kommt Susan uns entgegen. Sie schlingt die Arme um Cams Hals, als sie uns erreicht.

»Ich wusste es«, flüstert sie ihm zu, nur wenige Zentimeter von seinen Lippen entfernt. Dann küsst sie ihn.

Es ist so surreal, dass ich meinen Augen kaum traue. Ich bin wie gelähmt, so als hätte jede Faser in meinen Körper den Dienst eingestellt.

Er scheint genauso überrascht zu sein wie ich.

»Was … was wird das jetzt?«, frage ich laut.

Susan schaut mich mit einem genervten Lächeln an. »Hast du den Artikel von Lexy nicht gelesen? Verzieh dich lieber und hol dir ein Exemplar.« Sie umklammert den Arm von Cameron, der sich freizumachen versucht.

Was hat Lexy sich dieses Mal nur wieder ausgedacht? Ich sollte es echt wissen. Rasch gehe ich zu dem Tisch, auf dem die Stapel mit der Schülerzeitung liegen.

»Eine bitte«, sage ich zu dem Mädchen, das sie verkauft.

»Gern. Vierzig Dollar«, sagt sie und lacht.

Bitte? »Wie witzig! Jetzt gib mir schon eine.«

»Kein Witz. Für dich kostet sie vierzig Dollar.«

»Für mich?«

»Es steht groß und breit auf dem Cover: Für dich und deine Freunde kostet diese Zeitung vierzig Dollar.« Sie tippt auf eine Zeitung.

»Für mich und meine Freunde?! Habt ihr sie noch alle?! Gib mir sofort ein Exemplar!«, erwidere ich wütend. Wenn die blöde Kuh nicht sofort tut, was ich sage, gehe ich ihr an den Kragen.

»Hast du nicht gehört? Gib ihr ein Exemplar.« Cameron steht plötzlich neben mir.

Das Mädchen stützt beide Hände auf den Tisch, lehnt sich leicht nach vorn und schaut ihm in die Augen. »Ich sagte, das macht vierzig Dollar.«

Ich will sie an ihrem Shirt packen, doch Cameron hält mich zurück und zieht mich weg.

»Wo ist Lexy? Dieses Mal kommt sie mir nicht so einfach davon«, zische ich.

Da fasst mich Cameron an den Schultern und zwingt mich, ihn anzusehen. »Cris, beruhig dich. Du erreichst gar nichts, wenn du dich aufregst.«

Ich grinse genervt. »Nimmst du mich auf den Arm? Das sagt der, der neulich erst Austin zu Brei geschlagen hat.« Sofort lässt er mich los. »Erklär mir mal, wie ich mich beruhigen soll, nach dem, was Susan gerade getan hat? Sie hat dich vor allen Leuten geküsst! Und Lexy … schreibt Artikel, die ich nicht mal lesen darf. Da werd ich mich doch wohl noch aufregen dürfen, oder?«

»Du hast ja recht, aber versuch bitte, Ruhe zu bewahren. Um Susan kümmere ich mich.« Er streicht sich die Haare aus dem Gesicht.

»Hast du noch nicht mir ihr geredet?«

»Nein, ich habe lieber aufgepasst, dass du keinen Unsinn anstellst.«

»Rede besser schnell mit ihr und regle die Sache. Wenn sie dich noch mal küsst, kann ich für nichts garantieren.«

Die Glocke läutet, und wir gehen zu unserem Raum. Bevor wir eintreten, ergreift Cam meine Hand. »Cris, versprich mir, dass du nicht zu Lexy gehst. Wenn sie sich auf dich einschießt, schreibt sie womöglich noch viel Schlimmeres. Sie ist nicht das verhuschte Mädchen, für das viele sie halten.«

Er hat recht. Jedes Mal, wenn ich mit ihr oder Susan gestritten habe, hat sie hinterher immer irgendeine dämliche Titelgeschichte über mich daraus gemacht. Das fällt mir jetzt erst auf. Aber ehrlich gesagt interessiert es mich nicht die Bohne. Ich muss was tun und werde nicht einfach den Mund halten.

»Versprich es mir«, beharrt er und schaut mir in die Augen.

»Wir kommen zu spät zum Unterricht.« Ich gehe an ihm vorbei.

Er stöhnt genervt und folgt mir wortlos in die Klasse.

Während der Mittagspause kommt Sam zu mir. »Gehst du mit was essen?«, fragt sie und setzt sich auf den Platz vor mir.

Ich schüttle den Kopf.

»Ach, komm, Cris. Wie willst du denn die nächsten drei Stunden ohne Essen überstehen?«

Ich zucke mit den Schultern und stehe auf. »Hab keinen Hunger.«

»Ist alles okay? Du siehst fertig aus.«

»Ich weiß auch nicht, es passiert so viel auf einmal ...« Wir gehen Richtung Tür.

Sam legt mir eine Hand auf den Arm. »Das wird sich alles regeln. Und überhaupt ... ich habe mit Nash geredet.«

Ich bleibe stehen und sehe sie an. Erst jetzt bemerke ich ihren traurigen Gesichtsausdruck.

»Was hat er gesagt?«

»Seine Familie hat Probleme.«

»Was für Probleme denn?«

»Ich weiß es nicht, er hat es nicht genau gesagt. Wir haben uns für heute Abend am Strand verabredet, um zu quatschen. Ich erzähl dir dann alles.«

Gemeinsam treten wir auf den Flur, dann trennen wir uns. Sam geht in die Cafeteria, während ich mich auf die Suche nach Lexy mache.

Sie sitzt in ihrer Klasse an ihrem Platz, mit der Kamera in Reichweite. Als sie mich erblickt, steckt sie den Fotoapparat in ihren Rucksack.

»Was soll diese Geschichte, von wegen vierzig Dollar

für eine Schülerzeitung?«, frage ich und stütze mich auf ihren Tisch.

Sie starrt mich ungerührt an. »Ganz einfach: Ich musste einen Weg finden, damit alle die Nachricht bekommen außer dir und Cameron.«

»So ein Schwachsinn, Lexy. Es ist doch nur eine Frage der Zeit, bis ich erfahre, was du geschrieben hast. Also gib mir schon ein Exemplar, bevor ich richtig sauer werde.«

Sie steht auf und sieht mir in die Augen. »Cris, ich versteh ja, dass du nervös bist wegen der Geschichte mit Cameron, und ich bin sicher, dass du es noch mehr bist, wenn er dir die Wahrheit sagt. Aber das sind meine letzten Tage hier, und ich habe nicht vor, mir irgendeine sensationelle Nachricht entgehen zu lassen, verstanden? Hab noch ein bisschen Geduld.«

»Deine letzten Tage?«

»Ja. Ich wechsle die Schule.«

Vielleicht sollte ich ein bisschen traurig sein, dass sie geht, aber das bin ich nicht. Ich bin vielmehr erleichtert bei dem Gedanken, dass Lexy mich nicht mehr nerven wird. »Gib mir ein Exemplar.«

Sie schnaubt und setzt sich wieder. »Nein.«

Ich schnappe mir ihren Rucksack.

»Was wird das jetzt?«, fragt sie.

Ich durchquere den Raum und trete zum Fenster.

»Tu das ja nicht, Cris! Das wirst du bereuen!«

Es ist, als hörte ich nichts mehr. Mein Kopf sagt: ›Tu es!‹, also tue ich es. Ich öffne das Fenster und schmeiße den Rucksack in hohem Bogen hinaus. Noch nie habe ich mich besser gefühlt. Es ist, als hätte ich mich von einer riesigen Last befreit.

»Was hast du getan?!«, kreischt Lexy, rennt zum Fenster und starrt hinunter.

So einen Flug aus dem zweiten Stock übersteht ein Fotoapparat vermutlich nicht unbeschadet.

Ich mache einen Schritt zur Tür, da liege ich auch schon auf der Erde, und die tobende Lexy hockt auf mir drauf. Ich ergreife ihre Arme, will sie stoppen. Ich winde mich, aber sie lässt nicht von mir ab.

Da reißt sie jemand von mir runter. Es ist Austin. Und schon streckt mir Matt die Hände entgegen und hilft mir auf.

Ich ziehe mich hoch. Als ich wieder stehe, ist mir etwas schwindlig. Dann spüre ich einen Schmerz. »Aua.« Ich fasse mir an den Hinterkopf.

»Schsch, alles ist gut.« Matt nimmt mich in die Arme. »Warum hast du das gemacht? Bist du verrückt geworden?«, brüllt er plötzlich Lexy an.

»Sie hat meine nagelneue Kamera aus dem Fenster geworfen!«, erklärt sie verzweifelt.

»Du hast sie bestimmt wieder provoziert, oder?«

»Nein, Matt, ich habe nichts gemacht. Ich habe nur die Wahrheit geschrieben.«

»Du gehst jetzt besser«, fordert Austin sie auf.

Lexy verlässt mit hocherhobenem Kopf den Raum.

»Was ist denn hier los?« Camerons Stimme jagt mir

einen Schauder durch den Körper. Schon wieder taucht er im unglücklichsten Moment auf: Gerade habe ich mit Lexy gestritten, und jetzt hält mich Matt immer noch in seinen Armen.

»Fass sie nicht an! Lass sie los!«, ruft Cam und stößt Matt von mir weg. Er ergreift meine Hand und zieht mich in den Korridor.

Immer noch dreht sich alles in mir. Ich muss mir beim Sturz ziemlich heftig den Kopf gestoßen haben.

»Hast du gehört?«, fragt Cameron.

Wie lange redet er schon mit mir? »Äh … nein, entschuldige.« Ich massiere mir den Nacken. Es tut echt weh.

»Ich sagte, was fällt dir denn ein? Warum habt ihr gestritten?« Seine Augen funkeln erbost.

»Ich habe mit ihr über die Zeitung und die vierzig Dollar gesprochen. Sie hat rumgezickt, und da habe ich die Geduld verloren und ihren Rucksack aus dem Fenster geworfen. Dann ist sie auf mich los, und ich habe mir den Kopf gestoßen.«

»Ich hab doch gesagt, du sollst sie in Ruhe lassen, und du hast es mir versprochen!«

»Ich habe dir gar nichts versprochen. Außerdem musste ich das klären. Ich kann doch nicht einfach die Klappe halten und alles ertragen.« Ich verschränke die Arme vor der Brust.

Cam stöhnt genervt. »Ich flipp noch aus wegen dieser Sache … Aber da es dir nicht gutgeht, vertagen wir das jetzt mal, sonst wird alles nur noch schlimmer. Hey!« Er stellt sich einem Mädchen in den Weg, das den Korridor entlanggeht.

Mein Herz setzt einen Schlag aus. Was macht er da?

»Darf ich mal«, sagt er und reißt ihr die Schülerzeitung aus den Händen.

Das Mädchen schaut ihn böse an, geht dann aber weiter, ohne ein Wort zu sagen.

Cam tritt zu mir und reicht mir das Blatt. »Da.«

»Was soll ich damit?«

»Wolltest du das nicht lesen? Tja, jetzt lies. Dann siehst du, dass es total unnötig war, sich mit Lexy anzulegen.«

Warum führt er sich nur so auf?

»Hast du schon mit Susan gesprochen?«

»Nein, das wollte ich eigentlich während der Mittagspause machen, aber da hat sich ja jemand Ärger eingehandelt und es somit verhindert.« Er macht ein paar Schritte von mir weg.

»Du hättest dich lieber um sie als um diesen unwichtigen Streit zwischen Lexy und mir kümmern sollen.«

Cameron kehrt zurück, packt mich an beiden Schultern und schaut mir in die Augen. »Ich sag es dir ein für alle Mal: Was für mich wirklich zählt, das bist du. Du bist tausendmal wichtiger als ein unerfreuliches Gespräch mit einer Psychopathin. Merk dir das, und versuch endlich mal, die Dinge auf die Reihe zu bekommen. Dein Streit mit Lexy hätte ziemlich böse enden können, im schlimmsten Fall sogar mit einem Schulverweis. Und ich habe dir auch schon mal gesagt: Lexy ist nicht so unschuldig, wie sie tut. Provozier sie nicht«, sagt er und dreht sich um.

Wie erstarrt bleibe ich zurück. Irgendwie verstehe ich seine Reaktion gar nicht, und das macht mich völlig fertig.

»Alles okay?«, fragt Sam, die zu mir tritt.

»Ja, so ziemlich. Dein Bruder ist schon wieder sauer auf mich. Dieses Mal, weil ich mit Lexy gestritten habe.«

»Ihr beide könnt es aber auch nicht einmal entspannt angehen, oder?« Da fällt ihr Blick auf die Zeitung in meinen Händen. »Wie hast du die denn bekommen?«

»Cam hat sie einem Mädchen weggenommen.«

»Ich will schon den ganzen Morgen eine kaufen, aber immer soll ich vierzig Dollar bezahlen.«

Ich reiche sie ihr. Momentan weiß ich nicht mal, ob ich sie überhaupt noch anschauen will. Aber was sage ich da? Natürlich will ich das. Ich trete zu Sam, und gemeinsam lesen wir den Artikel auf der ersten Seite:

Unter all den Beziehungsgeschichten, über die wir so gern berichten, ist momentan die interessanteste die turbulente Lovestory zwischen Cameron und Cris. Dieses merkwürdige Pärchen hat erst vor kurzem zusammengefunden, aber über den beiden Turteltäubchen schweben der verhängnisvolle Schatten der armen Charly und die unverbesserliche Susan, die Cam einfach nicht loslassen kann. Wie es scheint, ist er fest entschlossen, Cristina die Wahrheit über seine unrühmliche Vergangenheit zu verheimlichen. Wie wir aus verlässlichen Quellen erfahren

haben, hat sich unser Lieblingspaar vergangenen Montag getrennt. Die beiden haben, nach wildem Streit und fiesen Beleidigungen, beschlossen, einen Schlussstrich zu ziehen. Wird es dieses Mal für immer sein? Liebe Cris, wenn du das liest (woran ich allerdings zweifle, denn kein normaler Mensch würde vierzig Dollar für eine Schülerzeitung ausgeben), denk dran, dass nicht alles so ist, wie es scheint. Ich rate dir, schaue immer schön hinter dich und mach dir bewusst, mit wem du es zu tun hast.
Lexy und ihre Quellen

Im Artikel prangt ein großes Foto von mir und Cameron, wie wir uns streiten.

»Wenn ich könnte, würde ich ihren blöden Fotoapparat aus dem Fenster werfen!«, brummt Sam.

»Das habe ich bereits getan«, sage ich.

Sie schlägt die Zeitung auf und blättert durch die Seiten. Eine Notiz erregt unsere Aufmerksamkeit. Es geht um die Brüder Grier.

»Jetzt hat sie es also auch auf mich abgesehen«, sagt Sam.

»Sie wird vermutlich über dich und Nash schreiben, was für eine schlimme Zeit ihr durchmacht«, entgegne ich. »Aber das ist ja nichts Neues. Alle wissen doch, dass Nash sich merkwürdig verhält.«

Sam überfliegt rasch den Artikel, als ihr plötzlich eine Träne über die Wange rollt.

»Sam, was ist?«

Sie reicht mir die Zeitung und geht wortlos davon.

»Sam!«, rufe ich in der Hoffnung, sie aufzuhalten. Vergeblich.

Rasch lese ich den Artikel über Nash, und mir bleibt der Mund offen stehen. Jetzt verstehe ich das merkwürdige Verhalten von Hayes und Nash: Die Brüder Grier ziehen nach New York.

7

»Cris, Kate, bitte denkt dran, die Karte dem Ladenbesitzer zu bringen«, sagt Mama.

Heute Abend findet in der Schulturnhalle ein Fest zu Ehren von Sams und Camerons Vater statt, um ihm für eine großzügige Spende für unsere Schule zu danken.

Mama, die zum Elternkomitee gehört und mit Mr Dearing befreundet ist, hat für ihn ein angemessenes Geschenk als Dank besorgt. Sie hat zwei wertvolle historische Drucke von Segelschiffen erstanden, da in diesem Jahr der 70. Jahrestag der Gründung der Dearing-Werft ansteht. Ich und Kate sollen nun dem Antiquar das Dankeskärtchen mit den Glückwünschen des Elternkomitees bringen, damit er es noch am Geschenk befestigt.

Auf das blöde Fest heute Abend habe ich so gar keine Lust, weil ich dann wieder Cam treffe. Mittwochabend war er immer noch sauer wegen meines Streits mit Lexy, und das nur, weil er mich gebeten hatte, nichts zu tun. Aber ich habe nun mal meinen eigenen Kopf!

Und da er über die Reife eines Zehnjährigen verfügt, hat er die Sache mit Susan natürlich nicht geklärt. Vermutlich nur, um mich zu ärgern. Die Bitch klebt also weiter an ihm wie eine Klette und schürt meine Eifersucht. Sehr zu seinem Vergnügen.

Das Ganze hat mich echt extrem genervt, und gleich am nächsten Tag wollte ich mit Cam reden. Aber nach einem unnützen und heftigen Streit haben wir gemeinsam beschlossen, dass das Beste wäre, eine Pause zum Nachdenken einzulegen, wenn man das so nennen kann.

Ich weiß wirklich nicht, wie das mit uns weitergehen soll. Aber ich mag mich einfach nicht mehr wegen so unsagbar dämlicher Gründe streiten, und ich glaube, ein bisschen Abstand wird mir guttun. Dann bekomme ich meine Gedanken hoffentlich wieder auf die Reihe. Auch wenn ich zugeben muss, dass mir Cam ganz unglaublich fehlt.

Während Kate und ich im Bus sitzen und ins Zentrum fahren, trudelt eine Nachricht von Austin ein. Er fragt, ob wir uns immer noch um halb zwei bei Starbucks treffen. Da ich ja wieder Single bin, spricht nichts dagegen, dass ich mich am Samstagnachmittag mit einem Freund treffe und mit ihm zu Mittag esse. Jetzt kann ich immerhin die schönen Seiten des Lebens voll genießen, denn Lexy ist nicht mehr in der Stadt, und Cam wird es also kaum erfahren.

Als wir auf dem Ocean Drive nur noch wenige Meter vom Antiquariat entfernt sind, ruft Kate: »Oh, Cris, schau mal! Die Dearings!«

So ein Mist! Zum Glück sind Cam, Sam und ihre Eltern noch ziemlich weit entfernt. Vielleicht haben sie uns ja nicht gesehen, und wir können in der Menschenmenge untertauchen.

»Kate, komm, lass uns in diese Eisdiele gehen ...«

»Hey, Cris! Kate!« Die warme Stimme von Mrs Dearing dringt zu mir. O nein. Sie winkt, und schon stehen die vier vor uns.

Ich lächle gezwungen. »Guten Tag, Mrs Dearing. Wie geht es Ihnen?« Ich versuche, so höflich wie möglich zu sein.

»Sehr gut. Wir haben gerade einen wunderbaren Spaziergang gemacht, was uns schon lange nicht mehr geglückt ist. Und gleich gehen wir in einem Restaurant zu Mittag essen. Was macht ihr?« Sie strahlt zufrieden.

Ich spüre Camerons Blick auf mir. Was soll ich sagen? Das Geschenk für seinen Vater soll eine Überraschung sein, und von Austin will ich nicht reden.

»Cris isst mit einem Freund zu Mittag, und ich treffe mich mit Hayes«, kommt Kate mir zuvor.

Warum erzählt sie das?

»Austin etwa?«, fragt Sam mit einem verschmitzten Lächeln, das nichts Gutes verheißt.

Cameron reißt die Augen auf.

»Ja, Austin«, sage ich. Leugnen wäre sinnlos.

Sam wirft ihrem Bruder einen triumphierenden Blick zu, aber er schüttelt nur den Kopf.

»Dann habt einen schönen Tag. Wir sehen ja uns heute Abend noch«, sagt Mrs Dearing.

»Danke, Sie auch. Bis später.«

»Cris, wir treffen uns um sechs bei mir. Vergiss das nicht! Ohne deine Hilfe bin ich verloren.«

»Keine Sorge, Sam. Bis später.« Ich soll ihr beim Haarstyling helfen. Heute Abend wird sie mit ihrer ganzen Familie im Rampenlicht stehen und will perfekt aussehen.

»Kate, warum hast du das gemacht?«, zische ich, kaum dass wir allein sind.

»Weil er es verdient! Den Namen Austin hat aber Sam ausgesprochen, nicht ich. Das war genial von ihr!« Sie kichert zufrieden. »Das hat Cam echt umgehauen.«

»Meinst du?«

»Ja! Er war vor Eifersucht schon ganz grün.« Sie zwinkert mir zu. »Schau mal, Cris, da ist das Antiquariat«, sagt sie und zeigt auf ein altes Schild mit dem Schriftzug ›Smith Square‹. Der Name erinnert mich an irgendwas …

Nachdem wir dem Ladenbesitzer die Karte überreicht und die letzten Absprachen zur Übergabe des Geschenks getroffen haben, schlendern wir zu Starbucks.

Kate ist wegen ihrer Verabredung mit Hayes total nervös. Ich habe ihr von seinem Umzug erzählt, und heute reden sie zum ersten Mal wieder persönlich miteinander.

»Gestern haben Hayes und ich noch kurz telefoniert.«

»Und was hat er gesagt?«, frage ich.

»Dass es ihm leidtut. Er wollte mich nicht so behandeln und dachte, dass es für mich leichter wird, wenn er auf Abstand geht. Ich hab mich echt aufgeregt. Es ist so dumm, sich so zu benehmen. Wir müssen doch die wenige Zeit, die uns noch bleibt, ausnutzen.«

»Also ist der Umzug beschlossene Sache?«

Sie nickt.

»Aber warum gehen sie weg?«

»Die Eltern von Nash und Hayes ziehen wegen der Arbeit nach New York, und dieses Mal sollen ihre Söhne bei ihnen wohnen. Ich kann mir ein Leben ohne Hayes gar nicht vorstellen«, sagt Kate leise.

Wir kommen bei Starbucks an. Austin wartet bereits vor dem Eingang auf mich. Ich verabschiede mich von Kate, die sich um die Ecke im Park mit Hayes trifft. Fest drücke ich sie an mich, wünsche ihr Glück und gehe dann zu Austin.

»Hallo, Cris! Wollen wir zuerst was essen? Wir haben viel vor heute Nachmittag«, platzt er sofort heraus. »Ich sag dir gleich, dass ich ein ganz schlechter Shopping-Begleiter bin.«

»Macht nichts. Wir finden schon was Schönes.«

Nach einem raschen Mittagessen machen wir uns auf die Suche nach einem Geschenk für Camila.

»Also, mit wem gehst du heute Abend auf das Fest?«, frage ich.

Er zuckt mit den Schultern. »Mit niemandem. Gehst du mit Cameron?«

»Nein«, sage ich bedrückt.

»Habt ihr gestritten?« Er sieht mich mitfühlend an.

»Wusstest du das nicht?«

»Nein, seit Lexy fort ist, bin ich über eure Beziehung nicht mehr auf dem Laufenden. Tja, wenn du magst, können wir ja zusammen gehen. Aber nur, wenn du nicht wieder Ärger mit Cameron bekommst.«

Im Grunde habe ich wirklich keine Lust, allein hinzugehen. »Klar! Super Idee!«, sage ich lächelnd.

Wir betreten eine überfüllte Shopping-Mall. Da ich glaube zu wissen, was Camila gefallen könnte, gehe ich entschlossen zu einem Schmuckladen.

»Darf ich wissen, weshalb ihr gestritten habt?«, fragt Austin plötzlich.

»Er hat sich fürchterlich aufgeregt wegen dem, was mit Lexy passiert ist. Aber in Wirklichkeit liefen die Dinge schon seit einiger Zeit nicht mehr so gut. Er regt sich immer über so vieles auf, so dass wir in den vergangenen Wochen ständig gestritten haben. Was ihn total auf die Palme bringt, ist, wenn er uns beide zusammen sieht«, erkläre ich, während wir das Schmuckgeschäft betreten.

»Ich wette, das ist wegen der Sache mit Charly«, überlegt Austin.

»Genau.« Ich betrachte ein paar Halsketten.

»Er hat mich bedroht, damit ich dir nichts erzähle«, sagt er und kichert.

»Oh, mach dir keine Sorgen. Ich weiß schon alles.«

»Echt?«

»Da ist es!«, rufe ich und zeige auf ein zartes Kettchen im ›Carrie‹-Stil mit einem Anhänger, auf den man den Namen des Liebsten gravieren lassen kann. Austin ist begeistert. Wir treten zu einer Verkäuferin und bitten sie, den Namen Camila zu gravieren. Sie notiert alles und nennt uns das Abholdatum.

»Hoffentlich hast du nicht alles geglaubt, was Cameron dir über Charly erzählt hat«, sagt Austin, während wir uns durch die Menschenmassen zum Ausgang der Mall schlängeln.

»Was soll ich denn nicht glauben? Dass ihr beide in sie verknallt wart?«

»Nein. Hat er dir nichts von der Abmachung erzählt, die wir beide getroffen hatten?«

Ich bleibe stehen. »Welche Abmachung?«

Austin sieht mich an, doch da zieht er ein Handy aus der Hosentasche. Es klingelt. »Entschuldige, Cris, ich muss kurz diesen Anruf annehmen.« Er entfernt sich ein paar Schritte, telefoniert, und als er zurückkommt, sagt er, dass er sofort nach Hause muss. »Ich hole dich gegen acht ab. Danke für deine Hilfe!« Er drückt mir einen Kuss auf die Wange und verschwindet.

Und ich hatte gehofft, mit ihm über diese mysteriöse Abmachung reden zu können. Wie ich schon vermutet habe, hat Cameron mir nicht die ganze Wahrheit erzählt. Ich kann ihm also wirklich nicht trauen.

Während ich nach Hause gehe, erreicht mich eine SMS. Sie kommt von einer unbekannten Nummer. Ich öffne sie:

Lexy ist zwar weg, aber das muss euch nicht beunruhigen! Ich werde euch weiterhin über alle pikanten Neuigkeiten aus unserer Schule auf dem Laufenden halten.
Hier schon mal ein Vorgeschmack auf die News, die ihr am Montag in der Schülerzeitung lesen könnt:
Wie wir alle wissen, geht Matthew Espinosa seit einigen Monaten mit Tamara, doch wie es scheint, ist auch diese Beziehung schon wieder zu Ende. Sie beschwert sich, dass er sie vernachlässigt, zudem wurde Matt vor wenigen Tagen beobachtet, wie er die liebe Cris umarmt. Alles nur Zufall?
Selbige Cristina Evans scheint sich übrigens auch gerade gut von ihrem Liebes-Aus mit Cameron Dearing zu erholen. Heute Nachmittag wurde sie zusammen mit dem schönen Basketballspieler Austin Miller gesichtet. Die zwei scheinen ein eingeschworenes Team zu sein und haben viele Herzlichkeiten ausgetauscht. Bahnt sich da ein neues Liebesglück an?
Das war's für heute. Morgen berichten wir dann von dem Fest zu Ehren der Dearings.
Lindsay und ihre Quellen

Das Phone rutscht mir aus der Hand.

8

Wie abgemacht, klingele ich um Punkt sechs an der Tür der Dearings.

Sam öffnet.

»Hast du das gelesen?«, fragt sie.

Offensichtlich meint sie die Nachricht von Lindsay. Wenn sie sie gelesen hat, weiß also auch Cameron schon davon.

»Ja, ich kann gar nicht glauben, dass diese Bitch die Stelle von Lexy eingenommen hat.«

Wir gehen die Treppe zu Sams Zimmer hinauf.

»Cameron hat sie auch bekommen und … Nein, das kann ich dir nicht sagen.«

»Was kannst du mir nicht sagen? Mit so einem Satz machst du mich nur noch neugieriger. Los, erzähl schon.«

»Na gut. Als Cameron Lindsays Nachricht gelesen hat, ist er komplett ausgerastet. Er hat geflucht und das Handy auf die Erde geschleudert. Meine Eltern haben alles miterlebt und waren völlig sprachlos. Ich weiß nicht, ob er so sauer war, weil da so viel Schwachsinn drinsteht, oder weil du dich mit Austin getroffen hast. Aber ich glaube, er fand es gar nicht lustig, dass ihr euch gesehen habt.«

»Ach, das interessiert ihn doch überhaupt nicht. Er hat doch alles dafür getan, dass ich Schluss mache.«

»Vertrau mir, er ist echt ausgeflippt. Er stirbt vor Eifersucht. Du solltest ihn sehen, Cris. Nachdem wir euch getroffen hatten, war er plötzlich wie ausgewechselt. Beim Spaziergang war er noch ganz entspannt, aber als er von deiner Verabredung mit Austin erfahren hat, war er nicht mehr ansprechbar. Die Nachricht von Lindsay hat das Fass dann zum Überlaufen gebracht.«

Soll ich ihr glauben oder nicht? Warum sollte Cameron denn so reagieren, nachdem er mich so mies behandelt hat?

»Ich weiß nicht. Eigentlich interessiert mich das gerade nicht.«

»Wie, es interessiert dich nicht? Du liebst ihn.«

Lieben ist so ein großes Wort … vor allem, weil ich langsam glaube, dass ich mich in einen Menschen verliebt habe, der gar nicht existiert. »Nein, Sam. Ich liebe ihn nicht, und vor allem liebt er mich nicht. Ende Gelände.«

Sie sieht mich an und zuckt mit den Schultern. »Du übertreibst. Aber heute Abend kommst du doch, oder? Du lässt dir doch von Lindsay nicht den Abend verderben.«

»Lindsay ist mir so was von egal. Klar komme ich.«

»Sehr gut!«

»Mit Austin«, füge ich hinzu.

Sam bleibt der Mund offen stehen.

Ich verdrehe die Augen. »Wir sind nur Freunde. Zwischen uns läuft überhaupt gar nichts, Sam. Sieh mich also nicht so an. Und jetzt an die Arbeit, wir haben nicht viel Zeit.«

Als ich Sams Zimmer verlasse, weil ich mich zu Hause selbst fertig machen muss, kommt Cameron die Treppe herauf. Ausweichen unmöglich. Mir bleibt nichts anderes übrig, als ihn geflissentlich zu übersehen. Ich atme tief ein und gehe ihm entgegen. Als sich unsere Wege kreuzen, schaut er mich an und geht einfach an mir vorbei.

Ich seufze erleichtert.

»Du hast also den Nachmittag mit Austin verbracht«, sagt er, als ich den Fuß auf die erste Stufe setze.

O nein. Ich bleibe stehen. »Ja, ich habe ihm geholfen, ein Geschenk für Camila auszusuchen.« Langsam drehe ich mich um und sehe ihn an.

»Von all den Mädchen, die es auf unserer Schule gibt, wollte er also ausgerechnet deine Hilfe«, bemerkt er spöttisch.

»Anscheinend ja. Wir sind Freunde, und er vertraut mir«, sage ich gereizt.

»Er ist ein Heuchler. Warum verstehst du das nicht?«

»Und du bist also ehrlich?«

»Ja, das bin ich. Und das habe ich dir mehr als einmal bewiesen.«

»Ich weiß genau, dass du mir einen Haufen Lügen über Charly erzählt hast.« Ich verschränke die Arme vor der Brust.

Er schüttelt den Kopf. »Du bist besessen von dieser Geschichte.«

»Warum hast du mir dann nichts von der Abmachung erzählt, die du mit Austin hattest?«

Cam reißt die Augen auf. Dieses Mal habe ich wohl ins Schwarze getroffen.

»Das geht dich nichts an. Die Geschichte mit Charly betrifft dich nicht. Also lass es sein, okay?« Drohend tritt er zu mir.

Ich möchte zurückweichen, aber meine Füße kleben am Teppich.

»Natürlich betrifft mich das. Ständig sagen mir die Leute, dass ich aufpassen soll. Andauernd sagen sie, dass sich die Geschichte wiederholt. Ich will nur verstehen, wovon zum Teufel sie eigentlich reden!«

»Sie wissen nicht, was sie sagen«, erwidert er hart. »Sie reden, weil sie Klatschmäuler sind. Aber einen Rat gebe ich dir, zu deinem Besten: Vergiss mich. Führ dein Leben mit Matt, Austin … oder sonst wem weiter, aber bleib mir vom Hals.«

»Was? Das ist ein Scherz, oder?«

»Nein. Ich hab es nie ernster gemeint.«

Ich denke ein paar Momente über seine Worte nach, und plötzlich verstehe ich, warum er mir das alles sagt. »Ich soll also glauben, dass du mir Ärger ersparen willst, damit du gut aus der Sache herauskommst und nicht als das Arschloch dastehst, das du bist. Du tust mir echt leid, Cam! Wenn du wieder mit Susan zusammen sein willst, brauchst du diese Schmierenkomödie doch gar nicht. Ich hab die Nachricht verstanden, sei beruhigt.«

»Ja, du hast recht. Ich liebe Susan, und ich kann sie nicht vergessen. Aber scheinbar wusstest du das schon länger, und daher habe ich keine weiteren Erklärungen für dich. Entschuldige.«

Eine Träne rollt mir über die Wange. Das hatte ich schon seit einiger Zeit vermutet, aber es von ihm zu hören, tut besonders weh.

»Anfangs fühlte ich mich zu dir hingezogen und dachte wirklich, dass das mit uns funktionieren könnte. Aber dann habe ich begriffen, dass es nicht vergleichbar ist mit dem, was ich für Susan empfinde. Es tut mir leid, Cris.«

Jedes Wort aus seinem Mund ist eine Klinge, die in mein Herz fährt.

»Es tut dir leid? Das ist alles, was du sagen kannst? Wie kannst du so einfach darüber reden? Ich … ich …« Tränen brechen aus mir hervor.

Sam kommt aus ihrem Zimmer und sieht sich besorgt um. »Was ist denn los?«

Ich lasse den Kopf hängen und versuche, mich zu beruhigen.

»Nichts«, sagt Cameron und dreht sich für ein paar Sekunden zu Sam. Dann sieht er mich wieder an, und als sich unsere Blicke treffen, verspüre ich eine schneidende Kälte.

»Mach's gut, Cris«, sagt er und verschwindet in seinem Zimmer.

»Du bist so ein blödes Arschloch!«, schreie ich ihm hinterher.

Dann renne ich die Treppe hinunter und schlage die Tür dieses verdammten Hauses hinter mir zu.

9

»Cris, es ist gleich acht. Austin müsste jeden Moment hier sein!« Kate hämmert an die Tür meines Badezimmers.

Schon wieder muss ich mein Make-up auffrischen. Wenn ich nicht aufhöre zu heulen, kann ich auch gleich zu Hause bleiben. Eigentlich habe ich gar keine Lust mehr auf das Fest. Ich möchte nur noch Cameron aus meinem Leben streichen und alles, was mit ihm zusammenhängt. Doch ich muss mich zusammenreißen und stark sein, denn diese Genugtuung werde ich ihm nicht gönnen.

Ich atme tief ein und gehe in mein Zimmer zurück.

»Also, bist du fertig?«, fragt Kate.

»Ja, fast. Wie war deine Verabredung mit Hayes?«

»Total traurig. Sie fliegen Montagnachmittag, also bleibt uns nur noch ganz wenig Zeit.«

Mein Handy vibriert. Eine SMS von Austin: ›Ich stehe vor deinem Haus ;-)‹

Ich stecke das Telefon in meine Clutch und nehme meine Jacke. Dann setze ich mein schönstes Lächeln auf und trete aus dem Haus.

Austin empfängt mich mit einer Verbeugung. »Guten

Abend, Prinzessin«, sagt er und öffnet mir galant die Autotür. »Du siehst wirklich wunderschön aus.«

Wie gut, dass ich seine Einladung angenommen habe, vielleicht komme ich heute Abend mal auf andere Gedanken.

Austin steigt in den Wagen, und wir düsen los.

»Ich vermute, dass du Lindsays Nachricht auch gelesen hast«, presst er leicht verlegen heraus.

»Ja, und wenn es dir nichts ausmacht, möchte ich nicht darüber reden.«

»Okay, geht mir genauso. Das ist es echt nicht wert. Reden wir lieber von was anderem. Ich habe vorhin mit Camila telefoniert und ihr erzählt, dass sie dieses Jahr zum Geburtstag ein ganz fantastisches Geschenk bekommt! Und weißt du, was sie geantwortet hat? ›Hoffentlich ist es wieder eine von deinen wundervollen Tassen!‹« Er lacht. »Hoffentlich ist sie nicht enttäuscht.«

Ich lache ebenfalls. Camila habe ich nur ein paarmal getroffen, aber es ist offensichtlich, dass sie bis in die Haarspitzen in Austin verliebt ist. Sie ist so blind vor Liebe, dass sie jedes Geschenk von ihm schön finden würde, egal, was es ist.

Wir steigen aus dem Auto und überqueren untergehakt den Hof. Die Schüler, die Lindsays Nachricht bekommen haben, schauen uns neugierig hinterher. Wir ignorieren sie und betreten die Sporthalle.

Wow! Dieses Mal hat sich das Festkomitee selbst übertroffen! Die Halle ist nicht wiederzuerkennen: gedämpftes Licht, ein Jazz-Quartett spielt Live-Musik, ein üppiges Büfett mit Fingerfood, und unter den Gästen sind nicht nur Schüler und Eltern, sondern viele wichtige Leute aus der Stadt, alle in eleganter Abendgarderobe.

»So einen feierlichen Rahmen hatte ich nicht erwartet«, sagt Austin, während er sich umsieht. »Alex!«, ruft er, als er seinen Freund entdeckt.

Alex lächelt und winkt uns zu sich heran. Bei ihm stehen auch Camila und Robin. Ich fühle mich etwas fehl am Platz. Das sind nicht meine Freunde, und ich weiß gar nicht, wie ich mich verhalten soll. Aber vielleicht ist es genau das Richtige, neue Leute zu treffen. Das tut mir gut.

»Austin, du hast es tatsächlich geschafft«, ruft Alex und klatscht mit ihm ab.

»Was geschafft?«, frage ich neugierig.

»Ja … also … bis vor ein paar Stunden war ich noch nicht sicher, ob ich zum Fest komme, da ich glaubte, keine Begleiterin zu haben.«

Camila schaut gekränkt, und das tut mir leid. Ich fühle mich überflüssig und will auf gar keinen Fall stören. Ich sollte mich lieber verdrücken, sobald sich eine Gelegenheit ergibt, und zu Sam und den anderen gehen.

»Holen wir uns was zu essen?«, fragt Robin. »Ich sterbe vor Hunger.«

Austin nickt und folgt seinen Freunden. Als er merkt, dass ich nicht mitgehe, bleibt er stehen.

»Was ist?«, fragt er.

»Sam kommt gleich, und sie hat mich gebeten, hier auf sie zu warten.«

»Ah, okay, dann bleibe ich bei dir.«

»Nein, geh du mit deinen Freunden. Ich will dir nicht das Fest verderben, und überhaupt … Camila scheint nicht sehr erfreut zu sein, mich zu sehen.«

»Das macht sie bei allen Mädchen, mit denen sie mich sieht. Ich weiß nicht, was mit ihr los ist, aber in letzter Zeit ist sie sehr merkwürdig. Sie ist nur fröhlich, wenn wir allein sind.« Kaum dass er den Satz beendet hat, verändert sich sein Gesichtsausdruck. Vermutlich hat er es in diesem Moment gecheckt: Camila ist rettungslos in ihn verknallt.

»Los, Austin, geh schon. Die anderen warten auf dich.«

»Ist gut, aber hinterher tanzt du mit mir.« Er zwinkert mir zu.

Ich bleibe allein zurück, umgeben von lauter Menschen, die ich nicht kenne. Wo sind nur meine Freunde?

»He!«, höre ich hinter mir.

»Taylor!« Selbst heute Abend trägt er sein rotes Bandana.

»Bist du allein hier?«

»Nein, mit Austin. Er holt sich mit seinen Freunden grad was zu essen.«

»Tanzen wir?« Er streckt mir seine Hand entgegen.

Ich will nicht blöd herumstehen, also ergreife ich sie und folge ihm auf die Tanzfläche.

»Heute Nachmittag habe ich mit Cameron telefoniert. Er war stinksauer.«

»Tay, ehrlich gesagt, habe ich keine Lust, über ihn zu reden. Du hast bestimmt mitgekriegt, dass es kein besonders schöner Tag für mich war«, flüstere ich ihm ins Ohr.

»Ja, ich weiß. Cameron war total aufgebracht. Ich weiß, dass er echt fies zu dir war.«

Offensichtlich hat er keine Zeit verloren, seinen Freunden alles zu erzählen.

»Aber bei einer Sache bin ich mir ganz sicher: Seit er dich kennt, hat er sich verändert. Als er mit Susan zusammen war, war er immer nervös und schlecht gelaunt. Mit dir schien er glücklich zu sein und mit sich selbst im Reinen.«

»Was willst du damit sagen?«, frage ich und bleibe stehen.

»Ich glaube, Cam ist in dich verliebt, aber er will es nicht zugeben«, sagt er mit einem Lächeln. Dann nimmt er mich wieder an der Hand, und wir tanzen weiter.

»Nein, du irrst dich, er liebt Susan. So wie er sie ansieht, so hat er mich nie angesehen. Und heute hat er mir klipp und klar gesagt, dass er sie liebt.«

»Er war nur sauer wegen der Geschichte mit Charly und Austin«, verteidigt Taylor ihn.

»Er hat keinen Grund, auf Austin wütend zu sein: Wir sind nur Freunde. Und was die Geschichte mit Charly angeht, da hat er mich belogen. Aber ich habe nicht die Absicht, die Sache einfach zu vergessen.«

Taylor nickt. »Das verstehe ich. Das mit Charly ist schon sehr merkwürdig. Wahrscheinlich weiß niemand, was wirklich passiert ist, außer Cameron und Austin. Oh, sieh mal, wer da kommt.«

Ich drehe mich um. Sam und Nash betreten den Raum, hinter ihnen folgen Cameron und Susan. Sie trägt ausnahmsweise mal ein echt superelegantes Kleid. Cam und sie halten Händchen, sie lächeln und sehen sehr schön zusammen aus. In mir öffnet sich eine abgrundtiefe Leere. Doch wenn Cam so glücklich ist, ist es vielleicht richtig, dass wir Schluss gemacht haben. Es ist besser für uns beide.

»Alles okay?«, fragt Taylor.

»Ja, ich muss bloß was trinken. Entschuldige mich.«

Ich gehe zu einem Tisch mit Getränken und nehme mir ein Glas Orangenlimonade. Dann sehe ich mich um. Austin unterhält sich mit Camila und Alex.

»Cris, amüsierst du dich?«, fragt Sam da. Nash ist bei ihr. Zum Glück hat die Nachricht von ihrem Umzug die beiden nicht auseinandergebracht. Ihre Beziehung hat sich anscheinend sogar noch vertieft. Wenn das mal nicht die große Liebe ist!

»Ja! Es ist ein herrliches Fest. Das Komitee hat wirklich Wunder vollbracht!«

»Stimmt. Selbst mein Vater war sprachlos. Er hätte sich nie vorstellen können, dass die Schule so eine Party für ihn schmeißt«, sagt Sam aufgeregt.

Die Direktorin ist John Dearing besonders dankbar, denn mit seiner Spende hat er unsere Schule zu einem hochangesehenen Institut gemacht. Daher hat sie sich auch so viel Mühe gegeben, ihm gebührend zu danken.

Austin tritt zu mir, umfasst meine Taille und begrüßt Sam und Nash.

»Hast du gesehen, was Susan anhat? Ich hätte am liebsten gekotzt«, kichert Sam.

»Viel schlimmer finde ich, wie Cam an ihren Lippen hängt«, sagt Nash. »Als wäre er völlig debil. Cris, ihr müsst miteinander reden und euch wieder vertragen. Er benimmt sich wie ein kompletter Schwachmat.«

Sam rammt ihm einen Ellenbogen in die Seite. »Nash, hörst du wohl auf!«

»Sam, beruhig dich. Ich und Cameron sind nicht mehr zusammen«, sage ich mit gespielter Bestimmtheit, »daher kann er machen, was er will.«

»Eins, zwei, drei … Test«, sagt die Direktorin auf der Bühne ins Mikro.

Die Scheinwerfer lassen die Rednerin erstrahlen und kündigen den Höhepunkt des Abends an, die Danksagung und das Überreichen des Geschenks.

»O Gott, ich muss los!«, sagt Sam und drängt sich durch die Menge. Vermutlich muss sie mit ihrer Familie auf die Bühne.

Und wirklich stellen sich alle Dearings neben die Direktorin, die gleich darauf unsere Schule und ihren größten Gönner in den höchsten Tönen lobt. »Und das ist nur ein kleiner Dank an die Familie, die unsere Schule zu einer der besten in Miami gemacht hat. Von ganzem Herzen danken wir Ihnen für Ihre Großzügigkeit! Das werden wir Ihnen nie vergessen.«

Von der Bühne aus sieht Cameron sich um, als suchte er jemanden. Er ist elegant gekleidet, sein dunkler Anzug sitzt wie angegossen. Unsere Blicke begegnen sich, ein paar Sekunden starren wir uns an. Die Menschen um mich herum verschwinden, und in dieser Sporthalle gibt es nur noch ihn und mich. Gleich darauf reißt er sich los und blickt zu Austin, der neben mir steht.

Plötzlich schwärmen Kellner mit Tabletts voller Champagnergläser aus.

»Und nun lade ich Sie alle ein, Ihre Gläser zu erheben und mit mir auf diese wunderbare Familie anzustoßen«, fährt die Direktorin fort.

Austin nimmt zwei Gläser vom Tablett und reicht mir eines. Er lächelt mich an und beobachtet mich aufmerksam. »Cris, dir rutscht gleich ein Ohrring heraus.«

Rasch greife ich mir ans Ohr und fange den Ausreißer ein. Dann stelle ich das Champagnerglas auf einem Tisch ab und stecke den Ohrring wieder fest. Als ich mein Glas ergreife, entdecke ich auf der anderen Seite des Tisches Susan.

»Cris.« Sie lächelt. »Hoffentlich amüsierst du dich.«

Ihre Anwesenheit nervt mich so derart, dass ich ihr nicht mal in die Augen schauen kann. »Wenn du mir etwas zu sagen hast, mach es gleich. Ich will hier nicht die ganze Zeit stehen und dir zuhören müssen.«

»Ich habe dir nichts zu sagen. Aber da du so neugierig bist, verrate ich dir, dass es zwischen mir und Cam hervorragend läuft. Vielleicht sollte ich mich bei dir bedanken. Durch dich hat er verstanden, was er an mir hat. Seit Montag haben wir uns jeden Abend gesehen, und es läuft besser als vorher.«

Montag? Warum hat Cameron mir erst heute von seinen Gefühlen für Susan erzählt, wenn er schon vor Tagen wieder mit ihr zusammengekommen ist? So ein Mistkerl!

»Susan, lass mich in Ruhe.« Ich trinke einen großen Schluck.

»Was ist? Erträgst du es nicht?« Sie wirft mir einen überheblichen Blick zu.

»Du und Cameron, ihr seid mir so was von egal. Ich bin bloß froh, dass ich noch rechtzeitig kapiert habe, mit was für einem manipulativen Arsch ich es zu tun hatte.« Mit dem Glas in der Hand drehe ich mich weg. Ich will sie heute Abend nicht mehr sehen.

»Ich hoffe, der Champagner schmeckt dir, Cris!«, ruft Susan mir nach.

Ich hätte ihr den Sekt ins Gesicht schütten sollen.

Mühsam dränge ich mich durch die Leute und suche Austin, aber er ist nirgends zu sehen. Mir ist schwindelig, vielleicht wegen der Lichter und der vielen Gäste. Ich brauche dringend frische Luft.

Vor der Sporthalle sehe ich mich um. Aber von Austin oder den anderen Jungs aus seiner Basketballmannschaft ist weit und breit niemand zu sehen. Allerdings steht Sam mit Nash, Aaron, Carter und Matt zusammen. Ich gehe zu ihnen.

»Echt jetzt! Der Laden ist voll mit coolen Bräuten, die ihr euch nicht mal im Traum vorstellen könnt! Nash, da müssen wir mal zusammen hin«, sagt Aaron.

»Ich und Carter sind vergeben, also musst du wohl mit Matt gehen«, erwidert Nash und lacht.

Sam lächelt und ergreift seine Hand.

»He, hallo, Cris!«

»Hallo, Carter! Wie geht's Maggy?«

Seit Ende der Winterferien habe ich seine Freundin noch nicht gesehen, was mich ein bisschen überrascht. Normalerweise ist sie ständig an seiner Seite.

»Sie besucht ihre Großeltern in North Carolina. Montag kommt sie zurück. Ich kann's kaum erwarten.« Carter ist total in sie verliebt.

Warum gerate immer ich an die blödesten Typen? Warum kann ich mich nicht mal in so einen lieben Kerl wie Nash oder Carter verlieben? Ich leere mein Champagnerglas.

In meinem Kopf dreht es sich immer stärker, und für eine Sekunde verliere ich das Gleichgewicht. Was ist nur mit mir los?

»Alles okay?«, fragt Matt und tritt zu mir.

»Ja … es ist nur … Darf ich mich bei dir anlehnen?«

Plötzlich hören sich die Stimmen meiner Freunde ganz entfernt und dumpf an. Sie kommen und gehen. Alles verschwimmt, und ich muss kurz die Augen schließen, damit ich ihre Gesichter wieder klar erkennen kann.

»Cris? Geht es dir nicht gut?«, fragt Sam.

»Ja … Nee … alles bestens. Ich … ich geh wieder rein«, sage ich und lasse Matt stehen.

Nach ein paar Schritten fängt der Rasen unter meinen Füßen an, sich zu bewegen. Mir ist, als wäre ich in einem Videospiel, in dem sich die ganze Welt dreht und ich mich mit ihr. Das ist gar nicht schön. Das Glas rutscht mir aus den Fingern.

Ich schließe die Augen, und als ich sie wieder öffne, liege ich in einem weißen Raum. Ich versuche, mich aufzurichten, aber ich kann mich nicht bewegen. Mein Körper ist bleischwer.

Wo bin ich?

10

Alles um mich herum ist weiß, und ich habe keine Ahnung, wo ich bin. Camerons Zimmer ist es nicht, das hätte ich längst erkannt.

Ich will den rechten Arm beugen, aber irgendetwas hindert mich daran. Langsam drehe ich den Kopf und aus dem Augenwinkel erkenne ich einen Schlauch, der aus meiner Armbeuge kommt.

Was ist hier los?

Warum bin ich in einem Krankenhaus?

Ich stütze mich auf den anderen Arm und will mich hochdrücken. Doch als ich den Kopf etwas vom Kissen anhebe, durchzieht mich ein schneidender Schmerz, so dass mir die Luft wegbleibt. Ich beiße die Zähne zusammen, und mit einer ungeheuren Anstrengung setze ich mich auf. Vorsichtig sehe ich mich um. Wenige Meter neben meinem Bett schläft ein Junge mit braunen Haaren in einem Sessel. Ich schaue genauer hin. Was macht er denn hier?

»Cameron?« Ich bringe nur ein schwaches Flüstern heraus. Mein Mund ist total trocken, und ich muss husten. Dann versuche ich, lauter zu sprechen: »Cameron!«

Er öffnet die Augen, springt auf und tritt an mein Bett. »Endlich, du Schlafmütze!«

»Wieso bin ich im Krankenhaus?«, frage ich.

»Du bist vor zwei Tagen auf dem Fest in Ohnmacht gefallen. Matt hat einen Krankenwagen gerufen, und die Sanitäter haben dich hergebracht. Dir ist aber nichts Schlimmes passiert. Die Ärzte haben dir ein Schlafmittel gegeben, damit du dich ausruhst. Alles ist gut.« Er streicht mir eine Haarsträhne aus dem Gesicht.

Zwei Tage? Das glaube ich nicht! Was ist denn mit mir geschehen? Das Letzte, an das ich mich erinnere, ist der Augenblick, an dem Sam und Nash mich begrüßt haben. Der Rest ist ein schwarzes Loch. »Was machst du überhaupt hier?«

»Ich bin vor einer Stunde gekommen und dann eingeschlafen. Alle haben dich besucht, um nach dir zu sehen. Und da wollte ich nicht fehlen.« Er sieht an mir vorbei.

Ich sinke zurück ins Kissen, langsam fühle ich mich besser.

Es klopft an der Tür. »Ist sie wach?«, fragt ein Junge.

»Ja«, antwortet Cameron.

Ich drehe den Kopf. Matt kommt mit einem Glas Wasser herein.

»Hallo, Cris. Wie fühlst du dich? Willst du was trinken?« Er reicht mir das Glas.

Ich nicke und trinke es in einem Zug aus. Das habe ich wirklich gebraucht. »Danke, Matt. Ich hab schreckliche Kopfschmerzen, und ich erinnere mich an nichts.«

»Das ist völlig normal, Cris. Die Erinnerung kommt nach und nach wieder.« Er nimmt mir das leere Glas ab.

»Und wann gibt's die Untersuchungsergebnisse?«, fragt Cameron.

»Heute Abend. Dann wissen wir genau, was mit dir los war.«

Mama und Papa müssen sich schreckliche Sorgen gemacht haben. Und allen anderen habe ich mit Sicherheit das Fest verdorben.

»Erinnerst du dich, ob du viel getrunken hast? Du hast ja früher schon mal zu viel getrunken. Kann das an dem Abend wieder passiert sein?«, fragt Cameron.

»Ich habe nicht getrunken. Nur ein Glas Champagner, sonst nichts.« Es gefällt mir gar nicht, wie er diese Frage formuliert. Er stellt es vielmehr fest, als dass er fragt. »Und selbst wenn ich getrunken hätte, dann wäre mir so etwas nicht passiert.«

»Vielleicht hast du dein Limit überschritten und erinnerst dich nur nicht.«

»Ich weiß, wann ich aufhören muss«, erwidere ich.

»Okay, es reicht, Cam. Ich glaube nicht, dass Cris so blöd ist und sich bis zur Besinnungslosigkeit betrinkt«, mischt sich Matt ein.

»Zum Glück glaubt mir endlich jemand«, seufze ich.

»Ich geh dann mal«, sagt Cameron genervt. »Wir sehen uns, Cris. Matt.« Er hebt kurz die Hand.

Soll er doch! Ich will ihn nicht hierhaben. Er hätte gar nicht erst kommen sollen!

»Ärger dich nicht, Cris. Cam ist eben so. Das vergeht wieder.«

»Cameron hat mir erzählt, was passiert ist. Danke, dass du mir geholfen und den Notarzt gerufen hast, Matt.«

»Schon gut, für dich tue ich alles. Ich sag jetzt mal deinen Eltern Bescheid. Die haben sich ganz schön erschrocken.«

Matt verlässt das Zimmer, und ich bleibe allein zurück. Was habe ich bloß angestellt? Auch wenn ich mich nur an wenig von dem Abend erinnere, bin ich sicher, dass ich nicht mehr als dieses eine Glas getrunken habe.

Die Tür geht auf, und Kate stürmt mit Tränen in den Augen herein.

»Hey«, sage ich und lächle. Ich möchte sie umarmen, aber mit dem Tropf in der Armbeuge schaffe ich es nicht. Außerdem bin ich noch ganz erschlagen und kann mich kaum rühren.

»Ich dachte, du wachst nicht mehr auf!« Sie steht neben meinem Bett und trocknet sich die Tränen.

»Es ist alles gut«, beruhige ich sie.

»Cris, wie fühlst du dich?« Papa tritt an mein Bett.

»Ich habe ein bisschen Kopfschmerzen, aber sonst geht's mir gut, glaube ich.«

Endlich kommt auch Mama. Sie ist blass und ihre Augen glänzen. Schniefend drückt sie mir einen Kuss auf die Stirn und streichelt meine Hand. »Schatz, wir haben gerade mit den Ärzten gesprochen. Du bist in besten Händen. Wir warten nur noch auf die Untersuchungsergebnisse.«

»Ich weiß, das hat Cameron mir erzählt«, erwidere ich.

Sie und Papa werfen sich einen erstaunten Blick zu, und das beunruhigt mich ziemlich.

»Was ist?«, frage ich.

»War er immer noch hier, als du aufgewacht bist?«, fragt Mama.

»Ja. Er hat im Sessel geschlafen.« Ich verstehe ihre Aufregung nicht. Moment mal. Was soll das heißen: ›immer noch‹? »Er war doch nur eine Stunde hier.«

»O nein, Schatz. Seit du eingeliefert wurdest, ist er nicht von deiner Seite gewichen. Seine Eltern wollten ihn überreden, nach Hause zu kommen. Aber er hat nicht auf sie gehört. Er wollte unbedingt bleiben und hat die beiden Tage und Nächte neben dir verbracht«, erzählt Mama und streichelt meine Wange.

Wie jetzt? »Ich … mir hat er gesagt, dass er nur eine Stunde da war.«

»Nein, nein. Er war wirklich die ganze Zeit hier. Ich habe ihm Wasser und Sandwiches gebracht«, erklärt Kate.

Das verstehe ich nicht. Erst sagt er, dass ich ihm völlig egal bin, und dann verbringt er zwei Tage und Nächte an meinem Krankenbett. Warum belügt er mich? Je mehr ich darüber nachdenke, umso weniger verstehe ich ihn.

»Brauchst du etwas?«, fragt Papa.

»Noch mehr Wasser, bitte.«

»Ich hol dir auch was zu essen«, sagt Mama.

Beide verlassen das Zimmer, während Kate sich auf den Bettrand setzt. Sie scheint irgendwie geknickt zu sein.

Ich überlege kurz: Wenn seit dem Fest zwei Tage vergangen sind, dann ist heute Montag. Hayes! »Sind Nash und Hayes schon abgereist?«

Kate nickt. »Nash ist heute Morgen hier vorbeigekommen. Er dachte, dass du wach wärst. Ich soll dir von ihm einen Kuss geben. Hayes lässt dich auch grüßen. Aber es gibt eine gute Nachricht: Ende August kehren sie nach Miami Beach zurück und gehen wieder auf unsere Schule. Sie bleiben also nicht für immer in New York!«

Ach, das freut mich! »Super! Wie geht es Sam?«

»Nicht so gut, aber du kannst stolz auf mich sein, Cris. Ich habe sie getröstet, so wie du es getan hättest. Sie und Nash haben Schluss gemacht, denn keiner von beiden glaubt daran, dass eine Fernbeziehung funktioniert. Als wir uns vor zwei Stunden von ihnen verabschiedet haben, da war Sam am Boden zerstört. Aber ich glaube, sie übersteht das.«

»Ich bin stolz auf dich, Kate. So eine Schwester hätten alle gern. Du bist stark, richtig stark. Du bist mein Fels.« Ich drücke ihre Hand.

Kate wischt sich die Tränen ab und tritt zum Nachtschränkchen neben dem Bett. Darauf steht eine Vase mit zauberhaften Blumen. Sie fallen mir jetzt erst auf.

»Die sind von Austin«, sagt Kate.

Ich fühle mich etwas schuldig. Vermutlich habe ich auch ihm das Fest verdorben.

Cameron betritt das Zimmer, mit einer Flasche Wasser in der Hand. Warum kommt er zurück?

»Ist was passiert?«, frage ich besorgt, während er sich neben mein Bett setzt.

Er reicht mir ein Glas Wasser. »Deine Eltern reden grade noch mal mit dem Arzt und haben mich gebeten, dir das zu bringen.«

Ein Frage quält mich, und ich muss unbedingt eine Antwort darauf haben: »Cam, warum hast du mir gesagt, dass du nur eine Stunde da warst, obwohl du die ganze Zeit hier gewesen bist?«

Er sieht mich düster an. »Was? Wer hat dir denn diesen Unsinn erzählt?«, fragt er verlegen. Er kann das Lügen echt nicht lassen. Dachte er wirklich, ich finde das nicht heraus?

Kate sieht ihn verwundert an. Dann geht sie zur Tür und lässt uns allein.

»Das hat man mir eben erzählt«, entgegne ich. »Warum lügst du mich an? Was ist denn so schlimm daran?«

Er zuckt mit den Schultern und sieht an mir vorbei. »Es ist nichts Schlimmes, aber ich dachte nur, dass es nicht wichtig für dich wäre. Mehr nicht.«

»Machst du Witze? Das alles hältst du für nicht wichtig? Ich kapier einfach nicht, warum du dich so verhältst.«

»Wie, *so*?«

»Es scheint, als interessierst du dich nicht für mich, aber dann bleibst du die ganze Zeit hier und wartest, dass ich aufwache, so als wären wir noch zusammen. Das verstehe ich nicht.«

Er sieht mich an, sagt aber nichts. Als er den Mund öffnet, kommen meine Eltern herein, zusammen mit einem Arzt. Sie sehen angespannt aus.

»Gibt es ein Problem?«, fragt Cameron.

»Wir haben die Untersuchungsergebnisse«, verkündet Papa.

Mein Herz schlägt schneller.

»Also«, sagt der Arzt und öffnet meine Krankenakte. »Die Analysen haben eine erhebliche Menge an Rauschmittel in deinem Blut ergeben. Jetzt möchte ich von dir wissen, ob du zum ersten Mal mit Drogen in Berührung gekommen bist, oder ob du auch in der Vergangenheit schon mal was genommen hast.«

»Was?! Ich habe noch nie irgendwelche Drogen genommen!« Ich setze mich ruckartig auf. Der Schmerz kehrt mit Wucht zurück.

»Wenn das stimmt, könnte das die Reaktion deines Körpers erklären, der die erhöhte Dosis nicht bewältigen konnte. Bei Junkies, die Drogen gewohnt sind, verursacht eine so hohe Dosis nicht so eine Vergiftung, wie es bei dir der Fall war«, erklärt der Arzt und klappt die Akte zu.

»Noch mal: Ich habe noch nie Drogen genommen«, sage ich fest. »Ich hasse das Zeug und werde es immer hassen. Außerdem habe ich den ganzen Abend mit Austin verbracht. Und er kann bestätigen, dass ich nichts genommen habe.«

Cameron schüttelt den Kopf und verlässt das Zimmer. Was hat er jetzt?

»Wir behalten Ihre Tochter noch ein paar Tage hier und

führen noch ein paar Tests durch, wenn Sie einverstanden sind«, sagt der Arzt zu meinen Eltern. »Danach kann sie ihr gewohntes Leben wiederaufnehmen.«

Dann wendet er sich erneut an mich: »Ich gebe dir einen Rat. Sei vorsichtig mit solchen Substanzen. Wir können nicht ausschließen, dass man dir ohne dein Wissen etwas verabreicht hat, dir zum Beispiel etwas in einen Drink geschüttet hat. Du solltest auf Partys oder in Clubs immer gut aufpassen. Dieses Mal hast du Glück gehabt, aber du solltest es nicht herausfordern.«

Der Arzt scheint mir echt nicht zu glauben, hoffentlich tun das wenigstens Mama und Papa. Diese Geschichte ist doch völlig unrealistisch und absurd! Wie soll das denn bitte passiert sein?

In Gedanken versuche ich, den Abend zu rekonstruieren, aber so sehr ich mich auch anstrenge, meine Erinnerungen sind voller Lücken.

Doch plötzlich tönt Susans nervige Stimme durch meinen Kopf: ›Ich hoffe, der Champagner schmeckt dir, Cris!‹

Und ein böser Verdacht steigt in mir auf.

11

Mehr als eine Woche ist seit meinem Zusammenbruch auf dem Fest zu Ehren der Dearings vergangen. Vor zwei Tagen haben mich die Ärzte aus dem Krankenhaus entlassen. Aber selbst heute fühle ich mich immer noch nicht ganz fit, obwohl ich nichts anderes getan habe, als mich zu Hause auszuruhen. Ich muss unbedingt mal wieder einen Spaziergang machen.

Kate läuft aufgebrezelt und mit ihrer Umhängetasche zwischen Küche und Wohnzimmer hin und her.

»Wo willst du denn hin?«, frage ich sie.

»Irgendjemand hat mir eine SMS geschickt, dass ich in den Park kommen soll.«

»Irgendjemand? Weißt du etwa nicht, wer?« Ich bin alarmiert.

Sie schüttelt den Kopf. Aufgeregt scheint sie nicht zu sein. Ich an ihrer Stelle wäre es.

»Willst du wirklich zu diesem Treffen? Und wenn das ein Psychopath ist, der dir etwas antun will? Es wird schon dunkel draußen.«

»Dann komm doch mit.«

Ja, das ist eine gute Idee. Ich flitze in mein Zimmer und

ziehe mich rasch um. Fünf Minuten später verlassen Kate und ich das Haus.

»Hast du wenigstens eine Ahnung, wer das sein könnte?«

»Nein.«

Kate kommt mir viel zu ruhig vor, so als würde sie ihre besten Freundinnen treffen, und nicht einen Unbekannten.

»Wir sind viel zu früh«, bemerkt Kate, als wir den Park erreichen.

»Und was machen wir jetzt?«

»Wir setzen uns auf die Bank und warten. Wenn dieser Mensch nicht kommt, gehen wir wieder nach Hause. Ich glaube ja, dass das ein blöder Scherz von Catherine ist.«

Hoffentlich hat sie recht. In der Ferne entdecke ich Austin, der mit den Händen in den Hosentaschen den Weg entlangspaziert. Ich habe mich noch gar nicht für die Blumen bedankt. Das ist eine gute Gelegenheit.

»Kate, da ist Austin. Ich sage ihm kurz Hallo. Wenn dir jemand etwas antun will, schreist du und kommst sofort zu mir, okay?«

»Ja, ich weiß eh schon, wie das läuft.«

Ich stehe auf und gehe zu Austin. »Hey«, sage ich und winke.

»Cris! Was machst du denn hier? Wie geht es dir?« Er umarmt mich. »Du siehst gut aus.«

»Danke, mir geht's schon besser. Morgen komme ich wieder zur Schule. Ich bin mit Kate hier.« Ich zeige auf sie. Austin und Kate winken sich zu. »Ich wollte mich für die Blumen bedanken. Die waren wunderschön.«

»Gern geschehen! Ähm … Wer ist denn der Typ, der deine Schwester umarmt?«

Erschreckt drehe ich mich um. Doch dann muss ich lächeln. »Das ist doch Hayes! Der Bruder von Nash.«

»Sind die beiden schon zurück?«, fragt Austin verwirrt.

»Tja, also, das ist jetzt echt merkwürdig. Sie sind erst vor einer Woche umgezogen.«

Wir gehen zu Kate und Hayes.

»Hallo, Hayes! Was tust du denn hier?«

Kate lässt ihn los.

»Hallo, Cris! Hallo, Austin.« Seine wunderschönen Augen strahlen im orangefarbenen Sonnenuntergang. »Ich mache das Schuljahr hier in Miami zu Ende. Ich hab es nämlich geschafft, meine Eltern doch noch zu überzeugen. Also wohne ich wieder im Schlaftrakt der Schule.«

Kate klatscht vor Freude in die Hände und fällt ihm wieder um den Hals. Er lacht. Die Umarmungen meiner Schwester scheinen ihm zu gefallen.

»Und wo ist Nash?«, frage ich.

»Der ist bestimmt bei Sam, um ihr die gute Nachricht zu überbringen«, vermutet Austin.

»Ähm … nein«, sagt Hayes.

»Dann ist er in der Schule und räumt sein Zimmer ein«, sage ich.

»Nein, auch nicht.« Hayes tritt von einem Fuß auf den anderen.

»Und wo ist er dann?«, fragt Austin.

»In diesem Moment räumt er sein Zimmer in New York ein.«

Ich muss schlucken.

»Was?«, ruft Kate.

»Ja. Also, ich habe so lange drauf bestanden, dass meine Eltern aus reiner Erschöpfung nachgegeben haben. Aber Nash … tja, er will bei ihnen in New York bleiben. Er meint, dass das besser ist und eine wichtige Erfahrung für ihn wird«, erklärt Hayes, während er Kates Hand knetet.

Für einen Moment habe ich geglaubt, dass alles wieder so wird wie vorher.

»Naja, wenn er das unbedingt will, wird das schon stimmen«, bemerkt Austin.

»Außerdem werden wir ganz oft mit ihm telefonieren«, füge ich nicht sehr überzeugt hinzu. Ich weiß ja, wie solche Dinge laufen. Darin habe ich Erfahrung.

»Leute, es tut mir leid«, sagt Austin da, »aber ich muss euch jetzt verlassen. In einer Stunde habe ich ein Basketballspiel und muss vorher noch nach Hause. Cris, es freut mich, dass du wieder fit bist.« Er umarmt mich. »Wir sehen uns.«

Nachdem er weg ist, merke ich, dass ich müde bin und auch nach Hause will.

»Kate, ich gehe auch. Bleib du ruhig bei Hayes. Du bist ja in guten Händen.«

Ich winke ihnen zu und mache mich auf den Heimweg.

Dass Nash in New York bleibt, bedrückt mich. Wie Sam das wohl findet, wenn sie von Hayes' Rückkehr erfährt?

Ganz in Gedanken biege ich in unsere Straße ein, als ich in der Ferne Cameron entdecke.

O nein. Da hält Sam auf dem Roller neben ihm und nimmt den Helm ab.

Ich kann nicht mehr weg.

»He, Cris!«, ruft Sam und winkt mich zu sich.

Ich winke zurück und laufe zu ihnen.

»Wie geht es dir?«, fragt sie, als ich schnaufend ankomme.

»Gut, aber ich bin grad etwas müde. Ich muss mich noch mal hinlegen.«

»Ja, du siehst auch ganz blass aus. Ich bin grad auf dem Weg nach Hause. Cris, erhol dich. Ich ruf dich später noch mal an. Cam, dich seh ich gleich bei uns.« Sie setzt den Helm wieder auf und lässt uns in einer Abgaswolke stehen.

Ich muss husten.

»Also, tschüs, Cameron.« Ich will gehen.

»Cris, soll ich dich morgen mit zur Schule nehmen?«

»Nein, danke.« Ich schüttle den Kopf und verziehe den Mund zu einem schiefen Grinsen.

»Ist das wirklich so komisch?«, fragt er.

»Na ja, ein bisschen schon. Vor allem aber ist es völlig sinnlos.«

»Warum?«

»Sollte ich dich nicht vergessen und von dir fernbleiben, *dir zuliebe*?«

»Ich verstehe nicht …«

»Das hast du mir am Nachmittag des Festes gesagt. Und jetzt willst du mich im Auto mitnehmen. Was soll denn deine Freundin davon halten? Und was soll ich bitte davon halten? Warum kapierst du nicht, dass du mir jedes Mal das Herz brichst, wenn du nett zu mir bist? Du bringst mich die ganze Zeit durcheinander und enttäuschst mich immer wieder. Also bitte, Cam: Du hast deine Wahl getroffen. Dann vergiss mich und lass mich in Ruhe. Mir zuliebe.«

Er lässt den Kopf hängen und schweigt.

Wahrscheinlich werden wir nach diesem Gespräch nie wieder ein Wort miteinander wechseln. Schon allein dieser Gedanke macht mich ganz verrückt. Denn ich würde seine Einladung, mit ihm zu fahren, doch so gern annehmen und auch all das wenige, das er mir zu geben bereit ist. Doch zum Glück besitze ich noch ein bisschen Selbstachtung. Ich muss mich vor ihm schützen und vor seinen Gefühlsschwankungen.

»Cris, mein Verhalten kommt dir vermutlich völlig irre und sinnlos vor. Aber es gibt einen Grund dafür, und ich habe gehofft, dass du es verstehst. Doch offensichtlich verstehst du es nicht, und das ist nicht deine Schuld. Ich habe zu viele Dinge als selbstverständlich hingenommen. Glaubst du wirklich, dass ich wieder mit Susan zusammen sein will nach allem, was wir zusammen erlebt haben?«

Ich weiß keine Antwort, also schweige ich.

»Antworte«, sagte er.

»Ich weiß es nicht.«

»Dann verrate ich es dir. Ich will nicht mit ihr zusammen sein«, sagt er da bitter. »Ich will nicht sie, ich will dich. Und ich liebe dich so sehr, dass ich auf alles verzichten würde, auch auf dich, nur damit du glücklich bist. Glaub mir bitte, wenn ich dir sage, dass ich dir nicht alles erklären kann. Ich kann dich nur bitten, mir zu vertrauen und mich machen zu lassen.«

»Um so etwas kannst du mich nicht ernsthaft bitten, das ist ja verrückt.« Ich mache einen Schritt zurück.

Seine Worte machen mich immer noch ganz irre. Er will mit mir zusammen sein, ist es aber mit Susan. Das ergibt doch keinen Sinn.

Er tritt zu mir. »Ich versuche bloß, dich vor jemandem zu beschützen, der dir wirklich wehtun könnte.«

»Und das soll ich dir glauben?«

»Glaub es einfach, Cris.«

Er kommt noch näher, bis er nur noch einen Zentimeter von meinen Lippen entfernt ist.

»Cameron, ich … will nicht.«

Er schüttelt den Kopf. »Schsch.« Er küsst mich, und ein warmes, wohliges Gefühl durchzieht meinen Körper. »Du hast mir so unglaublich gefehlt«, sagt er und schaut mir liebevoll in die Augen.

»Tu mir nicht weh, Cameron. Ich möchte es nicht bereuen, dass ich dir vertraue«, flüstere ich.

»Das tue ich nicht. Ich bitte dich bloß um eins.«

»Was?«

»Verhalte dich vor Susan so, als würdest du mich hassen, ja? Ich muss das alles noch ein kleines bisschen weiter durchziehen.«

»Na gut, ich versuche es, aber ich habe auch eine Bitte an dich: Ich will wissen, was das alles soll. Ich will es verstehen, Cam.«

»Ja, ist gut. Einverstanden. Aber nicht heute, denn jetzt musst du dich hinlegen. Du bist total blass.« Er streichelt zart meine Wange. »Ich bringe dich nach Hause«, sagt er besorgt und legt seinen Arm um mich.

12

Der Wecker klingelt um Punkt sieben. Ich strecke den Arm aus, um das lästige Piepen abzustellen.

»Schatz, du musst aufstehen«, sagt Mama zärtlich. »Aber falls du dich nicht gut fühlst, kannst du auch noch zu Hause bleiben. Du musst nicht in die Schule.«

Alle sind sehr lieb zu mir, doch eine Woche Schulpause ist schon viel zu lang. Ich muss bestimmt bergeweise Stoff nachholen, und selbst wenn ich viel lieber im Bett bleiben würde, ist es besser, aufzustehen und den Tag zu beginnen. Rasch mache ich mich fertig und verlasse das Haus.

Draußen wartet Cam im Auto auf mich. »Guten Morgen, Kleines.«

Ich könnte auf der Stelle dahinschmelzen, einzig und allein, weil er mich ›Kleines‹ nennt.

»Hallo«, flüstere ich, nur einen Hauch von seinen Lippen entfernt.

Er startet den Wagen.

»Also, was soll ich heute tun?«

»Oh, nichts Besonderes. Geh mir einfach aus dem Weg, und tu ab und zu so, als wärst du eifersüchtig.«

›Nichts Besonderes‹. Ja, nee, ist klar … »Und warum tun wir das alles?«

»Um Susan im Auge zu behalten, damit sie dir nicht zu nahe kommt.«

Das Ganze überzeugt mich so gar nicht, vor allem weiß ich nicht, was ich machen soll, falls Cameron nett zu ihr ist. »Das gefällt mir nicht, Cam. Wenn die Dinge so sind, wie ich glaube, hat Susan ihr Ziel doch längst erreicht: Ich war krank. Denkst du wirklich, das war nur eine Drohung?«

»Ich weiß, dass ich viel von dir verlange, aber ich traue ihr nicht. Sie ist fähig, alles zu tun, nur damit sie bekommt, was sie will«, erwidert er und schaut von der Straße weg zu mir rüber.

»Na gut. Aber wenn du auch nur versuchst, mit ihr ins Bett zu gehen, dann …«

»Ah, also das ›tu so, als wärst du eifersüchtig‹ wirst du perfekt hinbekommen.« Er lacht.

Ich stöhne genervt und schaue aus dem Seitenfenster.

»Ach, komm schon. Das war ein Scherz! Du brauchst wirklich keine Angst zu haben. *Ich gehöre dir*, nicht ihr. Vergiss das nicht.« Er ergreift meine Hand und drückt sie zart.

Als wir an der Schule ankommen, beginnen wir also mit dieser Schmierenkomödie.

»Wir sehen uns später«, sagt Cam und zwinkert mir zu, bevor er aus dem Wagen steigt.

Ich setze einen genervten Gesichtsausdruck auf, steige aus dem Auto und schlage die Tür zu.

»He, das ist nicht meine Schuld«, improvisiert Cam laut.

»Scher dich zum Teufel«, schreie ich und laufe los, während die anderen Schüler unser Spektakel aufmerksam verfolgen.

Im Hof entdecke ich Susan, aber ich werde sie einfach übersehen und kein Wort mit ihr wechseln. Doch die Hexe rempelt mich absichtlich an.

»He, pass doch auf, wo du hinläufst«, sage ich.

»Oh, entschuldige, Cris. Wie geht es dir? Ist dir die Lust auf Champagner vergangen?« Sie grinst.

Das ist die Bestätigung, die mir noch gefehlt hat. Sie hat mir wirklich etwas in den Drink getan!

»Also du warst es! Was geht bloß in deinem Kopf vor? Ist dir eigentlich klar, was alles hätte passieren können? Ich sollte dich anzeigen.«

»Du hast nicht den geringsten Beweis, und außerdem hast du es drauf angelegt, Schätzelchen. Wie oft habe ich dir gesagt, dass du dich von Cam fernhalten sollst? Ich hab dir gesagt, dass du eines Tages im Krankenhaus landen würdest, und so ist es gekommen. Ich halte immer meine Versprechen. Hoffentlich hast du dieses Mal deine Lektion gelernt.«

Ich trete dicht zu ihr und schaue ihr in die Augen. »Du bist so eine Bitch.«

»Eine Bitch, die mit Cameron ins Bett geht. Gib's ruhig zu: Du würdest doch liebend gern mit mir tauschen, das weiß ich genau.« Sie schubst mich weg.

Die anderen Schüler drängen sich um uns.

»Fass mich nicht an!«, zische ich.

»Ach ja? Was passiert denn sonst? Flüchtest du in Matts Arme? Ach ja, richtig, er hat dich ja nur benutzt. Vielleicht bittest du Cameron um Hilfe? Ach nein, ich vergaß, er ist ja in mich verliebt.« Sie wackelt mit dem Kopf.

»Warum benutzt du nicht einmal im Leben dein Hirn und redest nicht immer so einen Schwachsinn? Ach nein, du hast ja gar kein Hirn«, erwidere ich und wackle mit dem Kopf.

Da stürzt sie sich auf mich, und wir landen auf dem Boden.

Die Schüler um uns herum lachen und johlen. Sind die noch ganz klar im Kopf?

»He!«, greift Cameron ein und zieht Susan von mir runter.

Wie es scheint, war sein Plan, mich zu beschützen, nicht besonders ausgereift. Warum findet Susan nur immer wieder einen Grund, mit mir Streit anzufangen?

»Ich hasse dich!«, schreit sie mir entgegen, während sie versucht, sich aus Camerons Griff zu befreien.

Matt reicht mir eine Hand und hilft mir hoch. Er sieht wirklich besorgt aus. »Gehen wir«, sagt er und legt mir einen Arm um die Schultern.

»Nein! Stopp! Halt! Niemand rührt sich, bis ich weiß, was hier vorgefallen ist«, ruft da die Direktorin, die sich durch die Schülerreihen kämpft. Irgendjemand muss sie geholt haben.

»Wer von Ihnen beiden hat angefangen?«, fragt sie.

»Das war sie.« Susan zeigt auf mich.

»Was? Das stimmt doch gar nicht.«

»Mr Espinosa, wer hat angefangen?«, fragt die Direktorin Matt.

»Ich weiß es nicht, ich bin erst am Schluss dazugekommen.«

»Mr Dearing?«

Cameron bestätigt ganz sicher nicht Susans Version. »Ich weiß es nicht«, antwortet er.

Susan dreht sich zu ihm, während ich ein Lächeln andeute. Wusste ich es doch, dass er mich nicht in Schwierigkeiten bringen würde.

»Beide Damen in mein Büro. Sofort«, befiehlt die Direktorin.

Na toll. Wir folgen ihr. An meinem ersten Schultag war ich das erste und bisher einzige Mal in ihrem Büro.

»Setzen Sie sich.«

Während die Direktorin uns den Rücken zudreht, schubst mich Susan zur Seite und lässt sich auf einem Stuhl nieder. Ich schüttle den Kopf und setze mich auf den freien Stuhl neben ihr.

»Ich nehme an, Sie sind sich bewusst, dass Ihr Verhalten Konsequenzen hat.«

»Aber das ist alles ihre Schuld. Ich habe damit nichts zu tun«, erwidert Susan.

»Ich glaube Ihnen keine Wort, Miss Rose. Für das, was Sie getan haben, verdienen Sie einen Verweis, und ich bin versucht, Sie beide von der Jahrgangsfahrt auszuschließen, aber dieses Mal will ich gnädig sein und Sie auf eine andere Art bestrafen.«

Der Blick der Direktorin beunruhigt mich.

»Weil im Frühling die Anmeldungen für das nächste Schuljahr beginnen, braucht die Schule Werbung. Daher wünsche ich, dass Sie beide gemeinsam in der Stadt Flugblätter verteilen.«

Das glaub ich nicht. Ich kann doch nicht so viel Zeit mit Susan zusammen verbringen. »Frau Direktor, Sie wissen aber schon, dass wir beide uns gar nicht gut verstehen? Das könnte also schlimmer enden als heute«, sage ich.

»Natürlich weiß ich das. Und genau deshalb glaube ich, dass es nicht nur für die Schule von Vorteil ist, sondern diese Bestrafung auch für Sie beide eine gute Gelegenheit ist, sich besser kennenzulernen und endlich mal alle Streitigkeiten zu beseitigen.«

Ich sehe Susan an, aber sie passt überhaupt nicht auf. Sie tippt etwas in ihr Handy. Zum ersten Mal, seit ich sie kenne, wünsche ich mir, dass sie auch mal etwas sagt, um uns aus diesem Schlamassel zu holen.

»Und wann sollen wir das machen?«, frage ich.

»Nach der Jahrgangsfahrt. So. Das war's. Jetzt gehen Sie bitte in Ihren Kurs zurück. Der Unterricht fängt gleich an.«

Wir erheben uns und verlassen das Büro. Auf dem Flur kommt mir Sam entgegen. »Cris, was bitte ist denn in dich gefahren?«

»Sie hat angefangen! Gott, wie ich sie hasse.« Während wir zu unserem Englisch-Raum gehen, erzähle ich ihr vom Streit mit Susan, von der Bestätigung meines Verdachtes und der ungewöhnlichen Strafe der Direktorin.

Im Unterrichtsraum bemerke ich, dass mein Rucksack, den ich im Hof liegen gelassen hatte, an meinem Platz steht. Aus dem Augenwinkel schiele ich zu Cameron, der mir zuzwinkert. Er hat ihn mir mitgebracht. Ich möchte ihn so gern umarmen, aber das geht gerade nicht. Außerdem taucht in diesem Moment auch schon der Lehrer auf.

In der Mittagspause bin ich allein. Cam isst vermutlich mit Susan, und schon der Gedanke daran zieht mich total runter.

»Alles in Ordnung, Cris?«, fragt jemand hinter mir. Ich wende mich um und erkenne eine rote Haarmähne.

»Das geht dich nichts an, Lindsay. Lass mich in Ruhe.«

»Ach, komm schon. Es tut mir wirklich leid, was dir passiert ist. Ich verspreche, dass ich dich eine Weile in Ruhe lasse und nichts über dich schreibe.«

Das kann sie jemand anderem weismachen, aber nicht mir. Rasch drehe ich mich weg und will gehen.

»Bevor Lexy abgereist ist, hat sie mich gebeten, dir etwas auszurichten.«

»Das interessiert mich nicht.«

»Es geht um Charly.«

Ich drehe mich zu ihr. Ihr Blick ist offen und ernsthaft, sie scheint also nicht zu lügen. »Was sollst du mir sagen?«

»Dass nur ein Mensch bereit wäre, dir zu erzählen, was an jenem Abend passiert ist.«

»Und wer?«

»Die, die dich am meisten verletzen möchte. Welcher Name fällt dir da als Erstes ein?«

»Susan?«, sage ich ungläubig.

Lindsay nickt. »Red mit ihr. Ich wette, sie brennt schon darauf, dir alles zu erzählen.«

»Warum sollte sie? Sie hasst mich, und würde mir nie einen Gefallen tun.«

»Vielleicht ist das ja gar kein Gefallen. Außerdem glaubt sie, dass du in vielen Dingen deine Meinung änderst, wenn du diese Geschichte kennst. Über Cameron, zum Beispiel, also wird sie sie dir gern erzählen.«

Was soll Cam so Schreckliches getan haben, dass ich meine Meinung über ihn ändern sollte? »Weißt du etwas davon?«

»Ich weiß alles«, sagt sie und zwinkert mir zu. Dann geht sie.

Bestimmt nimmt sie mich auf den Arm. Lexy hat doch selbst gesagt, dass nur ganz wenige wissen, was an jenem Abend wirklich passiert ist.

Der Korridor füllt sich mit Schülern, die auf den Hof drängen, während ich den Raum für die nächste Stunde aufsuche.

Plötzlich sehe ich Cameron und weiß nicht, was ich tun soll. Ich möchte ihm von der Direktorin und von Susans Geständnis erzählen, und ohne es zu merken, gehe ich auf ihn zu, aber meine Beine versagen, als Susan zu ihm läuft und ihn küsst.

Nein, Cams Plan kann nicht funktionieren. Gewisse Szenen ertrage ich einfach nicht. Was habe ich mir nur dabei gedacht, als ich gesagt habe, ich probiere es? Ich schaff das nicht, ich bin nicht so stark.

»Cameron ist so blöd«, sagt Matt da hinter mir.

Ich drehe mich zu ihm. Auch er beobachtet Cam und Susan, die Hand in Hand davongehen.

»Ja. Er ist deiner Freundin ebenbürtig. Entschuldige, es war ein harter Tag, und ich will nicht über ihn reden.«

»Okay, aber eins möchte ich gern wissen: Heute Morgen seid ihr zusammen hergekommen. Warum hat er dich zur Schule gefahren, wenn ihr angeblich nicht mehr zusammen seid?«

Auf diese Frage bin ich nicht gefasst. »Warum ... ich brauchte eine Mitfahrgelegenheit, und wir versuchen, weiter Freunde zu sein. Aber es klappt nicht. Vermutlich werden wir das nie sein.«

»Ich wusste, dass Cam dir weh tun würde.«

Sagt der, der mir richtig übel mitgespielt hat. Ich schweige und schaue zur Seite.

»Hoffentlich hat Susan dich heute Morgen nicht verletzt.«

»Nein, mir ist nichts passiert. Danke für deine Hilfe. Nicht nur für heute, sondern für all die Male, die du mir geholfen hast. Ich weiß nicht, warum du das tust, aber ich danke dir.«

»Ich mach das, weil ich mich schuldig fühle.« Er schaut auf die Spitzen seiner Sneakers. »Nach der Geschichte mit Tamara habe ich mich so dermaßen mies gefühlt. Und ich versuche, das gutzumachen, soweit das irgendwie geht. Vielleicht glaubst du mir nicht, aber ich hänge an dir. Und ich hätte gern eine zweite Chance.« Er sieht mir in die Augen.

»Matt, ich …«

»Als Freund, meine ich.« Er steht auf. »Ich weiß, dass nie etwas anderes zwischen uns sein kann, aber ich möchte, dass wir wenigstens Freunde sind. Es war verkehrt, auf Susan zu hören. Ihretwegen habe ich zu viele Menschen verloren, und ich habe nicht vor, noch mehr zu verlieren. Ich hoffe, dass du mir eines Tages verzeihen kannst, Cris.«

Ich sehe ihn an und weiß nicht, was ich sagen soll. Er hat mich wirklich sehr verletzt. Allerdings bin ich von jeher der Meinung, dass jeder Mensch eine zweite Chance verdient. Ich deute ein schüchternes Lächeln an. »Na ja, ich kann es ja versuchen.«

»Wirklich?«, fragt er aufgeregt.

»Ja, aber bei der ersten Lüge, die du mir auftischst, ist es für immer aus zwischen uns. Das schwör ich.«

»So doof bin ich nicht! Ich will dich doch nicht schon wieder verlieren«, sagt er und lacht.

Hoffentlich bereue ich das nicht irgendwann.

13

Ich habe echt keine Ahnung, wie lange ich es durchhalte, so zu tun, als sei ich nicht mit Cam zusammen.

Gestern habe ich noch mit ihm über Susan gesprochen. Er denkt nun auch, dass sie für meinen Zusammenbruch verantwortlich ist. Allerdings findet er es nun umso wichtiger, mit dieser Schmierenkomödie weiterzumachen.

Tja, ich bin davon nicht so überzeugt.

Heute Morgen hat mich Sam mit in die Schule genommen, doch während der Fahrt war ich so in Gedanken, dass ich kein Wort mit ihr geredet habe.

»Sam, bitte entschuldige, wenn ich irgendwie abwesend war«, sage ich, als wir den Hof der Schule überqueren. »Mir ist grad nicht nach reden zumute.«

»Wegen der Geschichte mit Cam?«

Ich nicke.

»Das, was er gerade macht, scheint ziemlich verrückt zu sein. Aber er tut das, weil er dich liebt und dich beschützen will.« Sie lächelt.

»Du … du kennst seinen Plan?«, frage ich überrascht. Ich dachte, Cam hätte mit niemandem darüber geredet, und am allerwenigsten mit Sam.

»Ja. Er hat ihn mir vor einer Woche erzählt.«

»Und warum hast du mir nichts gesagt? Ich dachte, wir wären Freundinnen.«

»Das sind wir ja auch. Aber dir ging es schlecht und dann … Du weißt doch, wie Cam ist. Ich musste schwören, dass ich nichts sage, zu deinem Besten. Jetzt, wo er dir endlich alles erklärt hat, können wir drüber reden.«

Ehrlich gesagt, bin ich von seinem Verhalten ziemlich enttäuscht. Ich habe geglaubt, zwischen uns gäbe es ein besonderes Verhältnis mit absolutem Vertrauen.

Allerdings darf ich auch nicht vergessen, dass Sam seine Schwester ist, und für sie kommt Cam immer an erster Stelle, noch vor ihrer besten Freundin. Das ist wohl ganz normal.

Der Lehrer betritt die Klasse, und wir setzen uns.

Cameron und Susan kommen gleich nach ihm. Sie drückt Cam einen raschen Kuss auf die Lippen und hastet dann zu ihrem Platz. Als Cam an mir vorbeigeht, schaue ich ihn nicht an. Er setzt sich hinter mich.

»Bevor wir mit dem Unterricht beginnen, habe ich noch eine Ankündigung zu machen. Sie dürfen gleich eine ehemalige Mitschülerin wieder begrüßen, die das Jahr bei uns beenden wird«, erklärt der Lehrer. Im selben Moment klopft es zweimal an die Tür. »Herein«, sagt er.

Ein sehr hübsches Mädchen betritt den Raum.

»Cloe!«, ruft Cameron hinter mir.

Sam stöhnt genervt auf. Anscheinend kann sie diese Cloe nicht ausstehen.

»Herzlich Willkommen, Miss Split«, sagt der Lehrer.

»Danke, ich freu mich auch, wieder hier zu sein«, erwidert Cloe und setzt sich auf einen freien Platz.

»Du hast uns gefehlt«, höre ich hinter mir.

Cameron. Ich drehe mich zu ihm. Er lächelt sie an und wirft ihr eine Kusshand zu. Wer bitte ist dieses Mädchen?

Als es klingelt, stürzt die Neue zu Cameron und fällt ihm um den Hals.

Den restlichen Tag über tauschen die beiden ständig Blicke aus und lächeln sich an. Jetzt muss ich also nicht nur Susan ertragen, sondern auch noch diese Cloe. Und wer bitte ist Cameron wirklich? Ein Magnet, der alle Mädchen anzieht?

Am Ende des Schultages kommt Sam niedergeschlagen zu mir, als ich gerade meine Sachen in den Rucksack stopfe.

»Bitte, Cris, sag mir, dass du heute Nachmittag Zeit hast«, fleht sie. »Ich will nicht mit Cameron und Cloe zu Hause sitzen und zusehen müssen, wie sie wieder auf beste Freunde machen.«

»Geht leider nicht, weil ich lernen muss«, erwidere ich und stehe auf. »Außerdem ist euer Haus so riesig, da kannst du den beiden doch gut aus dem Weg gehen. Im schlimmsten Fall schließt du dich in deinem Zimmer ein und schaust fern.«

»Ja, das wird ein Spaß«, sagt Sam und verdreht die Augen, während wir den Raum verlassen. »Um wie viel wettest du, dass auch Susan da sein wird?«

»Warum sollte ich darauf wetten?«

»Susan und Cloe waren dicke Freundinnen.«

»Aber was findet Cam denn an dieser Cloe?«

»Sie waren ständig zusammen«, erklärt Sam schulterzuckend, »aber ich kann sie nicht ab.«

Cameron taucht vor uns auf.

»Ihr redet doch wohl nicht gerade über Cloe, oder?«, fragt er und lacht. Er scheint echt gut drauf zu sein.

»Du weißt doch, dass ich sie nicht mag«, erwidert Sam.

Ich weiche Camerons Blick aus und will an ihm vorbeigehen. Zugegeben, das alles nervt mich grade ziemlich. Durch seinen bescheuerten Plan hat er mich in eine absolut blöde Situation gebracht, und dieses So-tun-als-ob fällt mir überhaupt nicht leicht. Für ihn ist es sehr viel einfacher. Wie er es wohl finden würde, wenn ich so tun würde, als wäre ich mit Austin zusammen? So wie er es mit Susan macht.

Da ergreift Cam meine Hand. »Denk dran, ich soll dich nach Hause bringen.«

Ein paar Schüler starren uns an.

»Ich kann zu Fuß gehen.«

»Ach echt?«

»Ja, ich hab schließlich Beine. Oder ich frage jemand anderen, ob er mich mitnimmt.«

»Deine Mutter hat mich ausdrücklich gebeten, dich im Auto zurückzubringen.«

Offensichtlich sucht er nach einem Vorwand, um die anderen darüber zu informieren, dass er mich nach Hause bringen *muss*. Doch die eigentliche Nachricht gilt mir. Er will mit mir reden. Nur leider habe ich im Augenblick so überhaupt keine Lust darauf. Ich will einfach nur allein sein und meine Gedanken ordnen.

»Es interessiert mich nicht, was meine Mutter gesagt hat. Ich will nicht mit dir fahren.« Ich ziehe meine Hand aus seinem Griff und gehe.

Zu Hause werfe ich mich auf mein Bett. Als mein Handy klingelt, drücke ich mir ein Kissen über beide Ohren. Aber es hört nicht auf zu klingeln. Also stehe ich auf und hole es.

Cameron. Soll ich rangehen? Ich will eigentlich nicht mit ihm reden, obwohl es mich brennend interessiert, was er mir zu sagen hat. Vielleicht ist ja was Wichtiges passiert.

Schon streicht mein Finger über das Display, und ich nehme den Anruf an.

»Was ist?«

»Mach das Fenster auf«, sagt er.

O bitte nicht.

»Ich bin schon da, mach auf.«

Langsam gehe ich zum Fenster. Kaum dass ich die Gardine zurückschiebe, tauchen seine Augen und sein wunderschönes Lächeln vor mir auf.

»Mach auf. Ich will mit dir reden«, sagt er am Telefon.

»Ich aber nicht mit dir.«

Sein Lächeln verschwindet. »Cris, öffne das verdammte Fenster.«

»Ich hab Nein gesagt.«

»Kannst du mir mal erklären, was los ist?«

»Was los ist? Erst küsst du Susan, dann flirtest du mit dieser Cloe rum, und jetzt kommst du her, weil du mit mir reden willst. Entschuldige, aber das geht nicht.«

»Cloe ist eine gute Freundin, und mit Susan tu ich doch nur so, das weißt du genau. Dieser blöde Kuss hat überhaupt nichts zu bedeuten.«

Natürlich, für ihn nicht. Wahrscheinlich amüsiert er sich königlich darüber, dass er zwei Freundinnen hat.

»Deine seltsame Art, mich zu beschützen, tut mir weh. Ich schaff das nicht, Cam. Entweder beendest du diesen idiotischen Plan und bist ganz offiziell wieder mit mir zusammen, oder du bleibst bei Susan und machst, was du willst. Aber so kann ich nicht weitermachen, tut mir leid«, sage ich unter Tränen.

Er legt eine Hand auf die Fensterscheibe und sieht mir in die Augen. »Ich hätte dir nichts sagen sollen. Das wäre einfacher gewesen. Es tut mir leid, aber ich kann nicht zulassen, dass diese Psychopathin dir noch mal etwas antut. Ich liebe dich.« Er beendet das Telefonat und verschwindet.

Nach einer Weile öffne ich das Fenster und checke, ob er wirklich gegangen ist.

Cameron ist weg.

Ich trockne mir die Tränen und lege mich wieder aufs Bett. Gerade als ich mich unter die Decke kuscheln will, höre ich ein merkwürdiges Geräusch hinter mir. Ich dreh mich herum. Cameron klettert durchs Fenster.

»Was wird das?«, frage ich genervt.

»Gerade weil ich dich liebe, habe ich nicht vor, dich zu verlieren. Ich kann dich nicht aufgeben, ich brauche dich wie die Luft zum Atmen.« Er tritt an mein Bett und streichelt meine Wange. »Bitte, nicht weinen. Ich hasse es, dich so zu sehen, vor allem, wenn ich daran schuld bin.«

»Ich liebe dich, Cam.« Ich setze mich auf, um ihn zu küssen.

Er zieht mich an sich.

Eine unbekannte, wilde Leidenschaft steigt in mir auf, ich begehre ihn mehr als sonst. Er greift nach meinem T-Shirt und schiebt es langsam hoch, dann zieht er es mir über den Kopf und wirft es auf den Boden.

»Sind deine Eltern zu Hause?«, flüstert er, nur wenige Millimeter von meinen Lippen entfernt.

Ich schüttle den Kopf. Es ist niemand da.

»Schließ trotzdem lieber ab. Man weiß ja nie.«

Ich laufe zur Zimmertür und verriegele sie. Als ich mich umdrehe, steht Cameron zwei Zentimeter von mir entfernt.

Er umarmt mich und küsst mich so wild, dass mir die Luft wegbleibt. Ich ergreife sein T-Shirt und ziehe es ihm aus.

Seine trainierten Muskeln zucken unter der Haut. Ich sehe ihn ja nicht zum ersten Mal, aber so dicht bei mir, so engumschlungen, macht er mich völlig verrückt.

Cam ergreift mich an der Taille und schiebt mich zurück aufs Bett. Unsere Münder lassen nicht voneinander ab.

Mein Verlangen nach ihm wird immer größer. Was tue ich hier nur mit Cam? Dieses Mal kann uns niemand stören, und ich bin bereit.

Küssend strecken wir uns aus. Ich bewege mich langsam, und er folgt mir.

Dann entfernt er sich von meinen Lippen, und mit kleinen Küssen überzieht er mein Kinn, wandert weiter an meinem Hals entlang nach unten bis zu meinem Dekolleté. Cams Küsse sind Folter, mein Herz rast, mein ganzer Körper scheint gleich zu explodieren. Als wir uns das erste Mal so leidenschaftlich geküsst haben, waren wir noch nicht zusammen. Ich war bei ihm zu Hause, wir wollten Geschichte lernen, als wir auf dem Sofa landeten.

Langsam streckt er sich neben mir aus und schaut mich an.

»Du bist wunderschön«, flüstert er.

Ich lege eine Hand auf seine Wange und streichle zärtlich darüber.

»Willst du es wirklich tun?«, fragt er leise.

Ich nicke, und er lächelt. Er küsst mich erneut und streicht mit seinen Händen in Zeitlupe meinen Körper entlang.

Sanft berührt er die Haut unterhalb meines Bauchnabels, ergreift den Bund meiner Jeans, macht sie auf und zieht sie mir aus. Dann kehrt er zu meinem Hals zurück, während er mit den Fingern immer noch jeden Winkel meines Körpers erkundet.

Im Zimmer wird es heiß. Von diesem Rumgemache werde ich noch ganz verrückt, ich kann nicht länger warten.

Ich will ihn.

Jetzt.

Vorsichtig taste ich nach dem Reißverschluss seiner Jeans. Ich spüre, wie er lächelt. Er hebt sich leicht und flüstert mir ins Ohr: »Ungeduldig? Find ich gut.«

Er steht auf und zieht sich die Jeans aus. Dann holt er ein Kondom aus der Hosentasche.

Gleich darauf legt er sich wieder neben mich. »Ganz sicher?«

»Cam, das hast du schon mal gefragt. Ich will, dass mein erstes Mal mit dir ist, weil ich dich liebe«, sage ich und schaue ihm in die Augen.

Für einen Moment senkt er den Blick und scheint an etwas anderes zu denken, dann lächelt er und ist wieder ganz bei mir. »Ich liebe dich.«

Ich rutsche unter die Bettdecke, und er folgt mir.

»Sag mir, wenn ich dir weh tue, okay?«

Ich nicke.

Er vergräbt den Kopf an meinem Hals und überzieht mich wieder mit seinen sanften Küssen. Einen Augenblick später werden wir eins. Der leichte Schmerz am Anfang verwandelt sich immer mehr in Lust.

»Alles okay, Kleines?«, keucht er leise an meinem Ohr.

Ich nicke. Jede seiner Bewegungen lässt meinen Körper wohlig erschauern, und je heftiger diese Gefühle werden, umso mehr liebe ich ihn. Er ist der Richtige für mich, trotz all meiner Fehler. Dieses Mal aber mache ich alles richtig. Er liebt mich und würde mich vor allem und jedem beschützen.

Cam zuckt noch ein letztes Mal zusammen, dann hört er auf und lässt sich langsam auf mir nieder. Er ringt nach Atem. Mein Herz wirbelt. Ich habe es wirklich getan!

Er stützt sich auf und rollt sich zur Seite. Dann streckt er den Arm aus, dass ich zu ihm heranrücken soll.

Ich kuschle mich an ihn und lege den Kopf auf seine Brust.

»Hat es weh getan?«

»Ich hatte es mir schlimmer vorgestellt«, sage ich und seufze wohlig.

»Hm … Du bist gut drauf, oder?«

Stimmt, ich bin entspannt und glücklich. Ich hebe den Kopf und lächle ihn an.

»Ich hasse es, wenn du so lächelst.«

»Warum?«

Er grinst verschmitzt. »Weil ich dann Lust bekomme, von vorn anzufangen und nie wieder aufzuhören.«

Ich werde rot.

Da höre ich, wie die Haustür aufgeschlossen wird.

Ich zucke erschreckt zusammen. »O nein!«

Cameron springt aus dem Bett und steht komplett nackt vor mir, und jetzt verstehe ich erst recht, warum alle Mädchen auf ihn abfahren. Er ist makellos.

Ich schüttle den Kopf und vertreibe die merkwürdigen Gedanken. Schnell schlüpfe ich in Slip und T-Shirt.

»Cris.« Mama klopft an die Tür.

Cameron kämpft mit seiner Jeans. Das schafft er nie, rechtzeitig aus dem Fenster zu springen.

Der Türknauf dreht sich. »Cris, mach die Tür auf«, sagt Mama.

»In den Schrank, schnell!«, flüstere ich Cameron zu. Und er verschwindet zwischen meinen Klamotten.

Mit einem Blick scanne ich das Zimmer, zum Glück ist alles in Ordnung. Ich öffne die Tür.

»Was ist?«, fragt Mama und kommt herein.

»Ich habe ein paar Kleider anprobiert und wollte nicht, dass jemand mich nackt sieht«, improvisiere ich das Erste, was mir in den Kopf kommt.

»Ach, so ein Zufall! Ich wollte dir grad ein Kleid zeigen, dass ich für dich gekauft habe und das dir bestimmt ganz toll steht. Ich hol es mal«, sagt sie und verlässt mein Zimmer.

Ich schließe die Tür hinter ihr und renne zum Schrank. »Cam, schnell!«

Er springt heraus und schlüpft in sein T-Shirt. Dann nimmt er mein Gesicht in beide Hände und drückt mir einen Kuss auf die Lippen. »Ich liebe dich«, flüstert er, und gleich darauf klettert er aus dem Fenster.

»Da ist es. Ist das nicht schön?«, fragt Mama in der Tür.

Ich dreh mich zu ihr. »Ja, das gefällt mir!«

»Probier es mal an. Ich warte im Wohnzimmer auf dich.«

Als ich wieder allein im Zimmer bin, setze ich mich aufs Bett und atme tief durch.

Cameron und ich zusammen … allein bei dem Gedanken durchzuckt es mich wieder.

14

Sich mit Internetrecherchen die Nacht um die Ohren zu schlagen ist noch nie mein Lieblingshobby gewesen. Ich bin todmüde und kann mich wegen des Schlafmangels kaum wach halten.

Obwohl gestern mein erstes Mal war, verstehe ich nämlich nicht, warum ich nicht geblutet habe.

Als Cameron weg war, habe ich gemerkt, dass das Laken ganz sauber war und mein Slip auch. Da habe ich Angst bekommen. Das ist zwar völlig irrational, aber für einen Moment habe ich an meiner Jungfräulichkeit gezweifelt und gefürchtet, dass ich irgendeinen Vorfall in der Vergangenheit verdrängt haben könnte.

Bei der Suche im Internet habe ich dann aber herausgefunden, dass so etwas völlig normal ist. Es kann aus verschiedenen Gründen tatsächlich sein, dass einige Frauen nicht bluten, auch wenn ihr Jungfernhäutchen reißt. Also habe ich mich wieder einigermaßen beruhigt. Wenn auch nicht ganz. Irgendwie ist ein merkwürdiges Gefühl in mir zurückgeblieben. Es ist, als ob der Sex mit Cam etwas in mir geweckt hätte, etwas, das ich nicht mal beschreiben kann, eine Angst, eine Erinnerung, etwas Diffuses, das mich nervös macht. Ich möchte mit Cam darüber reden, aber ich weiß gar nicht, wie ich dieses Unbehagen überhaupt beschreiben soll.

»Alles gut? Du siehst ja völlig fertig aus«, bemerkt Kate.

»Ja, ich habe nur heute Nacht nicht besonders gut geschlafen«, sage ich und nippe an meinem Kakao.

»Hast du schlecht geträumt?«

»Nein, im Internet recherchiert.«

»Wozu das denn?«, fragt sie und schiebt sich einen Löffel Cornflakes in den Mund.

Die Hupe von Camerons Auto rettet mich vor dem Verhör meiner Schwester. Ich lasse das halbe Frühstück stehen, schnappe mir meine Sachen und renne nach draußen.

Kaum dass ich auf dem Beifahrersitz hocke, drückt mir Cameron einen Kuss auf die Lippen. »Guten Morgen, Kleines.«

»Guten Morgen«, sage ich und lächle.

»Alles in Ordnung?«

»Ja, mir ging's nie besser«, lüge ich. Und er lächelt.

Als wir in der Schule ankommen, streicht er mir eine Haarsträhne hinter das Ohr und sagt: »Alles wird gut. Ich liebe dich.«

Hand in Hand betreten wir die Schule, ohne noch weiter zu verbergen, was wir sind: ein glückliches und verliebtes Paar.

Das Erstaunen der Leute, die bis gestern noch Cam und Susan zusammen gesehen haben, überrascht mich nicht.

Und schon kommt Lindsay auf uns zugerannt, keuchend und mit verstrubbelten Haaren.

»Cris, bitte, darf ich ein Foto von euch machen? Diese News ist zu wichtig, die darf ich nicht unterschlagen. Bitte!«

Na, danke auch. Ohne mich!

»Mach ruhig«, sagte Cameron da.

Ich schaue ihn entgeistert an. Das hat er jetzt nicht wirklich gesagt?!

»Vertrau mir«, beruhigt er mich und zwinkert mir zu.

»Stellt euch mal enger zusammen.«

Ich drücke Camerons Hand und rücke lächelnd näher zu ihm, aber er dreht sich zu mir, legt mir den Arm um die Taille und küsst mich auf den Mund.

»Vielen Dank!«, sagt Lindsay und kontrolliert sofort das Foto, das sie geschossen hat.

»Schreib was Schönes«, erwidert Cameron.

»Das mach ich.« Sie läuft davon.

»Du bist verrückt!«

»Ja, verrückt nach dir.« Er tippt mir mit dem Zeigefinger auf die Nasenspitze. Wenn er will, kann er wirklich der süßeste Junge der Welt sein.

Es klingelt. Cam ergreift wieder meine Hand, und zusammen machen wir uns auf den Weg in den Unterricht.

Im Korridor bemerkt uns Cloe und bleibt abrupt stehen. »Cam«, sagt sie ausdruckslos.

»Cloe, das ist Cris, meine Freundin.«

Sie sieht mich an und öffnet den Mund, um etwas zu

sagen, doch dann schließt sie ihn wieder und schenkt mir ein gequältes Lächeln.

Und jetzt? Ich strecke ihr die Hand entgegen. »Freut mich.«

»Ebenso«, erwidert sie und drückt meine Hand. »Können wir mal reden? Allein?«, fragt sie Cameron.

Er sieht mich an, als wollte er mich um Erlaubnis fragen. Ich nicke und gehe weiter in unseren Raum.

Cloe schien irgendwie enttäuscht zu sein. Aber vielleicht habe ich mich auch getäuscht. Ich fände es toll, wenn sie mich mag. Immerhin ist sie eine gute Freundin von Cameron.

Ich setze mich und packe meine Sachen aus. Susan kommt mit einem Lächeln herein. Gleich darauf erscheint Sam und fällt mir sofort um den Hals.

»Cris!« Sie strahlt. »Ist alles okay? Ich habe gehört, was mit dir und Cameron passiert ist«, flüstert sie gerührt.

Was? »Hat er dir das erzählt?«

Sie nickt.

Dass die beiden *so* vertraut miteinander sind, wusste ich nicht. Es ist schon in Ordnung, dass Sam es weiß, ich hätte es ihr ja auch selbst erzählt. Aber ich hätte es besser gefunden, wenn Cam es für sich behalten hätte.

»Und? Ich bin so neugierig!«

»Es war schön, sehr intensiv und absolut perfekt. Auch wenn …«

»Auch wenn was?«

»Ach, nichts. Ist nicht wichtig. Aber … Sam, es ist etwas Merkwürdiges passiert.« Ich muss einfach mit ihr darüber reden. Sie ist meine beste Freundin, und ich glaube, sie hat mehr Erfahrung in diesen Dingen als ich.

»Erzähl.«

»Nachdem wir es getan haben, habe ich nicht geblutet, und das macht mich irgendwie ganz nervös. Ich weiß auch nicht, warum. Dabei bin ich mir ganz sicher, dass es gestern mein erstes Mal war, und trotzdem ist da so ein komisches Gefühl, das ich nicht erklären kann.«

Sam sieht mich nicht mehr an und scheint an etwas anderes zu denken. »Also, Cris, ich glaube, du müsstest … Oh, der Lehrer«, sagt sie. »Wir reden später.« Sie flitzt zu ihrem Platz.

Mist! Sam wollte mir bestimmt etwas Wichtiges sagen.

Endlich kommen auch Cameron und Cloe in die Klasse. Er sieht genervt aus. Kaum, dass er hinter mir sitzt, drehe ich mich um und frage, ob alles okay ist.

Seine Gesichtszüge entspannen sich, und er lächelt wieder. Er lehnt sich vor. »Alles in Ordnung, Kleines«, flüstert er und drückt mir einen Kuss auf den Mundwinkel.

Ich wende mich wieder nach vorn, als es plötzlich auf der anderen Seite des Raumes prasselt und knackt. Susan steht da und hält einen zerbrochenen Bleistift in den Händen. Um sie herum liegen unzählige Stifte und Kugelschreiber auf dem Fußboden, die aus ihrem Mäppchen geflogen sind.

»Ups!«, sagt Cam hinter mir.

»Miss Rose, heben Sie das wieder auf und setzen Sie sich«, sagt der Lehrer.

Sie kniet sich hin und sammelt alles wieder ein, ohne den Blick von Cameron und mir abzuwenden.

»Gut, bevor wir mit dem Unterricht beginnen, reden wir über die Jahrgangsfahrt«, sagt der Lehrer. »Es sind nur noch vier Wochen bis dahin, und wir müssen schon mal festlegen, wer sich mit wem ein Zimmer teilt. Oh, damit das klar ist: Keine gemischten Zimmer. Versuchen Sie es gar nicht, das wäre reine Zeitverschwendung.« Ein paar Sekunden lang schaut er Cameron an.

Dann geht er unsere Namen durch und notiert auf einem Blatt die verschiedenen Gruppen.

»Cristina Evans?«

»Ich geh mit Samantha Dearing in ein Zimmer.«

Sam schaut mich an und lächelt.

»Samantha Dearing und …?«

»Nur sie«, sage ich.

»Das geht nicht. Das sind Dreier-Zimmer. Also, dann kommt Cloe Split noch zu Ihnen.«

Was? Ich drehe mich zu Cloe, und sie lächelt mich an. Sam hingegen schaut völlig entgeistert zum Lehrer.

Dieser fragt gerade Susan, die sich natürlich mit zwei ihrer treuen Anhängerinnen ein Zimmer teilen wird.

»Cameron Dearing, in Ihrem Fall und aus Gründen, die ich nicht erklären brauche, suche ich Ihre Zimmergenossen aus.«

Vermutlich hat sich Cameron auf den vorherigen Fahrten bereits durch ›gutes‹ Benehmen ausgezeichnet.

»In Ihrem Zimmer brauche ich jemanden mit kühlem Kopf, der ein Auge auf Sie hat. Ich habe nicht vor, Sie auch dieses Jahr wieder suchen zu müssen und Sie dann in einem der Mädchenzimmer zu finden oder Ähnliches.«

Cameron bei anderen Mädchen im Zimmer? Ich erschaudere.

»Ach, kommen Sie. Es hat Ihnen doch Spaß gemacht, mich zu suchen. Geben Sie es doch zu«, spottet Cameron.

Der Lehrer wirft ihm einen finsteren Blick zu. »Sie werden das Zimmer mit dem Neuen teilen, der in der nächsten Woche zu uns kommt, und mit … hm … mal sehen …« Der Lehrer geht die Namensliste durch. »Matthew Espinosa.«

»Was?!«, ruft Cameron.

»Ah, sehr gut. An Ihrer Reaktion sehe ich, dass ich den Richtigen ausgesucht habe. Mr Espinosa, lassen Sie ihn nicht aus den Augen«, sagt der Lehrer zu Matt. »Gut. Dann zurück zum Stoff.«

Als es zur Mittagspause klingelt, recke ich mich. Cameron steht in der Tür und schmollt.

Ich gehe zu ihm. »Alles okay?«

»Ja. Allerdings habe ich keine Lust, mir das Zimmer mit so einem Frischling und dem Ex meiner Freundin zu teilen.«

»Ach was! Das wird schon nicht so schlimm werden.«

»Im Notfall verbringe ich die Nacht eben bei dir«, sagt

er mit einem Grinsen und streicht mir den Hals entlang. »Komm her.« Er zieht mich an sich.

Als unsere Lippen sich treffen, sehe ich uns beide wieder im Bett, und mir bleibt die Luft weg. Mir wird mit einem Schlag heiß, und ich rücke von Cam ab, um nicht zu ersticken.

»Alles in Ordnung, Kleines?«

»Ja, es ist nur …«

»Was ist denn hier los?« Susan steht hinter uns.

Cameron dreht sich zu ihr. »Ich rede gerade mit meiner Freundin. Also, wenn es dir nichts ausmacht, wir würden gern allein sein.« Er nimmt meine Hand und zieht mich aus dem Raum.

»Das wirst du mir büßen, Evans!«, zischt Susan, als ich an ihr vorbeigehe.

Diesen Satz hat sie echt schon viel zu oft gesagt.

Cameron bleibt stehen. »Nein, Cris hat dir nichts getan. Wenn du dich schon mit jemandem anlegen willst, dann mit mir. Versuchst du auch nur, ihr ein Haar zu krümmen, bist du tot!«

»Du bist so ein Arsch, Dearing«, erwidert sie unter Tränen.

»Ich kann noch viel unangenehmer werden«, sagt er, »wenn du die Menschen anrührst, die ich liebe.«

15

»Dearing!«, ruft jemand vom Ende des Korridors. Als wir uns umsehen, kommt Cloe auf uns zu.

Cameron seufzt. »Cloe, jetzt ist nicht der richtige Moment für eine Standpauke.«

Hä? Dann wollte sie ihm also wirklich die Leviten lesen. Weswegen nur?

»Tut mir leid, aber wir beide müssen reden. Und zwar jetzt«, beharrt sie.

»Ich habe aber keine Lust.« Er nimmt mich wieder an der Hand und geht los.

»Du hast es versprochen. Mir und Charly. Erinnerst du dich?«

Der Name Charly durchzuckt mich wie ein elektrischer Schlag. Was hat Cloe damit zu tun?

Cameron bleibt stehen und dreht sich langsam zu ihr. »Zieh sie da nicht mit rein.«

»Du weißt genau, dass wir dieses Gespräch unter vier Augen führen sollten.« Cloe drückt ihre Schulbücher an sich.

»Cris, entschuldige mich. Wir sehen uns später.«

»Was? Nein!«

»Bitte.« Er sieht mir in die Augen.

Immer, wenn ich es am wenigsten erwarte, ploppt diese verfluchte Geschichte mit Charly wieder hoch. Langsam kann ich nicht mehr.

»Na gut«, sage ich, lasse Cams Hand los und werfe Cloe einen fragenden Blick zu.

Zu gern würde ich Mäuschen spielen und hören, was die beiden reden.

Ich gehe in den Unterrichtsraum zurück und treffe Sam allein an. Sie schaut auf ihr Handy. »Was machst du?«, frage ich.

»Oh, sieh mal! Da ist Cris.« Sie dreht das Phone zu mir. Auf dem Display erkenne ich das Gesicht von Nash.

»Hallo, New Yorker!«, rufe ich.

Er lächelt. »Hi, Cris!«

Es ist merkwürdig, ihn auf dem Handy zu sehen. »Wie läuft's bei dir?«

»Gut. Ich bin mit dem Schulstoff zwar ein bisschen hinterher, aber das hole ich bald auf. Ich habe auch schon ein paar Freunde gefunden, aber das ist nichts im Vergleich zu euch.«

»Du fehlst uns sehr.«

»Ihr fehlt mir auch. Jetzt muss ich los. Der Unterricht geht weiter. Grüßt mir Cameron! Und sagt ihm, dass er eine Flachpfeife ist.«

»Warum?«, fragt Sam mit einem Lächeln.

»Weil er nie ans Telefon geht. Tschüs, Cris. Tschüs, Sam«, sagt Nash und beendet die Verbindung.

Sams Lächeln verschwindet mit einem Schlag.

»Fehlt er dir?«, frage ich erstaunt.

»Ja, mehr denn je. Es tut weh, ihn nur auf dem Display zu sehen. Mir fehlen seine Umarmungen, sein Duft … alles. Ich liebe ihn, Cris, doch er ist lieber nach New York gezogen und hat mich zurückgelassen.« Sie seufzt. »Aber Jammern nützt ja auch nichts. Also Schluss damit. Wir sollten viel mehr von dir und Cam reden. Der Englischlehrer hat uns unterbrochen.«

»Ja. Du wolltest mir was sagen.«

»Na ja, eigentlich wollte ich dir nur sagen, dass du mit Cam darüber reden solltest. Er versteht dich besser, als du glaubst. Mehr kann ich dir nicht sagen. Vertrau ihm. Ich denke, ihr beide solltet euch aussprechen.«

Ich muss schlucken. Sam weiß also etwas, das sie mir nicht sagen kann. Und ich will sie nicht drängen, damit sie keine Schwierigkeiten bekommt. Vermutlich hat sie Cam versprochen, irgendein Geheimnis für sich zu behalten. Ja, ich werde ihrem Rat folgen und mit ihm sprechen.

Als der Lehrer den Raum betritt, setze ich mich auf meinen Platz. Cam und Cloe kommen schon wieder zu spät. Er sieht echt besorgt aus, aber dieses Mal frage ich ihn nicht, wie es ihm geht. Vermutlich hat es was mit Charly zu tun und das Thema ist einfach tabu.

Nach dem Ende der Stunden begleitet Cam mich zu meinem Spind, in den ich die Bücher packe.

»Kleines, hast du Lust, heute Abend zu mir zu kommen?«

»Das würde ich gern, aber ich glaube, meine Eltern erlauben das nicht. Sie werden sagen, dass ich die versäumte Schulwoche nachholen muss, blablaba.«

»Du bist sechzehn! Du kannst machen, was du willst und wann du willst. Außerdem, wenn du ihnen sagst, dass du zu mir gehst, ist es bestimmt kein Problem. Da bin ich mir ganz sicher. Deine Eltern vergöttern mich nämlich«, frohlockt er.

»Du Schleimer! Du musst mir mal beibringen, wie man das macht.«

»Och, Kleines, sei unbesorgt, bei meinen Eltern schaffst du das schon ganz gut.«

»Wenn du das sagst …«

»Sie sind verrückt nach dir! Als sie dich kennengelernt haben, haben sie sofort gemerkt, dass du die Richtige für mich bist.«

So, so. Ich verschließe den Spind. Wir gehen zum Ausgang, als Susan auf uns zukommt.

Nicht schon wieder.

Cameron stellt sich vor ihr auf. »Hör mal, Susan, für heute haben wir genug von deinem Mist. Lass uns in Ruhe.«

»Nein, warte. Ich möchte mich bei Cris entschuldigen.«

Sie nimmt mich auf den Arm, oder? Das ist doch sicher ein Scherz? Es muss einer sein. Misstrauisch sehe ich mich um. Vielleicht ist das ja *Die versteckte Kamera* oder so.

»Susan«, drängt Cameron.

»Nein, lass mich ausreden.« Sie schaut von Cam zu mir.

»Ich … ich gebe zu, dass ich es anfangs überzogen habe, aber versuche bitte, mich zu verstehen. Vor noch nicht mal vierundzwanzig Stunden war Cam mit mir zusammen, und heute Morgen kommt er mit dir in die Schule, als wäre nichts gewesen. Ich will dir nicht weh tun. Das, was auf dem Fest passiert ist, hat mich echt geschockt. Gott, ich hab geglaubt, ich hätte dich umgebracht. Also, schließen wir Waffenstillstand, okay?«

In diesem Moment könnte ich laut loslachen.

»Susan, wenn du wieder etwas planst, ich schwöre …«, sagt Cam.

»Nein, echt nicht. Ich hab es bloß satt, immer wieder auszurasten, wenn ich euch zusammen sehe.«

Sie reicht mir die Hand, und ich drücke sie. Dann deutet sie ein Lächeln an und lässt uns allein.

»Was war das, bitte?«, sage ich, während sie davongeht.

»Ich an deiner Stelle wäre weiter auf der Hut. So wie ich sie kenne, ändert sie ihre Meinung in einer Nanosekunde wieder. Irgendetwas sagt mir, dass Cloe hinter allem steckt.«

»Erklärst du mir bitte, was sie mit dieser Geschichte zu tun hat?«

»Hm … Ich weiß nicht, aber ich glaube, Cloe hat sie überredet, sich bei dir zu entschuldigen. Und das hat sie nicht getan, damit du sie nett findest! Da steckt etwas anderes dahinter.«

Aber warum sollte sie das tun? Vielleicht um die Aufmerksamkeit von Cam zu erregen … oder aus anderen Gründen, die ich nicht kenne.

»Cam, ich muss mit dir über etwas Wichtiges reden.«

»Lieber nicht. Heute sollten wir über nichts mehr reden, das uns den Tag verdirbt oder uns wieder zum Streiten bringt. Können wir das verschieben?«

Wenn ich es genau überlege, habe ich eigentlich auch keine Lust auf anstrengende Gespräche. Der Tag war wirklich stressig genug.

»Ja, ist gut. Wir reden später.«

16

»Wie spät ist es? Verdammt! Ich hab den Wecker nicht gehört!« Kates Stimme reißt mich aus dem Schlaf.

Ich entsperre mein Phone, und das Licht des Displays blendet mich. Es ist neun Uhr, und es ist Samstag. Warum diese Hektik?

Genervt ziehe ich mir die Bettdecke über den Kopf und will weiterschlafen. Doch an der Haustür klingelt es. Das ist bestimmt für Kate. Vielleicht ist sie mit Hayes verabredet oder mit einer ihrer Freundinnen.

Gleich darauf höre ich Schritte im Flur, und die Tür meines Zimmers öffnet sich.

»Kate, ich leihe dir nichts.« Ich drehe mich auf die andere Seite, mit dem Rücken zur Tür.

Immer dasselbe Theater. Mein Schwesterchen hat superviele Klamotten, aber wenn sie weggeht, will sie immer irgendetwas von meinen Accessoires tragen.

Da setzt sich jemand an das Fußende meines Bettes. Langsam wende ich mich um. Cameron! Ich schrecke hoch und kippe rücklings aus dem Bett.

»Hoppla. Hast du dir weh getan?«, fragt er und beugt sich über mich.

Ich setze mich auf und reibe mir den schmerzenden Kopf. »Was machst du hier?«

»Du hast mir gefehlt. Und da wollte ich dir einen guten Morgen wünschen.«

Okay, das ist echt süß, aber er hätte wenigstens warten können, bis ich wach bin.

»Wer hat dich reingelassen?«

»Kate.«

Na, die kriegt was zu hören, wenn ich sie sehe. Sie weiß doch genau, dass ich samstags um neun noch schlafe. Und trotzdem lässt sie Cameron rein. Und ich stehe jetzt wie der letzte Tollpatsch da.

»Komm, hoch mit dir.« Er reicht mir die Hand und hilft mir auf.

Ich setze mich neben ihn. Vermutlich sehe ich fürchterlich aus.

»Du bist niedlich, so kurz nach dem Aufwachen«, sagt er und kichert.

»Gar nicht. Ich bin total verstrubbelt.« Ich streiche meine Haare einigermaßen glatt.

»Cris.« Mama kommt zur Tür rein. »Oh«, ruft sie, als sie Cameron entdeckt.

Oh mein Gott. Jetzt denkt sie bestimmt, wir hätten die Nacht zusammen verbracht.

»Guten Morgen, Mrs Evans.«

»Cameron, wie nett, dich zu sehen … ähm … Hast du hier übernachtet?«

»O nein, nein. Er ist … gerade erst gekommen. Kate hat

ihn reingelassen.« Meine Wangen werden heiß, obwohl es ja stimmt.

Mama seufzt erleichtert.

»Ich wollte Cris zum Skateboarden abholen.«

»Skateboarden?« Ich schaue ihn überrascht an.

»Na, dann viel Spaß«, sagt Mama und verschwindet wieder.

»Ja, die anderen warten auf uns. Beweg dich.« Er steht auf und greift nach meiner Hand.

»Ich komm nicht mit.«

»Warum nicht?«

»Weil es mir nicht gutgeht und ich keine Lust habe.«

Vermutlich ist Cloe auch da, und das nervt mich jetzt schon. Da sie für Cameron wirklich nur eine Freundin ist, bin ich zwar nicht eifersüchtig auf sie, aber es passt mir überhaupt nicht, dass sie über die Geschichte mit Charly Bescheid weiß, während ich immer noch keinen Schimmer habe, was da eigentlich passiert ist. Außerdem plant sie mit Susan bestimmt etwas gegen mich.

»Faule Ausreden. Der Tag ist wunderschön! Los, zieh dich an. Ich warte draußen auf dich.« Er flitzt aus dem Zimmer.

Widerwillig stehe ich auf und mache mich fertig.

Als ich den Wagen besteige, seufzt Cameron genervt.

»Was ist?«

»Du hast ewig gebraucht. Zwanzig Minuten für ein T-Shirt und eine Leggins?«

»Für das Make-up und andere Dinge«, ergänze ich.

»Klar«, sagt er spöttisch und startet den Wagen.

»Ist Cloe auch im Park?«

»Ja.«

Na toll. So wie ich dachte. Das wird richtig schiefgehen, das spüre ich jetzt schon.

»Du magst sie nicht, oder?«

»Das ist nicht der Punkt. Ich vertraue ihr nicht.« Hoffentlich merkt er nicht, dass ich lüge.

»So schlimm ist sie nicht. Sie ist nett, und das wirst auch du ganz schnell feststellen. Unterhalte dich doch mal richtig mit ihr. Ich wette, ihr werdet sogar Freundinnen.«

Das glaube ich ja mal gar nicht, aber damit er zufrieden ist, nicke ich.

An der Skateboard-Piste fällt mir der Nachmittag wieder ein, den ich mit Matt hier verbracht habe. So vieles hat sich seitdem verändert.

Carter, Jack, Taylor, Matt und Cloe stehen zusammen und reden. Es fühlt sich sonderbar an, dass Nash nicht dabei ist.

»Sam kommt nicht?«, frage ich Cam.

»Nein. Sie ist mit Nash zum Skypen verabredet.«

Cam schnappt sich sein Skateboard und nimmt meine Hand. Langsam gehen wir zu den anderen.

»Da ist ja das Liebespaar des Jahres«, bemerkt Taylor und kichert.

»Ach wie süß, Dearing! Wo ist denn der eingefleischte Verführer geblieben, der sich nie verliebt?«, scherzt Cloe.

Cameron hebt nur den Mittelfinger, und schon bricht sie in Gelächter aus.

»Drehen wir eine Runde?«, fragt Jack.

Cam stellt das Skateboard neben mich. »Willst du mal probieren?«

»Nein, danke. Beim letzten Mal habe ich einen Jungen fast ins Krankenhaus befördert.«

»Das war nicht deine Schuld, sondern die deines miesen Lehrers.«

Ich lächle, und er drückt mir einen Kuss auf die Lippen. Dann setze ich mich ins Gras.

»Cameron, beweg dich«, ruft Matt.

Er stöhnt. »Der ist wohl ein bisschen eifersüchtig.«

Cloe kommt zu mir und hockt sich neben mich. »Cam scheint wirklich verliebt zu sein. Das letzte Mal, dass ich ihn so gesehen habe, war er mit …«

»Susan zusammen«, komme ich ihr zuvor.

Sie sieht mich an, dann lächelt sie. »Ich meinte zwar Charly, aber Susan ist auch okay.«

»Hast du sie überredet, dass sie sich bei mir entschuldigt?«, frage ich Cloe ohne Umschweife.

»Ja.«

»Warum?«

»Die Geschichte ist zu lang, um sie zu erzählen. Das meine ich ernst. Aber mach dir keine Sorgen, ich führe nichts gegen dich im Schilde oder so was. Ich versuche nur, dieser Bitch eine ordentliche Lektion zu erteilen.«

»Was hat sie dir getan?«

»Außer mir mein Leben zu ruinieren? Nichts.«

»Hat Charly was damit zu tun?« Gestern hat sie von einem Versprechen geredet, dass Cameron ihr und Charly gegeben hat.

»Ich kann dir nicht viel sagen. Nur ganz wenige wissen oder glauben zu wissen, wie diese Geschichte wirklich gelaufen ist. Und zum Wohl aller ist das auch besser so. Ich habe Cameron gebeten, nichts zu erzählen, und ich vermute, dass er sich daran gehalten hat.«

Ich nicke.

»Also … ja, Charly hat sehr viel damit zu tun und auch mit Susan, unter anderem, weil sie meine Schwester war.«

Ich sehe Cloe entgeistert an. »Machst du Witze? Echt jetzt? Oh, ich …«

»Ich habe dir nichts gesagt, okay? Ich will nicht, dass Cameron erfährt, dass ich als Erste unsere Abmachung gebrochen habe. Ich bin nicht mehr mit Susan befreundet, ich will nur herausbekommen, was sie über den Tod von Charly weiß.«

»Ich verstehe das nicht. Was hat Susan mit dieser Geschichte zu tun?«

Cloe schweigt eine Weile, als dächte sie über etwas nach. »Du musst wissen, dass ich, Charly und Susan früher mal unzertrennlich waren. Dann hat Susan mein Vertrauen missbraucht, und wir haben uns richtig verkracht. Aber sie war immer noch eine gute Freundin von Charly. Ich glaube, sie weiß mehr über den Unfall meiner Schwester, als sie zugibt. Vielleicht irre ich mich, aber ich habe da so ein Gefühl, und ich will es genau wissen.«

»Bist du deshalb nach dem Unfall nach New York gezogen?«

»Ja, ich musste hier weg, um mit Charlys Tod fertigzuwerden und mein eigenes Leben wieder auf die Reihe zu kriegen. Das schien mir der beste Weg zu sein.«

Cloe ist stärker, als ich gedacht hätte. »Das tut mir leid.« Ich fühle mich so dumm, dass ich sie verurteilt habe, ohne ihre Geschichte zu kennen.

»Oh, schon gut. Die Vergangenheit ist vorbei. Nur die Gegenwart zählt.«

Sie hat recht. Ich sehe zu den Jungs rüber. Cameron lächelt und wirft mir eine Kusshand zu. Er ist so süß!

»Weißt du, Cris, Anfang des Jahres hat Cam mir von dir erzählt, aber du bist ganz anders, als er dich beschrieben hat.«

»Zuerst haben wir uns nicht so gut verstanden.«

»Ja, und das alles hat Susan unglaublich genervt«, erklärt sie.

Ich nicke.

Wir reden den ganzen Vormittag. Cloe ist tatsächlich sehr nett. Es war verkehrt, dass ich sie so schnell abgestempelt habe.

Als es Zeit für den Heimweg ist, verabschieden Cam und ich uns von allen und gehen zum Auto.

»Und, hast du dich gelangweilt?«, fragt er.

»Nein, überhaupt nicht. Cloe mag ich sehr.«

Er lächelt. »Hab ich's dir nicht gesagt?«

»Cam!« Cloe kommt noch einmal hinter uns her, und Jack folgt ihr. »Ich muss mit dir reden.«

Ich und Jack bleiben stehen, während die beiden sich ein Stück entfernen.

»Fährst du mit Cameron nach Hause?«, fragt er.

»Ja, wir verbringen den Abend zusammen. Du … gehst mit Cloe?«, sage ich.

»Ja. Wir werden den Abend auch zusammen verbringen.

Ich ziehe eine Augenbraue hoch. Ist zwischen Cloe und Jack mehr als Freundschaft?

»Oh, nicht, was du denkst. Unsere Eltern sind befreundet, und Mom und Dad haben die Splits zum Abendessen eingeladen, um Cloes Rückkehr zu feiern.«

Cameron kommt zurück und geht wortlos an mir vorbei.

»Nun sei nicht so ein Feigling und sag es ihr«, ruft Cloe und kommt auf mich zu. Sie sieht besorgt aus. »Cris, egal was er dir erzählt, bleib bitte ganz ruhig. Okay?«

Diese Ankündigung erschreckt mich. Ich nicke und setze mich zu Cam ins Auto. Wie in Zeitlupe schnalle ich mich an.

»Cam, ist alles okay?«, frage ich nach einer Weile.

»Ja«, sagt er. »Es ist nur … Cris, ich muss dir etwas sagen.«

Mein Herz trommelt in meiner Brust. »Okay. Ich höre.«

»Okay, aber versprich mir, dass du erst gut darüber nachdenkst, bevor du irgendeine Entscheidung triffst.«

»Einverstanden.« Jetzt mache ich mir wirklich Sorgen.

Cam nimmt meine Hand zwischen seine. »Ich weiß, dass du mit Sam über dieses Problem gesprochen hast … also dein erstes Mal und deine Zweifel daran.«

Warum hat Sam ihm das erzählt?

»Ja … Cam … also, das ist echt strange. Du bist der erste Junge, mit dem ich geschlafen habe, da bin ich mir ganz sicher, und ich weiß, dass das vorkommen kann, was mir passiert ist. Trotzdem habe ich so ein ungutes Gefühl … das ich mir nicht erklären kann.«

»Ja, ich weiß … Und es stimmt, dein erstes Mal war mit mir … aber nicht an dem Tag.«

»Was … was willst du mir sagen? Das verstehe ich nicht.« Ich ziehe meine Hand zurück. »Cam, erklär es mir.«

»Erinnerst du dich noch an den Abend von Nashs Party? Du hast in meinem Zimmer geschlafen …«

»Klar, und du hast mir erzählt, dass ich Susan beleidigt habe und ihr schreckliche Dinge an den Kopf geworfen habe. Aber mehr ist doch nicht passiert.«

Er fährt sich mit der Hand durch die Haare und lehnt sich auf seinem Sitz zurück, um mir nicht in die Augen sehen zu müssen.

»Tja, das stimmt nicht ganz. Es gibt etwas, das du nicht weißt. In dieser Nacht sind Susan und ich in mein Zimmer gekommen, um du-weißt-schon-was zu tun. Aber als ich dich in meinem Bett gesehen habe, hatte ich plötzlich keine Lust mehr auf sie. Du sahst so wunderschön aus, als du geschlafen hast … Dann bist du aufgewacht und hast Susan angeschrien mit Worten, die man echt nicht wiederholen kann. Als sie endlich ging, hast du dich wieder hingelegt, und ich habe mich neben dich gelegt, und dann …«

»Es reicht.«

Den Rest möchte ich lieber nicht hören. Ich kann nicht glauben, dass es passiert sein soll, während ich betrunken und mir meiner Taten nicht bewusst war. Wütend steige ich aus dem Auto, knalle die Tür zu und renne los. Damals waren wir noch nicht mal zusammen. Und ich dachte, ich könnte mich auf ihn verlassen.

»Cris, warte.« Er kommt mir nachgelaufen. »Hör dir wenigstens an, was ich dir zu sagen habe. Danach kannst du tun, was du willst.«

Ich bleibe stehen. »Was willst du mir noch sagen? Wie gut du dich amüsiert hast, während ich betrunken war? Cam, du ekelst mich an!«

»Du hast mir gesagt, dass du es auch willst!«

»Was?«

»In jener Nacht, nachdem ich mich neben dich gelegt habe, hast du mich quasi angesprungen und mir gesagt, dass du mit mir schlafen willst.«

»Ich war betrunken! Ich war nicht bei Sinnen! Was willst du mir sagen? Dass es meine Schuld war? Außerdem warst du mit Susan zusammen! Warum zum Teufel hast du dich von einer rumkriegen lassen, die du nicht mal erträgst?«

»Nein, es war nicht deine Schuld. Ich wollte es, ich wollte es von ganzem Herzen. Ich habe schon viel früher etwas für dich empfunden, und als wir miteinander geschlafen haben, war ich schon in dich verliebt. Wieso erinnerst du dich bloß nicht daran? Du schienst so entschlossen … es war so schön … Seitdem war mir klar, dass ich mit Susan Schluss machen muss.«

»Cameron, ich bereue es nicht, dass mein erstes Mal mit dir war. Es tut mir nur weh, dass du es die ganze Zeit vor mir verheimlicht hast und dass Cloe dich erst überreden musste, es mir zu sagen.«

»Ich weiß. Deshalb fühle ich mich auch wie der größte Feigling der Welt. Ich hätte es dir sofort sagen müssen. Aber dass für dich so gar nichts passiert war, das hat mich völlig aus der Bahn geworfen, und im Laufe der Zeit … ist es mir aus den Händen gerutscht. Cris …« Er kommt auf mich zu.

Ich mache ein paar Schritte zurück. »Fass mich nicht an! Ich will nur noch ganz weit weg von dir. So weit weg wie möglich«, sage ich und gehe.

17

Montag ist der schlimmste Tag der Woche. Nach einem ganzen Sonntag voller Nichtstun fällt es mir immer schwer, wieder in den Alltag zurückzufinden.

Heute muss ich mich in Rekordzeit fertig machen und sofort los, wenn ich pünktlich in der Schule sein will. Ich glaube nämlich nicht, dass Cameron draußen steht und auf mich wartet.

Gestern habe ich das Handy den ganzen Tag nicht angeschaltet, denn ich wollte auf gar keinen Fall mit ihm reden. Aber jetzt bin ich doch wieder neugierig, ob er mir nachläuft.

Fünf verpasste Anrufe, alle von Cam.

Überflüssig zu sagen, dass ich glücklich bin. Schließlich beweist er damit, dass er an mir hängt und sich aussprechen will. Aber ich bin auch ein bisschen aufgeregt. Wenn ich ihn gleich treffe, was soll ich ihm sagen? Ich bin noch so verwirrt und habe auch noch nicht entschieden, ob er es verdient hat, dass ich ihm verzeihe, oder nicht.

Ich setze den Kopfhörer auf, und mit *Wonderland* von Taylor Swift verscheuche ich die unangenehmen Gedanken. Es wird schon alles gut werden, ich muss einfach nur positiv denken.

Vor der Schule begrüßt mich Austin. Er ist mit Alex, Robin und Camila zusammen. »Hey Cris, wie geht's?«

»Hallo Leute. Alles bestens«, sage ich und deute ein Lächeln an.

Camila trägt das Kettchen, das Austin ihr geschenkt hat. Stimmt ja, daran habe ich überhaupt nicht mehr gedacht. Ihre Geburtstagsfeier war einen Tag nach dem Fest zu Ehren von Cams Vater. Das war der Sonntag, an dem ich in besinnungslos im Krankenhaus lag.

»Camila, ich konnte dir noch gar nicht gratulieren, bei all dem, was bei mir los war. Herzlichen Glückwunsch nachträglich!«, sage ich.

»Danke«, erwidert sie. »Austin hat mir erzählt, dass du ihm bei der Wahl des Geschenks geholfen hast, obwohl er das eigentlich auch allein hätte tun können. Ich mag seine Tassen, ich sammle sie mittlerweile, und dann …« Robin stößt ihr einen Ellenbogen in die Seite. »Ähm … ja, also, danke.«

»Sag mal, hast du dich eigentlich mit Dearing ausgesprochen?«, fragt Robin da.

Was?

»Robin, du bist so ein Idiot!«, brummt Austin.

»Nein, schon gut … was meint er?«

»Die Nachricht von Lindsay. In der sie berichtet, dass du mit Dearing aus unbekannten Gründen gestritten hast«, erklärt Austin und wirft seinem Freund einen erbosten Blick zu.

»Ich habe keine Nachricht bekommen.« Ich ziehe mein Phone raus: Es zeigt nur die verpassten Anrufe von Cam an.

»Tut mir leid für dich und Dearing«, sagt Austin.

»Lügner!« Alex kichert.

Ich versuche, seine Bemerkung zu überhören. »Och, das war nichts ... aber jetzt muss ich los. Ich muss da noch eine Sache mit einer Schnüfflerin klären, die ihre Nase mal wieder viel zu tief in die Dinge anderer Leute steckt«, sage ich. Alle lachen. »Bis bald.«

Im Schulgebäude suche ich nach Lindsay. Hoffentlich erwische ich sie noch vor dem Läuten. Sie könnte überall sein, und in zehn Minuten fängt der Unterricht an. Mir bleibt also nicht viel Zeit. Aber ich finde sie nirgends, also biege ich um die Ecke zu meinem Spind. Im Korridor stehen Cameron und Susan und lachen. Mein Herz krampft sich zusammen.

Vorsichtig sehe ich mich um, ob ich zu meinem Schrank gelangen kann, ohne an ihnen vorbeizumüssen. Nein, es gibt keinen anderen Weg, auf dem ich ihnen ausweichen könnte. Ich atme tief ein.

Unbemerkt schlängle ich mich zwischen all den Schülern an den beiden vorbei. Glück gehabt.

Ich hole die Bücher für den Unterricht aus dem Spind und verschließe ihn wieder. Als ich mich umdrehe, sehe ich Cameron.

Vor Schreck zucke ich zusammen. Er lächelt, wahrscheinlich amüsiert er sich über meine Reaktion. Ich reiße mich zusammen und gehe wortlos an ihm vorbei.

Doch schon höre ich seine Schritte hinter mir. Ich bleibe stehen, ich kann ihn einfach nicht wie Luft behandeln. »Eben schienst du ja bester Stimmung zu sein«, sage ich. »Das freut mich für dich.«

»Du bist doch wohl nicht eifersüchtig auf Susan, oder?«

»Nein.«

»Sie hat mir von ihrem älteren Bruder erzählt, der seinen Abschluss im College gemacht hat. Das war ein guter Freund von mir.«

»Ich habe dich nicht um eine Erklärung gebeten.«

»Ich weiß, aber ich möchte es dir trotzdem erzählen, damit du nicht auf dumme Gedanken kommst.«

Kopfschüttelnd gehe ich weiter.

Er packt mich am Arm und hält mich auf. »Was ist bitte mit dir los? Bist du immer noch sauer wegen dieser Geschichte?«

»Na, was denn sonst?«

»Cris, wir wollten es beide, und es war wundervoll. Wenn du dich an diese Nacht erinnern würdest, wärst du so happy.«

Ich starre ihn an und sage nichts. Noch immer habe ich dieses ungute Gefühl. Vielleicht sollte ich erst mal lernen, auf mich selbst zu hören, bevor ich Cam widerspreche.

»Warum bist du nicht ans Telefon gegangen?«

»Ich hatte keine Lust zu reden, okay? Es ist zu viel passiert, und ich musste erst mal nachdenken.«

»Und wie hast du dich entschieden?«

Ich überlege ein paar Sekunden, dabei weiß ich, dass ich mich in Wirklichkeit noch gar nicht entschieden habe. Ich bin viel zu verwirrt und wütend, um so eine wichtige Entscheidung zu treffen.

»Komm schon, Cris, wir können doch nicht Schluss machen, nur weil wir miteinander geschlafen haben.«

»Das war aber nicht einfach nur miteinander schlafen, sondern mein erstes Mal, an das ich mich nicht erinnere und das du vor mir verheimlicht hast! Entschuldige, aber ich muss gut darüber nachdenken.«

Es klingelt, und ich seufze erleichtert. Wäre dieses Gespräch weitergegangen, hätte es vermutlich kein gutes Ende genommen.

Als Erstes teilt der Englischlehrer Sam mit, dass sie sofort zur Direktorin kommen soll.

Sie steht auf. »Ist etwas passiert?«, fragt sie.

»Nein, keine Sorge. Sie sollen nur dem neuen Schüler, der heute kommt, die Schule zeigen.«

Sam nickt und verlässt den Raum.

Während der Stunde muss ich ständig an den neuen Jungen denken. Nervös kratze ich mit dem Stift auf dem Tisch herum. Das Geräusch ist widerlich.

»Cris, was ist los?«, fragt Cameron leise von hinten.

Ich schaue zum Lehrer, doch der wird von der Frage eines Schülers abgelenkt. Ich wende mich um.

»Meine Mutter glaubt, gestern Nachmittag Seth auf dem Ocean Drive gesehen zu haben«, flüstere ich. »Eigentlich dachte ich sofort, dass sie sich irren muss. Aber was, wenn er der neue Schüler wäre?«

»Was? Wie kommst du denn darauf? Bestimmt hat deine Mutter jemanden mit ihm verwechselt.«

»Miss Evans, gibt es ein Problem?«, fragt der Lehrer.

»Entschuldigung. Das ist meine Schuld«, sagt Cam laut. »Ich habe Cris gefragt, ob ich mich neben sie setzen kann, weil ich mein Buch vergessen habe.«

Der Lehrer nickt, und Cameron rückt seinen Stuhl neben mich.

»Ich weiß nicht, warum, aber ich habe Angst, dass der Neue wirklich Seth ist«, flüstere ich weiter.

»Dein Ex? Warum sollte er nach Miami Beach ziehen?«, fragt Cameron leise.

»Ich weiß nicht. Aber wenn er es ist, dann wechsle ich die Schule, das schwör ich.«

»Mach dir keine Gedanken. Wenn der Sack hier überleben will, sollte er sich von dir fernhalten. Falls er das nicht tut, werde ich ihn schon daran erinnern«, sagt er und lacht.

Die Tür geht auf, und Sam tritt ein. Sie blickt zu mir, und ich erkenne sofort, dass sie schockiert ist.

»Ah, Miss Dearing, ist er da?«, fragt der Lehrer.

Ich ergreife Camerons Hand und vergesse für ein paar Sekunden, was passiert ist. Sam nickt und winkt den Jungen herein, der noch auf dem Korridor steht.

Mir wird übel.

»Willkommen in unserer Schule«, ruft der Lehrer.

»Cameron«, flüstere ich verzweifelt.

Sein Gesicht verdüstert sich vor Wut, und er drückt meine Hand viel zu fest.

»Bitte stellen Sie sich doch der Klasse vor«, sagt der Lehrer.

»Hallo, ich bin Trevor Square«, sagt Trevor, während er sich neben den Lehrertisch stellt.

O mein Gott! Von allen Menschen, die auf der Erde leben, muss ausgerechnet er an diese Schule wechseln?

Ich kralle mich an Camerons Hand fest. Er scheint auf einmal echt nervös zu sein. Seine letzte Begegnung mit Trevor war aber auch nicht besonders nett.

Wie merkwürdig, Trevor hier zu sehen.

»Da wäre mir dein arschiger Ex echt lieber gewesen«, bemerkt Cam leise. »Und auf der Jahrgangsfahrt muss ich also das Zimmer mit dem da teilen?«

Mist, das auch noch!

»Versuch doch, mit jemandem zu tauschen«, schlage ich vor.

Trevor starrt mich an.

»Miss Evans und Mr Dearing, wenn Sie nicht sofort aufhören zu quatschen, muss ich Sie bis zum Ende der Stunde an die frische Luft setzen«, sagt der Lehrer.

»Gut«, erwidert Cameron und steht auf, immer noch mit meiner Hand in seiner. Er zieht mich zur Tür. »Auf Wiedersehen.«

Das tut er nicht wirklich, oder?

Aus dem Augenwinkel sehe ich noch das erstaunte Gesicht des Lehrers, als wir auf den Gang treten.

»Cameron, was machst du denn?«, frage ich, nachdem er die Tür hinter sich geschlossen hat.

»Er hat uns vor die Wahl gestellt. Also habe ich mich entschieden.«

Ich schüttle den Kopf.

»Und was machen wir jetzt?«, fragt er.

»Mit Trevor?«

Er nickt und geht den Korridor entlang.

Ich folge ihm. »Ich weiß nicht. Sollen wir ihn einfach links liegenlassen?«

»Ja, aber wird er das zulassen?«, fragt er und stoppt vor einem Getränkeautomat. Er wirft eine Münze ein und zieht sich einen Becher Kaffee.

»Das muss er lernen.«

»Hoffentlich. Und wenn nicht, dann bringe ich es ihm bei.«

Ich ziehe eine Augenbraue hoch.

»Nur, wenn es wirklich nötig ist, natürlich«, fügt er hinzu.

»Na, das will ich hoffen.«

Ich lehne mich an die Wand und beobachte, wie er seinen Kaffee trinkt. Cameron ist so verdammt schön.

»Bist du noch sauer?«

»O Mann, Cam, das ist jetzt echt der blödeste Moment, um über uns zu sprechen.«

»Du hast mich Cam genannt. Also ist alles nur noch halb so schlimm«, sagt er lächelnd.

Ich reiße den Blick von seinem Mund los und betrachte die Schüler, die mit dem Läuten in den Korridor strömen. Endlich können wir in unseren Raum zurück.

Ein Stück entfernt quatscht Susan mit ihren Freundinnen. Das Bild, wie sie und Cameron zusammen lachen, kommt mir wieder in den Sinn, und schon steigt die Wut in mir auf. Ich balle die Fäuste.

»Cris? Alles gut?«, fragt Cameron und schaut mich besorgt an. Dann bemerkt auch er Susan und seufzt. »Bitte, sag mir nicht, dass du immer noch wegen ihr sauer bist. Ich hab dir doch gesagt, dass wir nur geredet haben.«

»Weißt du was? Ich glaube dir nicht«, presse ich heraus. »Ich glaube nämlich nicht, dass der Abschluss ihres Bruders so lustig ist. Cameron, es tut mir leid, aber ich muss erst mal gründlich über ein paar Dinge nachdenken. Lass mich in Ruhe und gib mir Zeit, damit ich das alles verstehe.«

Ich drehe mich um und renne von ihm fort.

18

»Guten Morgen, Cris, gehst du schon rein?«, fragt Sam und kommt auf mich zu.

Ich verschließe den Spind und schultere den Rucksack. »Ja, ich bin irgendwie viel zu früh. Geht's dir gut, Sam?«

Sie sieht aufgewühlt aus.

»Ja, es ist nur …« Sie scannt die Umgebung, ob jemand in der Nähe ist. Dann kommt sie einen Schritt auf mich zu und flüstert: »Trevor macht mir Angst. Keine Ahnung, warum. Aber ich mag es gar nicht, wie er dich anstarrt. Außerdem will er sich mit mir anfreunden, nur um an dich heranzukommen.«

»Hast du in letzter Zeit mit ihm gesprochen?«

»Ja, fast jeden Tag, während des Unterrichts, in den Pausen, während du auf Toilette warst. Zugegeben, er kann sehr gut schauspielern, und hat mich fast davon überzeugt, dass er nett ist.«

Armer Trevor. Er ist wirklich in einer schwierigen Lage. Alle meine Freunde halten Abstand und beäugen ihn misstrauisch. Aber er hat es so gewollt.

Wenn zwischen uns nicht all diese Dinge passiert wären, dann hätte mich sein Wechsel an diese Schule zum glücklichsten Mädchen der Welt gemacht.

»Mach dir keine Sorgen, Sam. Trevor und ich hatten zwar unsere Probleme, aber das heißt nicht, dass er kein cooler Typ ist. Du hast nichts von ihm zu befürchten«, beruhige ich sie.

Sam seufzt erleichtert.

Während der Englischstunde beobachtet Trevor mich die ganze Zeit. Unsere Blicke treffen sich ein paarmal. Aber sowohl er als auch ich versuchen, so zu tun, als sei nichts. Wie peinlich.

Ansonsten kommen mir die Stunden an diesem unendlichen Freitag noch länger und langweiliger vor als sonst schon. Vielleicht, weil mir Cam so fehlt. Ich kann einfach nicht leugnen, was so offensichtlich ist: Ich liebe ihn und kann nicht ohne ihn sein.

Er hat meine Bitte respektiert und mir Zeit zum Nachdenken gelassen. Und auch wenn ich in diesen Tagen begriffen habe, dass ich mit ihm zusammen sein will, gibt es da immer noch etwas, das mich zurückhält. Ich vertraue ihm nämlich nicht genug, und das ist ein Problem. Denn Vertrauen ist das wichtigste Element in einer Beziehung.

Beim Klingeln sprinte ich aus dem Unterrichtsraum. Ich will sofort nach Hause und einen ruhigen Abend ohne meine Eltern genießen. Sie sind heute nicht in der Stadt, so dass Kate und ich das Haus nur für uns haben.

Während ich durch den Korridor laufe, getrieben von dem Wunsch, diese üble Woche endlich hinter mir zu lassen, ruft jemand meinen Namen. Cameron. Er kommt auf mich zu.

Mein Herz pocht bis zum Hals. »Hallo … Was ist?«

Er bleibt wenige Zentimeter von mir entfernt stehen. Ohne ein Wort zu sagen, starrt er mich an. Dann streicht er über meine Wange, und ein warmer Schauder durchrieselt mich.

»Cam …« Ich muss ihn aufhalten.

»Schsch.«

»Nein.« Ich mache einen Schritt zurück.

»Du fehlst mir, Cris, ich brauche dich. Ich kann nicht noch einen weiteren Tag ohne dich sein. Das überleb ich nicht.«

»Cameron, bitte.« Ich senke den Kopf, denn sonst kann ich seinem Blick nicht standhalten.

Er hebt sanft mein Kinn an, so dass ich ihn ansehen muss. »Du darfst nicht zulassen, dass diese Geschichte unsere Beziehung kaputt macht«, sagt er. »Ich habe einen Fehler gemacht, aber versuch bitte, mich zu verstehen, Cris. Du schienst so überzeugt davon zu sein, mit mir schlafen zu wollen. Ich hätte nie gedacht, dass du dich so gar nicht daran erinnern kannst.«

Ein Teil in mir wiederholt ununterbrochen, dass ich ihm fernbleiben muss, weil er doch ständig lügt. Doch ein anderer Teil erinnert mich an all die Male, an denen auch ich nicht ehrlich zu ihm war, und vielleicht auch nicht zu mir.

»Cris, bitte.«

Ich sehe ihm in die Augen. Die Wahrheit ist allerdings, dass ich ihn liebe. Und allein der Gedanke, ihn zu verlieren, erschreckt mich. Ich seufze. »Na gut, Cam.«

»Was?«

»Wenn ich ganz rational über das Geschehene nachdenke, kann ich mir durchaus vorstellen, dass ich das, was passiert ist, genauso gewollt habe wie du«, erkläre ich. »Was die Tatsache angeht, dass du es mir verschwiegen hast, so hoffe ich, dass es zwischen uns nie wieder etwas Unausgesprochenes gibt. Ich verzeihe dir.«

»Wirklich?«

Ich nicke, und er drückt mich fest an sich. Gott, wie mir seine Umarmung gefehlt hat. Es ist, als komme ich von einer langen Reise nach Hause. Er ist mein sicherer Hafen, in dem ich meinen Frieden wiederfinde und die Lust, neu anzufangen.

»Kleines, wollen wir heute den Abend zusammen verbringen?«, fragt er und küsst mich auf die Stirn.

»Ja, sehr gern. Wenn du magst, können wir zu mir gehen. Meine Eltern sind nicht da.«

Cam schiebt mich ein Stück zurück und schaut mich mit einem lüsternen Lächeln an.

»Komm bloß nicht auf dumme Gedanken. Kate wird da sein.« Das wäre echt zu peinlich. Megapeinlich!

»Wir machen es ganz leise«, erwidert er und zwinkert mir zu.

Ich schüttle den Kopf, doch ein blödes Lächeln stiehlt sich in mein Gesicht. Er hat mir so sehr gefehlt.

»Cris!«, höre ich hinter mir.

Ich drehe mich um. Austin kommt zu uns.

Nein, nicht jetzt, verdammt! Was immer er mir sagen will, Cameron wird das nicht gefallen, und ich wette, dass er uns den Abend verdirbt.

»Austin, wir haben es eilig«, sage ich.

»Ich muss dich bloß schnell was fragen. Bald ist das Finale des Basketballturniers. Hast du Lust zu kommen?«

»Nein, sie hat keine Lust. Sie kommt natürlich zu meinem Fußballspiel. Wir stehen nämlich auch im Finale, und das findet am selben Tag statt«, antwortet Cameron spitz, ohne mir Zeit zu geben, etwas zu erwidern.

O je.

»Ich glaube, Cris ist alt genug, um allein zu entscheiden, zu welchem Spiel sie geht«, erwidert Austin.

»Entscheiden? Ich bin ihr Freund. Da ist es ja wohl klar, dass sie zu meinem Match kommt!«, ruft Cameron und lacht auf.

Er hat recht. Austin ist ein guter Freund, aber ich würde mich natürlich immer für Cam entscheiden.

»Ja, so lange, bis du wieder Mist baust. Dann könnte sie ihre Meinung doch noch ändern«, entgegnet Austin.

Möchte er heute sterben?

Cameron wirft ihm einen wütenden Blick zu und macht einen Schritt auf ihn zu. Doch da hält er zum Glück inne und atmet tief ein.

»Hör mir gut zu, Miller. Ich werde heute einen ruhigen Abend mit meiner Freundin verbringen, und ich lasse nicht zu, dass uns irgendjemand den kaputt macht. Also, verpiss dich.«

Das gefällt mir alles gar nicht. Die beiden streiten über meinen Kopf hinweg, so als wäre ich Luft.

»Klar, mach doch und amüsier dich. Aber du kannst sicher sein, dass sie irgendwann kapiert, was für ein Arsch du wirklich bist.«

»Austin, es reicht. Bitte«, greife ich ein. Vielleicht hat er es nicht gemerkt, aber er spielt mit dem Feuer.

»Auf jeden Fall habe ich dir Plätze in der ersten Reihe reserviert, Cris.« Er reicht mir die Eintrittskarten. »Hier, falls du dich anders entscheidest.«

Mit einem Lächeln nehme ich sie.

»Die wird sie nicht brauchen.« Cameron will sie mir aus der Hand reißen.

Ich rücke von ihm ab und stecke die Tickets in die Tasche meines Hoodies. »Danke, Austin. Das ist sehr nett.« Ich ergreife Camerons Hand und zerre ihn weg.

»Armer Irrer«, brummt er.

»Cam…«

»Ja, entschuldige. Reden wir nicht über ihn. Das ist er nicht wert«, sagt er und zieht mich dicht an sich heran.

Ich mag es, wenn er das macht. Denn dann fühle ich mich sicher.

19

Als wir bei mir zu Hause ankommen, fehlen Kates Schuhe, und ihre Tasche ist auch weg.

»Hallo? Jemand da? Kate, wo bist du?«, rufe ich.

Keine Antwort. Wie merkwürdig.

Ich schicke ihr eine SMS. Schließlich muss ich wissen, wo sie steckt.

»Wie es aussieht, sind wir doch ganz allein«, sagt Cameron verschmitzt grinsend und geht in mein Zimmer.

Er schaut sich ein paar Fotos an, auf denen ich mit Sam und den anderen zu sehen bin. Es gibt auch eines mit Cass. Von allen, die uns zusammen zeigen, ist dieses das schönste. Es weckt die liebsten Erinnerungen in mir.

»Du hast gar keins mit mir zusammen«, bemerkt er.

»Ändern wir das?«

»Auf der Stelle.« Er zieht sein Handy raus und setzt sich aufs Bett.

Ich kuschle mich an ihn und lächle.

Auf dem ersten Foto sehe ich total grenzdebil aus. »Lösch das. Sofort.«

»Nein.« Er lacht.

Er schießt ein paar Zufallsfotos. Ich schlage die Hände

vors Gesicht, um das Schlimmste zu verhindern. »Cam, es reicht!«, rufe ich und springe auf.

Er lacht so, dass ich ganz verrückt werde. »Na gut, wir haben auch erst mal genug. Hast du einen Drucker?«

Wir gehen nach oben in Papas Büro. Das ist eigentlich sein Heiligtum, ein Sperrgebiet, das ich nie betrete, wenn er zu Hause ist.

Ich schalte den Drucker ein, und Cameron tippt etwas auf dem Display seines Smartphones. »Komm. Suchen wir eins aus«, sagt er und lehnt sich an den Schreibtisch.

Ein paar Fotos sind echt nett geworden. Auf den meisten bin ich unscharf und verstecke mich hinter meinen Händen.

»Nehmen wir das. Die anderen kannst du alle löschen«, sagte ich.

»Okay, das ist cool … und drucken.«

Das Foto ist wirklich gut geworden. Cameron ist voll sexy, ich bin normal.

Wir gehen wieder in mein Zimmer, und ich hänge das Bild zu den anderen an die Schranktür.

»Das hier mache ich zu meinem Hintergrundbild im Handy«, sagt er.

Ich trete zu ihm und schaue auf sein Phone. Es ist ein Bild von mir in Großaufnahme. Fürchterlich! »Nein! Lösch das. Es ist schrecklich.«

»Sag das noch mal, und ich gehe. Fertig.« Auf seinem Display erscheint mein Gesicht.

So einen Hintergrund möchte ich im Leben nicht haben. »Warum nimmst du nicht eins von uns beiden?«

»Das hier gefällt mir besser. Du bist da ganz spontan. Außerdem weiß ich, dass ich der Grund für dein Lächeln bin. So fühle ich mich als etwas ganz Besonderes.«

Das ist so süß, dass ich wieder lächeln muss. Er kann wirklich der charmanteste Junge der Welt sein, wenn er will.

Er streichelt meine Wange, dann küsst er mich.

Der Kuss, anfangs noch ganz sanft, wird immer wilder. Wir waren zu lange getrennt, wir sind beide vollkommen ausgehungert nach dem anderen. Ich mache einen Schritt zurück und lehne mich an meinen Schreibtisch.

Cam streicht über meine Taille und verteilt zarte Küsse auf meiner Wange, meinem Kinn, meinem Hals. Er bewegt sich langsam, und das macht mich noch unruhiger.

Dann hebt er mich an und setzt mich auf den Schreibtisch. Und schon sind seine Lippen wieder auf meinen.

Ich keuche, ich will seine Haut auf meiner spüren. Rasch greife ich nach seinem T-Shirt und streife es ihm über den Kopf.

Er lässt für ein paar Sekunden von mir ab und hilft mir aus dem Hoodie. Dann ist er wieder bei mir und zieht mich zum Rand des Schreibtisches. Er küsst mich ohne Unterlass, während er meine Schenkel streichelt. Ein Schauder nach dem anderen durchrieselt mich.

Es klingelt an der Haustür.

Och nö, nichts soll diesen märchenhaften Augenblick kaputt machen.

Cam löst sich langsam von mir. »Wie üblich. Haben die alle ein Alarmsystem, das jedes Mal losgeht, wenn wir zusammen sind?«

Ich rutsche vom Schreibtisch, schlüpfe in den Hoodie und gehe zur Haustür. Cameron folgt mir, mit nacktem Oberkörper.

Als ich den Türknauf ergreife, steht Cam so dicht hinter mir, dass ich seinen heißen Atem im Nacken spüre. Ich brauche ein paar Sekunden, um die Bilder von eben aus meinem Kopf zu verscheuchen.

Ich öffne. Vor mir steht ein Junge, den ich noch nie gesehen habe. »Hallo. Was kann ich für dich tun?«, sage ich.

»Wir brauchen noch kleine Teller.«

Was redet der da?

Drei Mädchen kommen auf das Haus zu, und während sie einfach reingehen, werfen sie Cameron bewundernde Blicke zu. Doch er beachtet sie gar nicht.

»Cris, was ist hier los?«, fragt er nur.

»Das würde ich auch gern wissen.«

»Was wollt ihr denn wissen?«, fragt der Typ. »Wir brauchen noch Teller für die Chips.«

Ich renne in den Garten. Auf dem Rasen hocken lauter Teenager, andere kommen die Auffahrt rauf. Am Rand des Swimmingpools stehen kleine Tische mit Snacks und

Getränken. Ein paar Jungs bauen ein DJ-Pult mit Mixer und Boxen auf.

»Schmeißt du eine Party?«, fragt Cam überrascht.

»Was?! Nein!«

Sam kommt mir entgegen.

»Cris, wann wolltest du mir sagen, dass bei dir gefeiert wird?«

»Hier wird nicht gefeiert! Wer hat dir das erzählt?«

»Keine Ahnung. Ich hab da so eine anonyme Nachricht bekommen.« Ihr Bruder steht hinter mir. Cameron hat immer noch kein T-Shirt an. »Aber … ich vermute mal, sie war nicht von dir, da du offensichtlich was anderes vorhattest.«

»Wenn ich rauskriege, wer das war, ersäufe ich ihn eigenhändig im Pool!«, knurrt Cameron.

Ich atme tief ein und versuche, die Lage zu checken. Etwa fünfzig Leute tummeln sich im Garten, die Musik dröhnt in voller Lautstärke aus den Boxen. In einer Gruppe, die im Pavillon quatscht, entdecke ich Susan, die mich grinsend beobachtet. Grüßend hebt sie das Glas.

Diese Bitch wird doch nicht wohl ohne mein Wissen zu einer Party in meinem Garten eingeladen haben? Was bitte hat sie im Kopf? Zuckerwatte statt Hirnmasse?

»Was ist?«, fragt Cameron.

»Da steht das Mädchen, das in weniger als drei Sekunden tot sein wird«, erwidere ich und gehe auf Susan zu.

»He, he, bleib stehen. Ganz ruhig.« Cameron ergreift mein Handgelenk.

»Ich bin nicht ruhig, ganz und gar nicht. Verdammt, sie schmeißt eine Party in meinem Garten!«, schreie ich.

»Ja, ich weiß. Aber lass mich mit ihr reden. Du beruhigst dich und schickst alle anderen weg. Um Susan kümmere ich mich.«

Ich nicke und gehe zu Sam. Sie redet mit Cloe.

»Cris, was ist denn hier los?«

»Frag das deine Freundin. Sie hat diesen Prank eingefädelt und anscheinend die ganze Schule eingeladen. Die Entschuldigung und der Waffenstillstand waren nur ein Ablenkungsmanöver. Ich wette, du hast davon gewusst«, erwidere ich und funkle Cloe böse an.

»Nein. Und glotz nicht so. Ich weiß genauso wenig wie du. Ich dachte, sie hält sich an unseren Plan.«

»Euren Plan?«

»Ja. Ich habe sie überredet, dich in Ruhe zu lassen, für eine Gegenleistung. Aber das ist jetzt egal. Jetzt müssen wir erst mal all diese Leute loswerden.«

Sie hat recht.

Wir müssen uns beeilen, bevor alles aus dem Ruder läuft und die Nachbarn die Polizei rufen.

»Wo ist Cameron?«, fragt Sam.

»Da.« Ich schaue zu Susan rüber. »Jedenfalls war er es bis vor ein paar Sekunden.«

Sie sind weg.

»Vermutlich reden sie irgendwo in Ruhe«, vermutet Cloe.

»Dabei könnten wir ihn jetzt so gut gebrauchen. Mit

seiner unnachahmlich charmanten Art hätte er sie alle in wenigen Sekunden davongejagt«, sagt Sam.

Cloe rennt zum Rand des Pools und schreit: »He, Leute, die Party ist zu Ende! Geht nach Hause!«

Niemand hört auf sie. Aus Versehen rempelt ein Junge sie an, und Cloe fliegt ins Wasser.

O verflixt! Ich laufe zu ihr. Wütend, wie ich sie noch nie erlebt habe, klettert sie aus dem Becken. Sie ist klatschnass.

»Komm mit«, sage ich rasch. »Ich zeig dir das Bad und leih dir ein paar trockene Klamotten.«

Gemeinsam gehen wir in mein Zimmer.

»Danke«, sagt Cloe, als sie vor dem Bad steht. »Kümmer du dich lieber um das Chaos da draußen. Ich schaff das hier schon.«

»Mach ich.«

Ja, wenn ich nicht gleich einen Weg finde, all die Leute wegzuschicken, endet das wirklich ganz böse. Ich schaue aufs Handy. Es ist 19.34 Uhr. Da bimmelt eine Nachricht von einer unbekannten Nummer rein. Ich öffne sie.

›Coole Party im Haus von Susan Rose. Kommt alle rüber!!!‹

Als ich wieder in den Garten komme, brechen die Partypeople bereits auf und machen sich auf den Weg zu Susan, die ein paar Blocks entfernt wohnt. Scheinbar haben alle diese SMS bekommen. War's das jetzt?

Vielleicht hat Cam Susan überredet, diese Nachricht zu schicken. Wenn das stimmt, liebe ich ihn noch mehr.

Ich schaue mich nach ihm um, doch statt Cam entdecke ich Trevor mit einem Phone in der Hand.

»Warst du das?«

Wie kommt er an die Nummern von all den Leuten?

»Ich kenne dich ziemlich gut und weiß genau, dass du solche Partys nicht gibst. Daher habe ich mich etwas gewundert, als ich die Nachricht bekam. Ich wollte nachschauen, ob es stimmt. Und dann habe ich eben Susans Handy hier gefunden.« Er hält es hoch.

Das kann tatsächlich nicht Trevors Telefon sein: Es ist rosa und hat zwei Kaninchenohren an der Schutzhülle.

»Danke, Trevor.«

»Ich wollte dir bloß helfen.« Er dreht sich um und geht.

Mir klappt der Unterkiefer herunter.

»Cris.« Sam kommt zu mir gelaufen. »Wie hast du das geschafft?«

»Das … war … Trevor«, stottere ich. »Er hat Susans Handy gefunden und hat die Alternativ-Party gestartet.«

»Trevor? Der Trevor?«

Ich nicke ungläubig.

»Wo sind sie alle hin?« Cameron steht plötzlich wieder vor mir, immer noch mit nacktem Oberkörper. Für Susan wird es ein Vergnügen gewesen sein, mit ihm zu reden.

»Dank Trevor sind alle weitergezogen.«

»Trevor? Du nimmst mich auf den Arm, oder?«

»Nein, es war genau so«, erwidere ich. »Sieht es im Haus sehr schlimm aus?« Ich ahne Fürchterliches.

Er nickt.

Verflucht!

20

»... starten wir in drei Wochen. Ich rate Ihnen allen, dicke Kleidung einzupacken, denn das Wetter in London ist bekanntermaßen nicht so prickelnd. Im März ist es zudem ziemlich unbeständig: Die Sonne kann scheinen, aber manchmal schneit es sogar noch.« Es läutet. »Gut, wir reden in den kommenden Stunden weiter über die Fahrt. Bis morgen«, beschließt der Lehrer die Stunde und packt seine Sachen zusammen.

Ich gehe in die Mensa, als Susan mich einholt.

»Cris, ich muss mit dir über etwas Wichtiges reden.«

»Aber ich nicht mit dir, Susan. Hau ab.«

»Es ist etwas, das du schon lange wissen willst.«

Lexy hat behauptet, dass Susan die Einzige wäre, die mir die Geschichte von Charly erzählen würde.

»Dann mach schnell«, erwidere ich und folge ihr auf die Mädchentoilette.

»Es dauert nicht lange. Ich bin auch nicht so gern mit dir allein. Mir ist jetzt schon schlecht.«

Ich schüttle den Kopf. Typisch Susan.

»Red schon.«

»Wie es scheint, bist du ganz wild auf die Geschichte

von Charly. Tja, ich weiß nicht viel über ihren Tod, weil ich nicht dabei war, als sie angefahren wurde. Aber ich habe interessante Informationen, die Cameron und Austin betreffen. Wenn du die hörst, änderst du vielleicht deine Meinung über die beiden.«

»Red nicht lang rum und sag schon.«

»Damals waren Charly und ich beste Freundinnen, und sie hat mir von ihrem Problem mit Cameron und Austin erzählt. Sie war nämlich in beide verliebt, und beide haben ihre Gefühle erwidert. Ich muss zugeben, dass ich schon ziemlich neidisch war: Charly wurde von den zwei süßesten Jungs der Schule angehimmelt, während ich bloß ihre stinknormale Freundin war. Die, die nie jemandem auffällt.« Sie hängt ein paar Sekunden ihren Gedanken nach.

Noch habe ich nicht viel mit dieser Charly gemeinsam. Ich bin in Cameron verliebt, aber ich empfinde nichts für Austin.

»Eines Tages«, fährt Susan fort, »als ich vom Cheerleader-Training kam, habe ich die beiden Jungs zusammen gesehen. Sie redeten über eine Wette, wer Charly als Erster ins Bett kriegen würde. Ich habe versucht, sie zu warnen, aber Charly hat mir nicht geglaubt.« Susan zuckt mit den Schultern.

Nichts Neues, was mich betrifft. Ich weiß genau, dass Cam sich in der Vergangenheit echt mies benommen hat.

»Cameron war wirklich in sie verliebt, und zwar so,

dass er die Wette, die Austin ihm vorgeschlagen hat, nicht annehmen wollte. Doch am Ende hat er eingeschlagen, auch weil er Miller mehr hasst als alles andere. Und so kam es, dass er eines Abends, nachdem Charly zu viel getrunken hatte, mit ihr geschlafen und damit die Wette gewonnen hat. Hoffentlich schockiert dich das jetzt nicht zu sehr.« Sie schaut in den Spiegel und zupft an ihren Haaren herum.

»Nein, keine Sorge. Ich weiß genau, dass Cameron kein Heiliger war. Aber eins kapiere ich nicht: Warum bist du eigentlich mit ihm zusammengekommen, nachdem er so gemein zu deiner besten Freundin war?«

Ihr überhebliches Lächeln verschwindet. Meine Frage scheint sie aus dem Tritt zu bringen. »Ich liebe Cameron seit dem ersten Jahr der Mittelschule«, erklärt sie. »Ich habe mir nichts sehnlicher gewünscht, als mit ihm zusammen zu sein! An deiner Stelle würde ich mir aber eher Gedanken darüber machen, dass du und Charly euch ähnlicher seid, als du es ahnst. Manche Sachen scheinen sich zu wiederholen. Vor allem die Art, in der Dearing dich überzeugt hat, das zu tun, was du lieber in nüchternem Zustand hättest tun sollen. Außerdem ist die Feindschaft zwischen ihm und Austin wieder ausgebrochen, seit deine Geschichte mit Cam begonnen hat. So wie damals. Bist du ganz sicher, dass die beiden nicht schon wieder eine Wette abgeschlossen haben?«

Ich schüttle den Kopf, um diesen absurden Gedanken zu vertreiben. Sie will mich doch nur provozieren.

»Das ist lächerlich. Sag mir lieber, woher du das von mir und Cameron weißt.«

»Ich habe da meine Quellen. Denk, was du willst. Aber ich habe dich hiermit gewarnt.« Sie wirft ihre Haare über die Schulter und lässt mich allein in der Toilette zurück.

Ich war davon überzeugt, dass ich die Geschichte endlich los bin, da mich niemand mehr daran erinnert hat, aber da habe ich mich wohl geirrt.

Jetzt redet selbst Susan von Ähnlichkeiten, die ich nicht erkenne. Aber vielleicht hat sie mir auch nicht die Wahrheit gesagt.

Nachmittags im Unterricht muss ich immer wieder an Charlys Geschichte denken und finde, dass in dem Puzzle noch ein paar Teile fehlen. Irgendetwas stimmt da nicht. Wahrscheinlich kann nur Cam mir helfen, das alles zu verstehen. Aber mit ihm spreche ich lieber nicht über dieses Thema.

Ein Papierkügelchen landet auf meinem Tisch. Ich falte es auseinander.

›Ich muss mit dir reden‹, lese ich. Keine Unterschrift.

Ich schaue mich um, wer mir das zugeworfen haben könnte, aber niemand sieht mich an. Alle lauschen dem Unterricht.

Dann aber bemerke ich ein kleines Detail in der Nachricht: Die Buchstaben U und E sind groß geschrieben. So schreibt nur Trevor, das weiß ich noch von früher.

Ich drehe mich zu ihm. Was soll ich ihm antworten? Ich

möchte mir ja den Tag nicht verderben. Aber was wird er mir schon sagen wollen? Nichts kann schlimmer sein als das, was Susan mir erzählt hat.

›Ist gut‹, schreibe ich, knülle den Zettel zusammen und werfe ihn zu Trevor rüber.

Nach dem Unterricht geht er an mir vorbei und sagt leise: »Ich warte draußen auf dich.«

Ich nicke und schaue ihm nach.

»Was wollte er?«, fragt Cameron.

»Der? Nichts.«

Er würde bestimmt sauer werden, wenn er wüsste, dass ich mich mit Trevor treffe.

»Er schien gute Laune zu haben.«

»Meinst du?« Ich schließe meinen Rucksack.

»Hast du heute Zeit? Fahren wir zusammen nach Hause?« Er ergreift meine Hand und schiebt seine Finger zwischen meine.

»Ich kann nicht. Ich treffe mich mit meiner Mutter in der City.«

»Hm … Das glaub ich dir nicht«, sagt er und grinst frech.

»Ich hab zu tun.«

»Was denn?«

»Sachen, die dich nichts angehen! Wir sehen uns später«, sage ich mit einem zuckersüßen Lächeln und gebe ihm einen Kuss.

Dann gehe ich und hoffe, dass er mir nicht folgt und weitere Erklärungen fordert.

Im Korridor treffe ich Sam, die ihre Bücher im Spind verstaut. Ihr kann ich von Trevor erzählen.

»Sam.«

»Cris, ich muss dir was erzählen.«

»Ich dir auch.«

»Du zuerst«, sagt sie.

»Okay. Trevor will mich gleich treffen, um mir was Wichtiges zu sagen. Falls Cameron dich nach mir fragen sollte, sag ihm, dass ich mit meiner Mutter unterwegs bin. Okay?«

»Ist gut.«

»Und was willst du mir sagen?«

»Es geht auch um Trevor. Wir haben grade kurz gequatscht und er hat mich gefragt, ob ich am Wochenende freihabe. Er will mit mir am Sonntagabend ins Kino.«

»Und was hast du geantwortet?« Hoffentlich ist sie nicht so dumm und hat zugesagt.

»Dass ich drüber nachdenke.«

»Sam …«

»Ich hasse es, Nein zu sagen, verstehst du? Ich habe Angst, dass die Leute dann enttäuscht sind. Ich weiß, wie sich das anfühlt, und ich möchte nicht, dass andere das erleben.«

Sam ist wirklich so liebenswert.

»Okay. Vielleicht reden wir morgen darüber. Dann erzähle ich dir von meinen Treffen mit ihm.«

Vor dem Haupteingang wartet Trevor auf mich. Wir

verlassen das Schulgelände und gehen in einen kleinen Park.

Auf einer Bank lassen wir uns nieder.

»Also, was willst du mir sagen?«, frage ich.

»Ich mag es nicht, dass du nicht mit mir redest. Du hast mir gefehlt, Cris, und dass du so abweisend zu mir bist, tut mir echt weh.«

»Wie hätte ich denn deiner Meinung nach reagieren sollen, als du hier aufgetaucht bist? Hast du erwartet, dass ich dir um den Hals falle?«

»Das, was in Los Angeles zwischen uns passiert ist, war wirklich nicht schön. Und genau deshalb will ich ja auch mit dir reden. Ich will dir erklären, wie die Dinge wirklich gelaufen sind.«

»Trevor, ich möchte nicht an diese Tage in L.A. erinnert werden.« Ich stehe auf, aber er packt mich am Handgelenk und hält mich zurück.

»Es ist mir aber wichtig, dass du es weißt«, flüstert er.

Ich atme tief ein und setze mich wieder auf die Bank. »Na gut.«

»Vieles von dem, was ich dir in Los Angeles an den Kopf geworfen habe, war nicht so gemeint«, sagt er leise und starrt vor sich auf den Sandweg. »Mir ging es mies, ich war wütend wegen des Tods von Cass. Ich hätte dir meine Gefühle für dich nie auf diese Art gestehen wollen. Ich dachte eigentlich, dass ich dir niemals etwas davon erzählen würde.«

»Du hättest es mir viel früher sagen müssen.«

Trevor schüttelt den Kopf. »Wie auch immer. Die Wahrheit ist, dass ein paar Wochen, nachdem du weggezogen bist, Cass und ich zusammengekommen sind.«

»Was?!« Wieso hat er mir das nur so lange verheimlicht? Ich dachte, wir wären beste Freunde für immer, BFFs, und dass es zwischen uns keine Geheimnisse gäbe.

»Cass wollte es dir nicht sagen, weil sie dachte, dass es dir weh tun würde.«

»Wieso?«

»Sie dachte, dass du in mich verliebt wärst.«

»O mein Gott …«

»Auf jeden Fall lief es zwischen uns nicht so besonders.« Er seufzt. »Sie fing an, alle möglichen Drogen auszuprobieren, und griff zu immer härteren Sachen. Sie verkehrte plötzlich in anderen Kreisen … und mit anderen *Jungs*. Als ich sie zum dritten Mal beim Fremdgehen erwischt habe, hab ich Schluss gemacht. Und so haben wir uns voneinander entfernt, und ich habe sie aus den Augen verloren.«

»Ihre Mutter meinte, dass diese Drogengeschichte schon anfing, bevor ich weggezogen bin.«

»Stimmt, aber damals war das alles noch nicht so schlimm. Ab und zu mal ein Joint und weiche Sachen, mehr nicht. Wir dachten, dass könnte sich wieder einrenken, aber dann ist alles aus dem Ruder gelaufen. Abgesehen von dem kurzen Intermezzo, als wir zusammen waren, war Cass vor allem eine sehr gute Freundin für mich. Es macht mich richtig verrückt, dass sie zum Teil auch meinetwegen gestorben ist, weil ich ihr nicht helfen konnte. Deshalb sollst du wissen, dass ich damals nur Blödsinn geredet habe, aus lauter Wut.« Er sieht mir in die Augen.

In diesem Moment scheint er es ehrlich zu meinen, aber ich habe Angst, ihm zu vertrauen. »Was soll ich jetzt sagen …«

»Sag einfach nur, dass du mir glaubst. Mehr will ich nicht hören. Ich fühle mich so schrecklich schuldig an dem, was passiert ist. Und wenn Cass mir nicht mehr verzeihen kann, hoffe ich zumindest, dass du es tust.« Er krallt sich an der Sitzfläche der Bank fest.

»Ja, ich glaube dir.«

»Ernsthaft?«

»Ja.«

Da nimmt Trevor mich in die Arme und drückt mich an sich. Die Umarmung meines besten Freundes … Er hat mir so lange gefehlt. Eine Träne rollt mir über die Wange. Ich dachte, ich hätte ihn für immer verloren.

»Es tut mir alles so leid.« Er schnieft.

»Denk nicht mehr dran, okay?« Ich streiche ihm über den Rücken.

Er drückt mich noch stärker an sich. Dann lösen wir uns voneinander. Er lächelt.

»Boah, bin ich glücklich, Cris. Du hast mir so gefehlt. Ich will noch mal von vorn anfangen. Ich verspreche dir, dass ich von heute an immer ehrlich zu dir sein will. Diese Fehler mache ich nicht noch einmal.« Ein Strahlen breitet sich auf seinem Gesicht aus. »Aber bevor ich gleich endgültig sentimental werde, lass uns über was anderes reden. Dein Freund mag mich nicht besonders, oder?«

Bei der Frage muss ich kichern. »Nein, er denkt, dass du immer noch in mich verliebt bist.«

»Ich arbeite dran. Sag ihm, er soll Geduld haben«, erwidert er und zwinkert mir zu.

21

Ich stehe vor Camerons Haus und freue mich unbändig auf den Abend mit ihm.

Seit heute Morgen habe ich ungewöhnlich gute Laune. Vielleicht kommt das daher, weil ich mich gestern mit Trevor ausgesprochen habe. Oder aber, weil ich plötzlich den Eindruck habe, dass mein Leben wieder in den richtigen Bahnen läuft und es endlich mal keine Probleme gibt.

Ich drücke den Klingelknopf. Schritte nähern sich, aber nicht Cameron öffnet die Tür, wie ich es gehofft habe.

»Cris, wie schön, dich zu sehen! Komm rein.« Mrs Dearing ist megaelegant gekleidet.

»Guten Abend.« Ich lächle und versuche, meine Enttäuschung zu überspielen. Als ich eintrete, flitzt Sam durch die Eingangshalle.

»Ähm, Cameron und ich … waren für heute Abend verabredet. Aber anscheinend … hat er vergessen, dass ihr ausgeht«, stammle ich.

»John, ich weiß jetzt, was Cameron so Dringendes vorhat«, ruft Mrs Dearing, so dass ihr Mann sie hören kann.

»Ach ja? Was denn?« Mr Dearing kommt in die Eingangshalle und zerrt verzweifelt an seiner Krawatte.

Mrs Dearing rückt sie ihm liebevoll zurecht und flüstert ihm etwas ins Ohr, wobei sie mit dem Kopf auf mich deutet.

»Oh, Cris, guten Abend.«

»Guten Abend, Mr Dearing.«

»Hallo, Cris, passen diese Schuhe zu meinem Kleid?« Sam hält mir zwei hohe Riemchensandalen mit Strass vor die Nase.

»Ja, sie sind perfekt«, sage ich.

Sam trägt ein dunkelblaues Cocktailkleid mit Spitzenärmeln.

»Was machst du hier?«

»Cam und ich sind verabredet. Aber wie es aussieht, müssen wir das verschieben«, erwidere ich lächelnd.

»Nein, gar nicht. Er hat gesagt, dass er was Besseres zu tun hätte, als auf Papas stinklangweiliges Arbeitsessen mitzukommen. Dieses ›Bessere‹ scheinst du zu sein.« Sie schlüpft in die Sandalen.

»Tut mir leid, ich will nicht, dass er meinetwegen auf diesen Abend verzichtet.«

»Ach, das ist schon besser so«, beruhigt mich Mr Dearing. »Ich habe keine Lust, einen schlechtgelaunten Teenager am Tisch sitzen zu haben.«

Ich lächle.

»Alle fertig?«, fragt Mrs Dearing.

Er nickt und gibt Sam ein Zeichen zum Aufbruch. »Schönen Abend noch, Cris.«

»Danke, Mr Dearing, Ihnen auch.«

»Cris, Cameron steht grade unter der Dusche. Warte einfach in seinem Zimmer auf ihn«, schlägt mir Sam vor.

Als die Haustür hinter ihnen zufällt, gehe ich nach oben in Cams Zimmer. Im Bad nebenan rauscht das Wasser, also ist er noch nicht fertig. Ich setze mich aufs Bett und schaue mich um.

Auf der Kommode steht ein Foto. Noch vor kurzer Zeit steckte in dem Rahmen ein Bild von Susan. Doch jetzt ist da eins von uns drin. Eines von denen, die wir bei mir zu Hause gemacht haben.

Das war ein ziemliches Chaos an dem Tag. Ich muss lächeln bei dem Gedanken. Wenn der geschmacklose Prank von Susan nicht gewesen wäre, hätten wir einen wundervollen Abend verlebt.

Die Badezimmertür geht auf, und Cameron kommt, nur mit einem Handtuch um die Hüften, herein. Sein Sixpack glänzt, als hätte er sich eingeölt.

»Du bist schon da, Kleines?« Er streicht sich mit der Hand durch die bereits trockenen Haare.

»Ja, aber noch nicht lange. Wieso gehst du nicht mit deinen Eltern zu dem Essen?«

Er zuckt mit den Schultern und schweigt eine Weile. Dann holt er eine Boxershorts aus der Kommode. »Mit dir habe ich mehr Spaß.« Er zwinkert mir zu und geht ins Bad zurück. Kurz darauf kommt er in den Boxershorts zurück.

Er setzt sich neben mich aufs Bett. Der Duft von frischem Aftershave steigt mir in die Nase.

»Stimmt irgendetwas nicht?«, fragt er und betrachtet mich aufmerksam.

»Nein, alles gut.«

»Hm ... ich glaube dir nicht, Cris. Irgendetwas bedrückt dich.«

»Ach, na gut. Aber versprich mir, dass du dich nicht aufregst, okay? Ich will mich nicht mit dir streiten.«

Er nickt und lehnt sich lässig ans Kopfteil des Bettes.

»Gestern hat mir Susan von der Wette zwischen dir und Austin erzählt, bei der es um Charly ging. Das interessiert ja eigentlich gar nicht, weil ich weiß, wie du früher mal warst ...«

Noch ist er ruhig und achtet auf jedes Wort. »Aber ...«, sagt er.

»Aber sie hat mir auch erzählt, dass du gewonnen hast, weil Charly betrunken war, als ihr miteinander geschlafen habt.«

»Und jetzt willst du wissen, ob das Gleiche mit dir passiert ist«, fährt er fort.

»Nun ja, alle Leute erzählen mir ständig, dass sich diese Geschichte wiederholt. Und ich muss endlich wissen, ob das stimmt.«

Sein Gesicht verdüstert sich. Ihn so zu sehen macht mir Angst.

»Dieses Mal mach ich Susan fertig. Verdammt«, sagt er hart.

»Cam, bitte antworte mir. Um Susan können wir uns später kümmern.«

Er nickt. »Es gibt keine Wette, die dich betrifft. Du weißt, wie es gelaufen ist. Du bist nicht Charly, und ich bin nicht mehr derselbe Mensch wie damals. Die Sache mit der Geschichte, ›die sich wiederholt‹, geht mir echt auf den Zeiger. Ich bitte dich nur, halte dich von Susan und auch von Austin fern. Und hör auf mich, verstanden?«

Ich nicke, dann kuschle ich mich an ihn.

»Ich liebe dich, Cris«, flüstert er und streicht mir durchs Haar.

»Ich dachte, du wärst sauer.« Mit dem Finger fahre ich die Konturen seines Sixpacks nach.

»Nein, das habe ich dir ja versprochen. Und außerdem will ich nicht, dass Susan uns noch einen Abend ruiniert.«

»Offensichtlich macht sie das absichtlich. Sobald es bei uns gut läuft, denkt sie sich wieder was aus, um uns auseinanderzubringen.« Ich schaue zu ihm hoch.

Cam seufzt. »Reden wir nicht mehr von ihr. Reden wir über uns.«

»Ach ja?« Ich lächle, und er starrt fasziniert auf meine Lippen.

»Ja. Ich warte schon seit heute Morgen, dass ich endlich ein bisschen Zeit mit dir verbringen kann.« Er küsst mich hauchzart auf den Mund.

Meine Gefühle wirbeln wild durcheinander, und ich gebe mich ihnen hin. Cams Nähe tut mir so gut. Ich sehe ihn an, und er lächelt. Dann knabbert er an meiner Lippe, und ein wohliger Schauder durchläuft mich. Genüsslich schließe ich die Augen, während er mein Gesicht mit sanften Küssen überhäuft.

Ich streichle über seine Stirn, dann seinen Nacken, ich drehe seine Haare um meine Finger.

Doch ich möchte ihn noch näher spüren, ihn in mir spüren, und Cam merkt es. Er küsst meinen Hals, verbirgt sein Gesicht zwischen meinen Haaren. Ich umarme ihn, drücke ihn fest an mich, während er mich ohne Unterlass küsst.

Unsere Hände zerren wie verrückt an meinen Klamotten, bis sie fort sind. Dann verschränken sich unsere Finger ineinander, und wir gleiten in ein Parallel-Universum. Unser Atem geht schneller, unsere Herzen schlagen wilder, wir keuchen, wir verschmelzen. Wir drücken uns aneinander, rollen umeinander, und ich will ihn nie mehr fortlassen.

Dann sitzt er plötzlich auf mir, nimmt meine Arme und führt sie über meinen Kopf. Er hält mich fest, küsst mich. Langsam löst er seinen Griff, streichelt meine Arme. Ich bekomme eine Gänsehaut. Seine Berührung ist zart wie eine Feder, die mich kitzelt, vor und zurück. Als er zu meinen Händen zurückkehrt, zeichnet er kleine Symbole auf meine Handflächen. Schließlich packt er sie und sieht mir in die Augen.

Ich verliere mich in seinem Blick. »Ich liebe dich«, hauche ich.

»Ich liebe dich auch«, antwortet er und rollt sich auf die Seite. Er stützt sich auf den Ellenbogen und beobachtet mich, wobei er zärtlich eine Haarsträhne aus meinem Gesicht streicht.

Unser Parallel-Universum zersplittert, als mein Handy klingelt. Ich stöhne genervt.

»Musst du wirklich rangehen?« Cam sieht mich bittend an. »Ich hatte noch etwas anderes für uns im Sinn. Ich hoffte, wir könnten noch ein bisschen weitermachen.«

Ich werfe ihm einen grimmig-grinsenden Blick zu, und er lacht. Schon angele ich meine Tasche vom Fußboden und hole das Handy raus. Es ist Kate.

Als ich das Gespräch annehme, höre ich erst nur ein schepperndes Hintergrundgeräusch.

»Cris, wo bist du?«, fragt sie plötzlich. Sie ist total aufgeregt.

»Bei Cam. Was ist?« Ich setze mich im Bett auf.

»Cris, du musst kommen. Bitte. Mama und Papa streiten. Sie ticken grade völlig aus.« Sie weint.

»Bin schon da!« Ich beende das Gespräch und springe aus dem Bett.

»Was ist? Wo willst du hin?« Cam setzt sich auf.

Rasch schlüpfe ich in meine Klamotten. »Irgendwas stimmt zu Hause nicht. Kate heult. Ich muss los.«

Cam steht auf und steigt in seine Boxershorts.

»Was machst du?«, frage ich.

»Ich komme mit.«

»Was? Nein, bitte, bleib hier. Mama und Papa würden sich nur noch mehr aufregen, ganz sicher.«

Er tritt zu mir und nimmt mein Gesicht in seine Hände.

»Beruhig dich. Ich komme mit und warte draußen. Falls du mich brauchst, bin ich sofort bei dir.« Er drückt mir einen schnellen Kuss auf den Mund.

Wir rennen aus dem Haus zu seinem Auto. »Du hast echt keine Ahnung, was los ist …?«

»Nein.«

In letzter Zeit streiten Mama und Papa sich ziemlich oft, und ich weiß einfach nicht, was ich machen soll.

Zu Hause höre ich als Erstes Mama in der Küche schreien: »Simon!« Etwas zerschellt krachend auf dem Fußboden.

Kate steht in der Tür und beobachtet alles unter Tränen. Ich gehe an ihr vorbei. »Was macht ihr denn?«, frage ich zitternd. Überall liegen Scherben auf dem Boden. Rotwein tropft aus einer umgekippten Flasche vom Küchentisch.

Beide schauen mich kurz an und streiten dann weiter.

»Courtney übertreibt mal wieder.«

Mama reißt Papa ein Glas aus der Hand und wirft es in die Spüle, wo es in tausend Teile zerspringt.

»Kann mir mal jemand erklären, worum es hier eigentlich geht?«, brülle ich schließlich, so dass mich alle hören. Plötzlich ist es still.

»Los, nun sag es ihr schon!«, knurrt Mama.

Papa wirft ihr einen wütenden Blick zu. »Ach, nichts … Ich hab ein bisschen was getrunken, und jetzt macht sie gleich so ein Drama daraus. Weißt du was, Courtney? Ich hab keine Lust mehr! Ich will nichts mehr von dir hören!« Er stürmt aus der Küche, reißt die Haustür auf und geht.

Mama bricht in Tränen aus, und ich nehme sie in den Arm.

Wieso habe ich nicht gemerkt, dass in meiner Familie etwas nicht stimmt?

»Verzeih mir«, schnieft sie.

»Schsch.« Ich drücke sie fest an mich.

»Wie kann er nur so dumm sein?«

»Vielleicht macht er gerade eine schwierige Zeit durch. Wir müssen ihm helfen«, erwidere ich und lasse sie los. Ich reiche ihr ein Taschentuch, damit sie sich die Tränen trocknen kann. »Versuch, mit ihm zu reden, dann klärt ihr alles. Es ist überhaupt nicht schön, wenn ihr euch streitet. Vor allem für Kate ist es fürchterlich.«

»Du hast recht, Cris. Aber jetzt muss ich mich mal kurz hinlegen. Ich räume dann später dieses Chaos auf.«

Mama geht, und ich bleibe allein in der verwüsteten Küche zurück.

»Alles in Ordnung?« Cam steht in der Tür. »Ich habe gesehen, wie dein Vater abgehauen ist. Die Tür war offen und …« Er sieht sich um. »Was ist denn hier passiert?«

»Mein Vater … ich weiß nicht, was mit ihm los ist, aber er muss ausgeflippt sein. Das sieht ihm gar nicht ähnlich.«

»Und deine Mutter ist deswegen sauer?«

»Sie ist völlig verzweifelt«, sage ich und versuche, die Tränen zurückzuhalten.

»Kleines, alles wird gut.« Er küsst mich auf die Stirn und nimmt mich in seine Arme. »Kopf hoch.«

Er sieht mich an, und ein kleines Lächeln huscht über mein Gesicht.

»Was ist?«, fragt er.

»Nichts.«

»Nein, du musst es mir sagen«, beharrt er liebevoll.

»Nichts … ich liebe dich so unendlich.« Könnte es je besser sein?

»Ich liebe dich auch«, sagt er und lächelt.

22

Der Klang des Weckers macht mir heute Morgen gar keine schlechte Laune, ganz im Gegenteil: Ich habe das nervige Piepen, das mich immer an einen Feueralarm erinnert und tierisch erschreckt hat, durch Skye Stevens mitreißenden Song *Rewind* ersetzt.

Ich stehe auf und betrachte meine Klamotten im Schrank. Manchmal wäre es wirklich einfacher, wenn wir eine Schuluniform hätten. Dann müsste ich nicht jeden Morgen so schwerwiegende Entscheidungen treffen und könnte länger schlafen.

Als ich in die Küche komme, traue ich meinen Augen kaum. Mama und Papa halten sich im Arm. Da ich ihnen diesen schönen Moment nicht kaputt machen will, lasse ich das Frühstück sausen, obwohl es noch ziemlich früh ist. Ich trete aus dem Haus.

Die Zeit nutze ich für einen gemütlichen Morgenspaziergang zur Schule, denn Cam kann mich heute nicht mitnehmen.

Mein Phone vibriert. Eine Nachricht von Lindsay:

Neuzugang Trevor Square scheint bereits eine Seelenverwandte gefunden zu haben. Vor ein paar Tagen wurde er mit Cristina Evans gesichtet, in vertrautem Gespräch, was vermuten lässt, dass die beiden mehr als nur einfache Freunde sind. Wie Cameron Dearing das wohl findet? Im Anhang die Beweisfotos von den beiden, die sie in zärtlicher Umarmung während eines romantischen Spaziergangs im Park zeigen. Für heute grüßen euch
Lindsay und ihre Quellen

Ach je! Ich hoffe inständig, dass Cameron diese Nachricht nicht liest. Er weiß immer noch nicht, dass ich mich mit Trevor getroffen habe, und kriegt das bestimmt in den falschen Hals.

Als ich vor der Schule ankomme, parkt Sam gerade ihren Roller.

»Hey, Cris! Guten Morgen!«

»Hallo, Sam. Gut wird der Morgen wahrscheinlich nicht, wenn Cam die News von Lindsay liest.«

»Hast du ihm denn nichts von Trevor erzählt?«

»Nein.«

»Wenn ich du wäre, würde ich ihm das schleunigst sagen. Er wird ganz sicher stinkwütend, wenn er diese Nachricht liest.«

»Du hast recht. Ich rede mit ihm.«

»Oh, sieh mal einer an«, sagt Sam und deutet mit dem Kinn zur Straße.

Trevor kommt auf uns zu. Und von der anderen Seite

taucht Cameron auf. Mist! Ich kann es nicht riskieren, dass er mich mit Trevor sieht.

»Sam, ich muss los. Ich kann nicht bleiben«, sage ich.

»Ist gut. Hau bloß ab, bevor Cameron dich sieht.«

Obwohl die Stunde erst in zehn Minuten anfängt, gehe ich schon in den Unterrichtsraum. Merkwürdigerweise sitzt Cameron bereits auf seinem Platz. Er ist mit irgendwas beschäftigt und merkt nicht mal, dass ich zu ihm trete.

»Cam«, sage ich.

Er hebt den Kopf. Allein sein Blick verrät mir, dass er fürchterlich wütend auf mich ist.

»Alles in Ordnung?«, frage ich und lege meine Hand auf seine.

Er zieht sie weg und steht auf. »Was interessiert dich das?«

Autsch. »Was redest du da?«

»Warum gehst du nicht zu Trevor und fragst ihn?«

Er hat die Nachricht gelesen.

Mit schnellen Schritten verlässt er den Raum. Ich laufe ihm nach. Ich rufe ihn und hoffe, dass er stehen bleibt. Aber der Sturkopf geht einfach weiter und verschwindet in der Jungstoilette.

Ich bleibe in der Tür stehen. »Cameron, das ist nicht richtig, dass du mich so behandelst. Komm raus, und wir reden.«

Keine Antwort.

»Na gut, mach doch, was du willst. Wenn du mir nicht

zuhören willst, ist das dein Problem.« Ich drehe mich um und mache einen Schritt. Da ergreift er meine Hand.

»Rede.«

Ich wusste, dass ich ihn so rumkriegen würde.

»Lindsay hat mal wieder nur Blödsinn geschrieben! Zwischen mir und Trevor ist absolut gar nichts.«

Er schweigt und sieht an mir vorbei.

»Cam, wie kannst du Lindsay nur glauben?«

»Ich hätte ihr nie geglaubt, aber die Fotos …«

»Auf den Fotos umarmen wir uns, weil wir uns wieder vertragen haben.«

»Was?«

»An dem Nachmittag bin ich mit Trevor im Park gewesen, weil er mir ein paar Sachen erklären wollte. Wir haben über den Tod von Cass gesprochen, und er hat sich bei mir für sein blödes Verhalten in L. A. entschuldigt.«

Cam lehnt sich an die Wand und hebt den Kopf. »Also, anstatt den Nachmittag mit mir zu verbringen, warst du mit dem Schwachmaten Trevor zusammen, um sich seine beknackten Entschuldigungen anzuhören? Und hast du ihm geglaubt?«

»Ja, Cameron, ich glaube ihm. Im Gegensatz zu dir vertraue ich den Leuten, und glaube, dass jeder eine zweite Chance verdient.«

»Bravo. Ein Applaus für das süße Mädchen, das allen verzeiht. Aber ich hab es echt satt. Ich bin raus.«

Es klingelt, und wir sollten längst drinnen sein. Der Lehrer ist bestimmt schon da.

»Cam, wo ist denn das Problem?«

»Vielleicht hättest du es mir wenigstens sagen können?«

»Machst du Witze? Du hast mir viel schlimmere Dinge verheimlicht, und ich habe dir verziehen. Und du kannst nicht mal ein einfaches Gespräch unter Freunden akzeptieren?« Ich verschränke die Arme vor der Brust.

»Der ist doch seit Urzeiten in dich verknallt, das ist nicht nur ein einfacher Freund!« Er klatscht mit der flachen Hand an die Wand.

»Ja, aber ich habe ihm sofort gesagt, dass ich seine Gefühle nicht erwidere. Ich will nur dich.«

»Klar, wie auch nicht …«

»Weißt du was, Cam? Das ist mir hier echt zu doof. Ich geh jetzt.« Damit lasse ich ihn stehen.

Ich klopfe an die Unterrichtstür.

»Evans? Ist was passiert?«, fragt der Lehrer.

»Nein, entschuldigen Sie bitte. Ich war auf Toilette.« Ich setze mich und hole das Buch aus dem Rucksack.

Mein Handy vibriert. Ich angle es aus der Tasche und verstecke es hinter dem Buch.

›Was ist?‹, simst Sam.

›Cam + ich haben gestritten‹, texte ich so, dass der Lehrer es nicht sieht.

Es klopft an der Tür.

Vermutlich Cameron.

Er ist es wirklich. Ohne zu grüßen, tritt er ein und setzt sich auf seinen Platz hinter mir.

Der Lehrer sieht ihn über seine Brille an und schüttelt den Kopf, doch er fragt nicht nach einer Erklärung.

›Schon wieder?! Ist es wegen Trevor?‹, simst Sam.

›Ja.‹

»Bevor die Stunde gleich zu Ende ist, habe ich noch einige Informationen bezüglich der Jahrgangsfahrt«, sagt der Lehrer. »Miss Split, teilen Sie bitte diese Blätter aus. Es ist das detaillierte Programm für unsere Woche in London. Und die Liste mit der Zimmerbelegung.«

Cloe nimmt den Stapel entgegen und verteilt die Blätter auf den Tischen.

»Entschuldigung, mein Name steht nicht auf der Liste«, sagt Trevor, nachdem er alles überflogen hat.

Cameron schnaubt abfällig.

»Stimmt, Mr Square«, antwortet der Lehrer, »das muss ein Fehler sein. Sie sind natürlich in einem Jungenzimmer.«

»Mit wem?«, fragt Trevor.

»Mit Matthew Espinosa und …«

»Mir«, fügt Cameron hinzu.

»Ja, und Mr Dearing.«

Alle drehen sich zu Trevor.

Er verdreht die Augen. »Na gut.«

Als es klingelt, verlässt Cam sofort den Raum, ohne mich auch nur eines Blickes zu würdigen. Stattdessen kommt Trevor zu mir.

»Ehrlich jetzt? Ich soll mit dem Hirni ein Zimmer teilen?«

»Trevor …«

»Entschuldige. Ich hab vergessen, dass ihr zusammen seid. Aber ich ertrage den Typen einfach nicht. Also …«

Immer wenn Trevor das Wort ›also‹ benutzt, fragt er mich irgendetwas Wichtiges.

»… kannst du mir verraten, ob Sam einen Freund hat?«

Wow.

»Nein, hat sie nicht. Aber wenn du nur mit ihr rummachen willst, vergiss es. Sie ist ein anständiges Mädchen und darf nur mit Samthandschuhen angefasst werden. Verstanden?« Ich weiß doch, wie Trevor sich in solchen Fällen verhält.

»Aber selbstverständlich. Ich habe nicht vor, ihr irgendwie weh zu tun.«

»Besser so.«

Er lächelt und lehnt sich an den Tisch hinter sich.

»Worüber redet ihr?« Sam kommt zu uns.

»Ich habe Cris gefragt, welches Spiel sie sich am Sonntag ansieht«, improvisiert Trevor.

»Da du ja mit Cam gestritten hast, solltest du das von Austin ansehen. Das hätte mein Bruder wirklich verdient!«, sagt sie.

»Das entscheide ich später.«

Trevor starrt Sam ununterbrochen an. Sie würden gut zusammenpassen. Auch wenn mir Sam mit Nash lieber wäre. Die beiden waren wirklich das perfekte Paar.

23

»Sam, das ist ein Witz, oder?«, sage ich und betrachte die Klamotten, die wir für die Spiele anziehen sollen.

Am Ende habe ich mich entschieden, mit Sam zu beiden Partien zu gehen. Ich will bei Cams Fußballfinale dabei sein, selbst wenn er auf mich sauer ist. Das ist mir nämlich egal.

»Nein.« Sie reicht mir ein Shirt und einen Taillenrock. »Los, geh ins Bad und zieh dich um.«

»Du bist verrückt.« Ich grinse gequält.

»Beeil dich. Cameron braucht nicht lang, um sich fertig zu machen, und ich muss pünktlich bei Trevor sein«, sagt sie.

»Bei Trevor?«

»Ja. Das hört sich jetzt vielleicht doof an, aber ich glaube, es tut mir gut, mich mal mit jemand Neuem zu treffen.«

»So willst du Nash vergessen?«

Sie nickt traurig. »Ich muss. Ich kann nicht immer alleine rumsitzen und hoffen, dass irgendwann alles wieder so ist wie vorher. Und wenn er sich in New York wohler fühlt? Wenn er beschließt, für immer dortzubleiben?

Wenn er dort eine Bessere als mich findet? Ich muss mein Leben weiterleben und versuchen, ihn zu vergessen, auch wenn das sehr schwierig ist. Nash hat eine unauslöschliche Spur in meinem Herzen hinterlassen.«

»Du hast bestimmt recht. Aber er wird dich doch weiter anrufen und fragen, wie es läuft. Was willst du ihm dann sagen?«

»Keine Ahnung. Die Wahrheit kann ich ihm auf jeden Fall nicht erzählen, denn das würde ihn nur verletzen.«

Ich nehme ihre Hand. »Tu, was du tun musst. Und ich ziehe jetzt mal dieses … Zeug an.«

»Du wirst mir noch dankbar sein. Nämlich genau dann, wenn Cameron dich darin sieht und ihm die Klappe runterfällt.«

»Klar … sicher doch …«, sage ich, mache die Zimmertür auf und renne fast in Cam hinein.

Für ein paar Sekunden bin ich völlig verdattert, und er auch. Dann atme ich tief ein, trete zur Seite und schlüpfe ins Bad, während er zu Sam reingeht.

Ich ziehe Rock und Shirt an, dazu passende Strümpfe, und raffe meine Haare zu einem Pferdeschwanz zusammen. So sollte es gehen. Ich sehe echt wie eine Cheerleaderin aus.

Als ich in Sams Zimmer zurückkehre, packt sie ihre Tasche.

»Alles in Ordnung?«, frage ich.

»Nicht ganz. Cams Auto ist kaputt, und er ist schon mit Papa vorgefahren. Wir müssen den Roller nehmen.«

»Na dann.« Ich kichere.

»Das ist nicht zum Lachen. Das ruiniert meine Frisur. Ich hab mir nämlich total mühsam die Haare geglättet.«

Ich grinse und nehme meinen Rucksack.

An einem Samstag die Schule voller Leute zu sehen ist schon irgendwie merkwürdig. Heute finden die Finale der Schülermeisterschaften im Basketball und im Fußball statt, zwei Events, die jede Menge Fans anlocken. Allein für den Roller einen Parkplatz zu finden, ist schwierig.

Sam setzt ihren Helm ab. »Wie sehe ich aus?«, fragt sie.

»Perfekt«, antworte ich.

Sie lächelt und greift zu ihrem Handy, das gerade gepiept hat. Sie stöhnt. »Na toll. Jetzt sollen wir für Cam auch noch eine Flasche Wasser besorgen und sie ihm bringen!«

»Was? Sollen wir etwa in die Jungsumkleide gehen?«

»Ja. Hier, nimm mal. Ruf Trevor an und sag ihm, dass wir später kommen wegen dieser Sache.« Sie reicht mir ihr Phone.

Ich rufe Trevors Nummer auf und versuche, mit Sam Schritt zu halten, die zu einem Getränkeautomaten hastet.

Ich kriege Trevor ans Telefon. Er erzählt, dass er ebenfalls in der Umkleide ist, bei Matt.

»Okay, dann treffen wir uns da!«, sage ich und beende die Verbindung. Seit wann sind Matt und Trevor so dicke Freunde?

»Los«, sagt Sam und rennt weiter.

»Endlich!«, ruft Cameron, als wir in die Umkleide kommen. Er schaut von Sam zu mir. Er starrt mich an, und ich werde total verlegen.

»Cris, kannst du mal einen Augenblick kommen?«, fragt Trevor von der anderen Seite.

»Sofort.« Ich lasse Cameron stehen. »Was ist?«

»Siehst du dir später das Basketballfinale an?«

»Ja, warum?«

»Dann kommen wir mit«, sagt er und zeigt auf sich und Matt.

Nein! Nein und nochmals nein!

»Ähm, feierst du nicht mit deiner Mannschaft?«, frage ich Matt, in der Hoffnung, dass er das vergessen hat.

»Eigentlich schon, aber das wird bestimmt grottenlangweilig.«

»Was wird langweilig?« Taylor kommt zu uns.

»Die Party nach dem Spiel«, erwidert Matt.

»Ich weiß, daher schaue ich mir auch lieber an, wie Miller sich mit seiner Mannschaft bei Basketball schlägt.«

»Du auch?«, frage ich.

Scheinbar wollen alle um jeden Preis dieses Basketballfinale sehen.

»Ja. Aber ich bin sicher, dass sie verlieren«, sagt Taylor. Dann brechen er und Matt aus mir unerfindlichen Gründen in Gelächter aus.

»Also, dann gehen wir alle zusammen. Mit euch wird es bestimmt noch viel lustiger.«

»Leute, auf den Platz!«, brüllt der Trainer.

»Gehen wir!« Sam nimmt mich an der Hand und zieht mich fort.

Wir verlassen die Umkleide und laufen zu unseren Plätzen auf der Tribüne.

»Äh-ähm, da muss sich wohl jemand bei mir bedanken«, sagt Sam neben mir.

»Stimmt. Danke, Sam.« Cameron hat mich wirklich ununterbrochen wie hypnotisiert angestarrt.

Von unseren Plätzen aus haben wir einen perfekten Blick auf das Spielfeld. Wir sitzen fast in der ersten Reihe. Susan steht am Spielfeldrand und schaut die ganze Zeit zu Cameron rüber.

Cloe und Jack setzen sich neben uns. Sie passen irgendwie richtig gut zusammen.

Cameron läuft um den Platz und wärmt sich auf. Er wirkt wie einer der Profi-Kicker aus einem coolen Modemagazin.

»Er fehlt dir, nicht wahr?«, sagt Cloe.

»Ja.«

»Er hat noch nicht mit dir geredet?«

»Nein, warum?«, frage ich.

»Mir hat er gesagt, dass er das tun will.«

»Anscheinend hat er seine Meinung geändert.«

»Gib ihm etwas Zeit. Er kann echt ein Dickschädel sein, aber am Ende kriegt er sich doch immer wieder ein«, ermutigt mich Cloe.

»Hoffentlich.«

»Oh, hab Vertrauen. Ich wette, dass es bald wieder so weit ist. Er schaut ständig zu dir rüber.«

»Mir wird langsam kalt! Das ist verdammt windig heute«, beschwert sich Sam neben mir.

»Nimm.« Trevor reicht ihr seine Jacke.

Wie süß.

»Danke«, sagt sie.

Matt verlässt das Spielfeld und geht zu Trevor. »Es ist die Nummer zwei«, sagt er.

»Okay.« Trevor beobachtet einen Jungen aus der gegnerischen Mannschaft.

»Behalte ihn im Auge.«

Was reden die da bloß?

Trevor nickt.

»Was ist?«, frage ich.

»Matt hat mich gebeten, auf den Typen da aufzupassen. Der spielt angeblich falsch.«

»Und was machst du, wenn du eine Unregelmäßigkeit entdeckst?«, fragt Sam.

»Dann sag ich dem Schiedsrichter Bescheid.«

»Der wird dir nicht glauben«, entgegne ich.

»Mir nicht, aber der Spielfeldkamera schon«, erwidert er und wedelt mit einem Camcorder.

Wie es aussieht, ist er bestens ausgerüstet. Ich ziehe die Beine an und mache es mir auf meinem Sitz bequem. Da läuft Susan zu Cameron und hält ihn auf.

Selbst von hier ist es so offensichtlich, dass sie sich nur aufspielt, um seine Aufmerksamkeit zu erregen. Das nervt mich einfach nur noch. Sie reden ein paar Sekunden, dann umarmt sie ihn, und er erwidert es.

»Sind Cameron und Susan wieder zusammen?«, frage ich.

»Nein, das hätte er mir erzählt«, antwortet Sam.

Susan nimmt sein Gesicht in die Hände, und ich explodiere gleich vor Eifersucht.

»Das ist ein Witz, oder?«, sagt Cloe.

»Küssen die sich etwa?« Sam lehnt sich vor, um es besser erkennen zu können.

»Mädels, ihr macht mir Angst.«

Susan verlässt das Spielfeld, und Cameron wärmt sich weiter auf. Ich seufze erleichtert.

Die Cheerleader versammeln sich vor der Tribüne, und Susan bleibt genau vor uns stehen. »Ich glaube, das wird ein wunderbarer Abend! Wünscht mir Glück für den besten Auftritt des Jahres.«

»Ich wünsche dir einen Beinbruch«, sage ich trocken.

Sie blickt mich schockiert an. Ihr Gesicht verfärbt sich grün vor Wut, dann geht sie.

»Ich vergöttere dich«, sagt Cloe, als Susan außer Hörweite ist, und klatscht mit mir ab.

Sam lacht sich kringelig, und auch Trevor und Jack können nicht mehr aufhören zu lachen.

24

Laute Musik ertönt, die Cheerleader laufen in die Mitte des Spielfelds und starten ihre akrobatische Anheizernummer. Die Jungs im Publikum können die Augen nicht von ihnen lassen.

Susan schnattert wie eine Gans. Aber ehrlich gesagt, kämen die Mädels auch ohne ihre Kommandos zurecht und ohne ihre Extra-Einlage. Dann wäre ihr Auftritt noch viel cooler.

»Bitte, bringt sie zum Schweigen!«, stöhnt Sam neben mir.

Cloe und ich lachen los.

»Vorwärts, Susan!«, brüllt ein Junge hinter uns.

Sie springt, und ihr kurzer Rock hebt sich, so dass alle ihren Slip sehen können. Die Jungs flippen komplett aus und johlen wie verrückt. Darum also ist Susan an der Schule so beliebt.

Endlich ist das Spektakel zu Ende, und die Spieler laufen aufs Feld. Cameron stellt sich in der Mitte auf, und schon pfeift der Schiri das Spiel an.

Taylor ergattert sofort den Ball und sprintet in die gegnerische Hälfte. Dort wird er von der Abwehr gestoppt.

Carter kommt ihm zu Hilfe und nimmt den Pass an, den er sofort an Cameron weitergibt.

»Los!«, schreit Cloe.

Cameron umdribbelt die Gegner, doch Sekundenbruchteile, bevor er aufs Tor schießen kann, pfeift der Schiedsrichter ein Foul. Die Nummer zwei der Gegner liegt auf dem Boden, schreit und hält sich ein Bein.

»Trevor?«, sage ich.

Er schaut zu mir und nickt. Dann spult er die Filmaufnahme zurück, und man erkennt ganz klar, dass der Typ eine Schwalbe inszeniert hat. Genau wie Matt es vorhergesehen hat.

Trevor geht mit der Kamera zum Schiedsrichter.

Cameron kommt zu uns gelaufen. »Was ist denn passiert?«

»Die Zwei simuliert, und Trevor hat alles gefilmt. Er zeigt dem Schiri gerade die Aufnahme«, erklärt ihm Sam.

»Warum hat er das gefilmt?«

»Weil der Typ so geil ist und Trevor ihn als Modell für seine Calvin-Klein-Unterbuxen-Show buchen will. Na, warum wohl?«, sagt Cloe trocken.

Jack lacht los, während Cameron sie mit offenem Mund ansieht.

»Matt hat ihn drum gebeten«, erkläre ich.

Der Schiedsrichter pfeift wieder, zeigt der Nummer zwei die rote Karte. Mit hängenden Schultern hockt sich der Typ auf die Ersatzbank.

Trevor kehrt lächelnd zu uns zurück. Es hat also wirklich geholfen.

»Und?«, fragt Jack.

»Matt hatte recht.«

Die erste Halbzeit endet mit einem Eins zu Eins. In der Pause besuchen wir die Jungs in der Umkleide.

»Herr Gott, Jordan, jetzt wach endlich mal auf! Wir können uns keinen Verteidiger leisten, der die ganze Zeit pennt!«, ruft der Trainer einem Jungen zu.

»Was hat er gemacht?«, fragt Sam.

»Als wir den Ball zu ihm gespielt haben, ist er ganz blass im Gesicht geworden und hat gekniffen. Der Typ ersetzt Nash.«

Sam verlässt den Raum. Vermutlich erträgt sie es nicht mal, auch nur Nashs Namen zu hören.

»Merkt ihr es sehr, dass er nicht mehr in der Mannschaft ist?«, frage ich.

Vielleicht bekomme ich ein Gespräch mit Taylor hin, in das Cameron auch einsteigt.

»Ja«, sagt Taylor.

»Du kannst dir nicht vorstellen, wie merkwürdig es ist, dass er nicht auf dem Spielfeld steht«, bemerkt Cameron. »Nash war so ein starker Verteidiger, und jetzt haben wir stattdessen diese Null, die vor dem Ball Angst hat. Wie ist der Trainer bloß auf den gekommen?«

Es hat geklappt.

Cam zieht sich das Trikot mit der Nummer sieben über den Kopf. Plötzlich lächelt er.

»Was ist?«, frage ich.

»Nichts … Du bist gekommen, obwohl ich sauer auf dich bin«, erwidert er und schmeißt das Trikot in den Spind.

»Ja. Was ist daran so ungewöhnlich?«

»Nichts … ich hätte gedacht, dass du nicht kommst, oder zum Spiel von Miller gehst.« Er zieht sich ein frisches Trikot über.

»Offensichtlich kennst du mich doch nicht so gut.«

»Kann sein. Aber ich bin froh, dass du hier bist.« Er lächelt schon wieder.

Ich erwidere das Lächeln.

»Schade nur, dass er auch da ist«, sagt er und weist mit dem Kopf auf Trevor.

»Cam, ich habe dir schon gesagt, dass Trevor nur ein Freund ist …«

Er legt mir den Zeigefinger auf die Lippen. »Ich will jetzt nicht darüber reden. Das machen wir nach dem Spiel«, flüstert er. »Bis dann.« Er drückt mir einen Kuss auf die Wange und folgt seiner Mannschaft, während wir anderen auf die Tribüne zurückgehen.

Sam wirkt niedergeschlagen.

»Alles okay?«

»Ja. Ich muss bloß noch mal kurz aufs Klo.« Sie steht auf und geht.

»Was ist denn mit ihr?«, fragt Trevor.

»Keine Ahnung.«

Als der Schiedsrichter die zweite Halbzeit anpfeift,

sitzt Sam wieder neben mir, stumm und gedankenverloren.

»Geht's dir auch wirklich gut?«

»Ja, ich bin bloß ein bisschen müde.«

Wir beobachten schweigend das Spiel, das ohne große Höhepunkte dahindümpelt.

Kurz vor Ende des Spiels strengen sich unsere Jungs aber noch einmal an. Cameron sprintet mit dem Ball am Fuß über den halben Platz und schießt mit voller Wucht.

»Tooor!!!«, schreit Cloe und springt auf.

Cameron reißt sich sein Trikot vom Leib und läuft mit nacktem Oberkörper über das Spielfeld. Seine Teamkameraden stürzen sich auf ihn.

Alle Mädchen springen auf und machen Fotos mit ihren Handys.

Cameron lächelt, und für ein paar Sekunden kreuzen sich unsere Blicke. Wie gern würde ich ihn umarmen!

Von der anderen Seite des Feldes stürmt Susan auf ihn zu. Sie stolpert über etwas, verliert kurz das Gleichgewicht, fängt sich wieder aber und springt an Cameron hoch und schlingt ihm die Beine um die Hüften.

Ein erstauntes Raunen jagt über die Tribüne. Selbst Cam wirkt überrascht.

»Was tut sie da?«, fragt Trevor neben mir.

Cameron starrt sie an, dann packt er sie an der Taille und zieht sie mit einem Ruck von sich runter. Vor Enttäuschung scheint ihr das Make-up aus dem Gesicht zu bröseln.

Hinter mir lacht sich Cloe kaputt.

Cameron läuft zu uns und springt über die Bande, die die Tribüne vom Spielfeld trennt. Er kommt auf mich zu, und ich gehe ihm entgegen. Da hebt er mich hoch und wirbelt mich herum. Dann küsst er mich auf den Mund. Wild und leidenschaftlich.

»Dieses Tor habe ich dir gewidmet«, sagt er dann.

Er hat mir verziehen.

25

Ich schalte den Wecker aus und gönne mir noch zehn Minuten. Als ich mich endlich aus dem Bett wälze, schlurfe ich erst mal ins Bad. Widerwillig mache ich mich fertig und ziehe die erstbesten Klamotten aus dem Schrank, die mir in die Finger kommen.

In der Küche ist Kate fast mit ihrem Frühstück fertig.

»Vorhin, als du noch geschlafen hast, haben Mama und Papa schon wieder gestritten«, sagt sie leise.

Die Cornflakes-Packung rutscht mir aus den Händen.

»Weswegen?«, frage ich und schaue sie an.

»Cris, ich glaube nicht, dass es wegen des Alkohols ist. Heute Morgen war Papa stocknüchtern. Da steckt was anderes dahinter, nur wollen sie es uns nicht sagen.«

»Und wenn wir schon wieder umziehen?« Allein bei dem Gedanken werde ich krank.

»O mein Gott, Cris, ich hoffe nicht! Jetzt, wo wir uns gerade eingelebt haben.«

Sie hat so recht. Ich habe mir hier mühsam ein neues Leben aufgebaut, und nach so vielen Monaten und Schwierigkeiten scheint es endlich besser zu laufen. Ich möchte nicht schon wieder die Stadt wechseln!

»Kate, du wirst sehen, das ist bestimmt nichts Schlimmes. Vermutlich ist das eine ganz normale Ehekrise, die in allen Familien mal vorkommt und die wieder vergeht.«

Meine kleine Schwester nickt und schiebt sich den letzten Löffel Joghurt in den Mund.

Als Kate das Haus verlässt, greife ich nach meinem Handy und checke, ob Cameron sich gemeldet hat oder sonst jemand.

Er hat mir tatsächlich gesimst: ›Der Bus ist gerade weg. Wo bist du?‹

O nein. Ich bin so blöd! Warum bin ich nicht gleich beim Weckerklingeln aufgestanden?

Ich habe komplett vergessen, dass Cams Auto ja kaputt ist und er mich nicht mitnehmen kann. Zu allem Überfluss sind Mama und Papa heute Morgen schon extrem früh zur Arbeit.

Und was mache ich jetzt? Wenn ich zu Fuß gehe, komme ich nicht pünktlich zum Unterricht.

Ich scrolle durch mein Handy auf der Suche nach jemandem, der mich abholen könnte.

Ein Name nach dem anderen taucht auf, aber keiner passt. Ach, doch, einen gäbe es: Trevor! Vielleicht ist er um diese Uhrzeit noch zu Hause. Ich rufe ihn an, und zum Glück antwortet er.

»Morgen, Cris! Alles klar bei dir?«

»Hey, Trevor, ja, alles gut. Bist du noch zu Hause?«, frage ich.

»Ich geh grad zur Tür raus.«

»Könntest du mich abholen? Ich hab den Bus verpasst, und wenn ich zu Fuß gehe, komm ich zu spät.«

»Ja, kein Problem. In fünf Minuten bin ich bei dir.«

»Danke.«

Ich raffe meine Sachen zusammen und sprinte aus dem Haus, damit ich schon auf der Straße stehe, wenn er kommt. Keine fünf Minuten später taucht Trevor auf einem riesigen Motorrad auf.

»Hey«, sagt er und reicht mir einen Helm. »Hier, und halte dich gut fest. Wir fliegen.«

Ich setze mich hinter ihn, und wir rasen mit furchteinflößender Geschwindigkeit los. Geschmeidig gleiten wir über den Asphalt, sausen im Zickzack zwischen den Autos hindurch, die im Stau stehen. Ich kralle mich an Trevor fest. Obwohl ich ihm vertraue, habe ich Angst. Auf einem Motorrad so zu rasen hasse ich wie die Pest.

In weniger als fünfzehn Minuten kommen wir vor der Schule an und betreten den Unterrichtsraum noch vor dem Klingeln. Wow! Das habe ich nicht mal im Traum zu hoffen gewagt!

Gestern hat die letzte Woche vor unserer Studienreise angefangen. Sie ist angefüllt mit neuem Stoff, Tests und Arbeiten. Die anstrengenden Stunden vergehen wie im Flug.

Aber so ist das immer mit Schulferien: Man muss sie sich verdienen. Vorher und hinterher.

Denn nach London muss ich zusammen mit Susan diese

absurde Strafe antreten. Mir wird jetzt schon übel, wenn ich nur daran denke.

Cam und ich können uns ein bisschen Zeit in der Mittagspause verschaffen, die wir gemeinsam in der Mensa verbringen.

Mit Sam gelingt es mir den ganzen Tag über nicht, auch nur ein Wort zu wechseln. In jüngster Zeit hat sie sich wieder mehr zurückgezogen. Manchmal scheint es, als wäre sie wieder das Mädchen von einst: verschlossen, gedankenverloren, einsam. Zum Glück trifft sie sich mit Trevor, aber ich weiß nicht, wie weit es mit ihrer Freundschaft eigentlich ist.

Als das Klingeln das Ende des Schultages verkündet, frage ich Sam, ob wir zusammen nach Hause gehen und ein bisschen reden wollen.

»Ja, Cris, gern. Ich muss endlich mal wieder mit dir quatschen. Wir haben uns viel zu wenig gesehen in letzter Zeit.« Sie seufzt.

»Das holen wir auf der Studienfahrt alles nach. Ist ja nicht mehr lang hin. Der Countdown läuft!«

»Ja, ich kann es gar nicht erwarten! Ich freu mich zwar nicht mehr so doll wie damals, als ich dachte, ich fahre mit Nash. Ohne ihn ist das einfach nicht das Gleiche.« Eine Träne rollt ihr über die Wange.

Ihre Traurigkeit dringt bis zu mir. Plötzlich bleibt sie stehen und bricht komplett in Tränen aus. Schluchzend stürzt sie sich in meine Arme. Ich drücke sie an mich und streichle ihr Haar.

»Entschuldige, Cris. Das ist so albern.« Sie löst sich aus meiner Umarmung und trocknet sich das Gesicht ab.

»Red nicht so einen Blödsinn, Sam, du musst dich nicht entschuldigen, für gar nichts. Es tut mir nur leid, dass ich nicht gemerkt habe, wie schlecht es dir geht. Ich dachte, du hättest dich wieder gefangen, dank Trevor.«

»Ach, im Fingieren bin ich ziemlich gut. Das war ich schon immer.« Sie schnieft. »Aber irgendwann wird es einfach zu viel, und dann muss man der Realität ins Auge schauen. Ich habe alles versucht, aber ich habe gemerkt, dass ich Nash einfach nicht vergessen kann. Ich schaff es nicht. Ohne ihn hat mein Leben keinen Sinn.«

Ich drücke ihre Hand. »Sam, das darfst du nicht denken. Du hast dich so verändert. Du bist viel stärker geworden. Du kommst wieder auf die Füße und kämpfst gegen das alles. Nash hat seine Entscheidung getroffen, ob es dir nun gefällt oder nicht. Und du musst deine Entscheidungen treffen und reagieren. Dein Leben hat auch ohne ihn einen Sinn! Und du musst jeden einzelnen Moment genießen. Sonst bereust du später, dass du in deiner Jugend nur geweint und gelitten hast, und das wegen eines Menschen, der es nicht verdient hat.«

»Du hast recht, Cris. So wie immer.«

Ich trete zu ihr und nehme sie noch einmal in den Arm.

»Du bist eine echte Freundin«, flüstert sie mir ins Ohr.

»Du auch.«

»Und deshalb muss ich dir etwas sagen …«

Sie hört sich besorgt an.

»Etwas Schlimmes?«, frage ich.

Sie nickt.

»Dann sag es mir lieber morgen. Jetzt habe ich einfach nur Lust auf ein großes Eis.«

»Wirklich?« Sie lächelt vorsichtig.

»Ja. Vielleicht können wir Trevor anrufen. Und dann verbringt ihr beide den Abend zusammen.« Ich zwinkere ihr zu.

»Ich glaube nicht, dass Trevor der richtige Junge für mich ist, Cris.« Sie zieht ein Taschentuch hervor.

»Wieso?«

»Weil ich ihn nicht liebe. Ich benutze ihn doch nur, um Nash zu vergessen. Und ich fühle mich so schmutzig deswegen. Außerdem bin ich mir sicher, dass er es genauso macht, um jemand anderen zu vergessen«, antwortet sie mit einem traurigen Lächeln und putzt sich die Nase.

›*Ich arbeite daran …*‹ Trevors Worte hallen in meinem Kopf.

»Na gut, dann wird es eben ein Eis unter BFFs«, erwidere ich und nehme ihre Hand.

26

»… und denken Sie an Ihre Reiseunterlagen. Ich habe keine Lust, am Flughafen festzusitzen, weil irgendjemand von Ihnen den Reisepass vergessen hat«, sagt der Lehrer.

Es klingelt, und ich springe auf. Ich will in der Mittagspause unbedingt Nash anrufen.

»Cris, ich gehe was essen. Willst du wirklich nicht mit?«, fragt Cameron.

»Nein, echt nicht. Danke, Cam.«

»Also gut, dann sehen wir uns später.« Er drückt mir einen Kuss auf die Lippen.

Ich sehe ihm nach. Gott, ich glaube es einfach immer noch nicht, dass er mir gehört!

»Ach ja, die Liebe!«, ruft jemand hinter mir.

Ich drehe mich um, und Cloe lächelt mich verschmitzt an.

»Hast du mich erschreckt.«

»Ihr seht echt süß aus zusammen. So glücklich habe ich ihn schon lange nicht mehr gesehen.«

»Ja, es läuft ganz gut bei uns. Hoffentlich hält das auch. Du weißt ja, dass das mit mir und Cam sich jeden Moment wieder ändern kann. Wie geht's dir denn?«

»Och, ganz gut. Außer, dass ich in diesen Tagen Susan zu oft getroffen habe. Sie hat mich gebeten, ihr bei Mathe zu helfen. Aber ich ertrag sie einfach nicht!«, erklärt Cloe stöhnend.

»Warum triffst du dich dann mit ihr? Ich würde das ja nicht machen.«

»Das geht dich nix an.« Sie zwinkert mir zu.

»Na ja, was immer für Gründe du dafür hast, ich hoffe, es lohnt sich. Ich muss kurz raus. Wir sehen uns später.«

»Nein, warte. Ich brauch deinen Rat.«

»Bei was?« Jetzt macht sie mich doch neugierig.

»Es ist wegen Jack.« Sie wird rot und senkt den Blick.

»O mein Gott. Seid ihr zusammen?«

Sie nickt, und das erstaunlich schüchtern. »Ja, und heute Abend hat er mich eingeladen, mit ihm auszugehen. Ich weiß nicht, was ich anziehen soll, wie ich mich verhalten soll ... Mit anderen Worten, ich bin megaaufgeregt.«

»Cloe, bewahr einfach Ruhe, sei du selbst und hab Spaß. Er hat seine Entscheidung schon getroffen.«

»Meinst du?«

»Klar! So wie er dich ansieht!«

Sie wird noch röter. »O Gott, hoffentlich mache ich nicht alles kaputt.«

»Das wird schon ... Ich muss jetzt aber wirklich gehen. Ich muss in der Mittagspause etwas Wichtiges erledigen.«

»Was?«

»Hm ... das geht dich nix an«, erwidere ich augenzwinkernd. Und sie streckt mir die Zunge raus.

Draußen vor dem Gebäude rufe ich Nash an. Ich will mit ihm über Sam reden. Vermutlich weiß er, was für eine schlimme Zeit sie durchmacht, und vielleicht kann er mir sagen, wie ich ihr helfen kann. Ich fühle mich so machtlos und habe Angst, dass sie sich wieder ritzen könnte. Zum Glück geht er schon beim zweiten Klingeln ran.

»Nash!«

»Cris, wie schön, dich zu hören! Alles okay?«

»Ich muss mit dir über Sam reden.«

»Ist ihr etwas zugestoßen?«

»Nein, nein, keine Sorge. Aber in letzter Zeit benimmt sie sich merkwürdig, und ich hoffte, du könntest mir etwas dazu sagen.«

»Ja, sie hat mich gestern Abend angerufen, und da kam sie mir wirklich sehr traurig vor. Sie hat mir Sachen erzählt, die mir weh getan haben ... Sie will nicht mehr mit mir telefonieren, weil sie so nicht weitermachen kann, sagt sie ... und in der Schule sind auch ein paar Dinge passiert.«

»Was denn für Dinge?«

»Cris ... ich ... weiß nicht, ob ich ...«

»Nash, bitte, ich mache mir wirklich Sorgen um Sam. Schon seit Tagen benimmt sie sich merkwürdig, und ich verstehe nicht, warum. Ich weiß, dass es ihr zum Teil deinetwegen schlechtgeht. Aber ich vermute, dass da noch was anderes ist, das sie quält. Bitte! Ich will ihr helfen, aber ich weiß nicht, wie.«

»Geht nicht, ich musste Sam versprechen, dass ich

nichts sage, denn die Sache ist ziemlich heikel. Du würdest es nicht ertragen, und Cameron würde sich tierisch aufregen.«

In der Leitung knackt es.

»Was kann denn nur so Schlimmes passiert sein?«, frage ich genervt von der Wendung, die dieses Gespräch gerade nimmt.

»Cris, tut mir leid, ich hab schon zu viel gesagt.«

»Nash, ich werde langsam nervös. Also, Sam ist meine beste Freundin, und egal, was ihr zugestoßen ist oder was sie gemacht hat, du kannst es mir sagen. Ich hab sie gern und will ihr helfen. Erzähl endlich, was passiert ist.«

»Cris, dräng mich nicht. Ich kann nicht. Sei bitte einfach an ihrer Seite. Wenn sie Lust hat, wird sie es dir selbst erzählen.« Er beendet die Verbindung.

Ich starre entgeistert auf mein Phone.

»He, Cris! Euer Jahrgang fährt also auch nach London!«, ruft Austin. »Das ist ja mal eine Nachricht.«

Ich lasse das Telefon sinken. Austin grinst über das ganze Gesicht.

»Ja, stimmt«, sage ich überrascht. »Ich wusste gar nicht, dass ihr auch … Wie schön«, füge ich wenig begeistert hinzu. Das gibt doch bestimmt wieder Ärger. Ich ahne bereits Camerons Reaktion, wenn er davon erfährt.

Camila geht an uns vorbei. Sie wirft uns einen bösen Blick zu und sagt kein Wort. Sehr merkwürdig.

»Austin, ist irgendwas, von dem ich nichts weiß? Ist alles okay mit Camila?«, frage ich, sobald sie außer Hörweite ist.

»Sie ist sauer auf mich«, erklärt Austin mit einem Achselzucken. »Sie meint, dass ich sie in letzter Zeit vernachlässige. Und es stimmt, erst musste ich fürs Basketballfinale trainieren, dann musste ich lernen … und darüber hinaus – damit du auch alles weißt – ist sie eifersüchtig auf dich. Dabei sind wir nicht mal zusammen, also darf sie sich eigentlich auch nichts einbilden!«

Camilas Ansprüche sind wirklich absurd, vor allem mir gegenüber. Aber sie ist nun mal in Austin verknallt, und irgendwie kann ich sie auch verstehen. »Du musst das mal mit ihr klären. Sie ist immerhin deine beste Freundin.«

»Und sie müsste das Ganze mal mit mir klären und sich bei mir entschuldigen. Sie behandelt mich wie den letzten Dreck und hat ziemlich derbe Worte benutzt. Ich warte noch mal ab, bis sie sich wieder einkriegt, dann rede ich vielleicht mit ihr«, sagt Austin in einem Atemzug.

»Ich bin sicher, ihr regelt das irgendwie. Jetzt muss ich in die Klasse zurück, ich glaube, der Mathelehrer ist schon da. Wir schreiben gleich einen Test.«

»Na gut. Ach, ich hab gehört, dass Dearings Auto kaputt ist. Wenn du eine Mitfahrgelegenheit brauchst, ich bin da.« Er zwinkert mir zu.

Ich bedanke mich, aber solange Trevor es nicht stört, fahre ich lieber mit ihm. Cameron würde vor Wut platzen, wenn er wüsste, dass Austin mich ebenfalls mitnehmen würde.

Im Unterrichtsraum gehe ich zu Sam. »Ich muss mit dir reden«, sage ich.

Sie schaut mich mit großen, erschrockenen Augen an. »Können wir das auf später verschieben? Ich muss noch mal Mathe wiederholen, ich fühle mich so gar nicht vorbereitet.«

»Na gut, aber …«

Da betritt der Lehrer den Raum und bittet alle, sich auf ihre Plätze zu setzen.

Zum Glück verbringe ich heute den Nachmittag bei Cameron, da kann ich dann auch gleich mit Sam reden.

Nach Schulschluss suche ich sie, aber sie ist verschwunden. Als ob sie sich in Luft aufgelöst hätte. Wenn sie glaubt, sie kann sich vor mir verstecken, hat sie sich allerdings geschnitten.

Als klar ist, dass ich sie nicht finde, verlassen Cam und ich Hand in Hand die Schule und gehen zu Fuß zu ihm nach Hause. Im Garten steht Sams Roller, also ist sie schon da.

In der Küche decken wir uns erst mal mit Getränken ein.

»Cam, isst deine Schwester mit uns zu Abend?«, frage ich.

»Hm … die restliche Pizza von gestern ist weg. Also glaube ich nicht, dass sie noch was essen wird. Aber ich frag sie mal.« Er saust nach oben.

Ich öffne den Kühlschrank und schaue, was wir uns zum Abendessen machen können.

»Sam ist nicht da, vielleicht ist sie mit Trevor weg«, sagt Cam, als er nach ein paar Minuten in die Küche zurückkommt.

»Ach … ich wollte eigentlich noch mit ihr reden.«

»Ist alles in Ordnung?«

»Ja, ich mache mir nur ein bisschen Sorgen um sie. Wie schon gesagt, Nash wollte mir nichts über diese Angelegenheit erzählen, die sie so beunruhigt. Er hat gemeint, ich soll warten, bis sie es mir erzählt.«

»Hm. Vielleicht hat Sam keine Lust dazu. Von ihr erfahren wir vermutlich nie etwas.«

»Ja, aber wer außer Nash könnte denn noch davon wissen?«, überlege ich laut.

»Ich hätte da eine Idee. Es gibt da eine, die immer alles von allen weiß.«

»Lindsay?«

»Genau. Ich werd mal mit ihr reden.«

27

Seit sechs Uhr morgens bin ich wach und checke alle fünf Minuten mein Gepäck. In wenigen Stunden fliegen wir nach London.

»Mama, wo sind meine schwarzen Schuhe?« Ich laufe im Haus hin und her.

»Beruhig dich mal, Cris, und sei nicht so ungeduldig! Ich kann nicht gleichzeitig Frühstück machen und deine Schuhe suchen«, ruft sie aus der Küche.

Ich stöhne genervt und renne in mein Zimmer zurück. Vielleicht sind die Dinger ja im Schrank. Da hängt meine Jeansjacke. Und wenn es in London doch warm wird? Hm … Ja, ich schnappe sie mir und stopfe sie in den Koffer.

Es klingelt an der Haustür, aber ich muss erst noch den Trolley zumachen. »Mama, gehst du?«

»Ich backe grad Pfannkuchen, und wenn ich nicht aufpasse, brennt er an!«

»Was ist denn los?« Kate kommt mit verschlafenem Blick die Treppe runter. »Es ist noch nicht mal hell draußen, und ihr macht hier schon so einen Krach.«

Wieder klingelt es, und ich renne zur Tür. Cloe, Sam und Cameron stehen davor.

Wir frühstücken zusammen, dann kontrollieren wir in meinem Zimmer noch einmal alles.

Die Liste auf Cloes Merkzettel ist unendlich lang. »Also, das Wichtigste: die Reiseunterlagen«, sagt sie.

Zum Glück haben wir alle sie vollständig dabei. Reisepass, Flugticket, Kreditkarte.

Das Abarbeiten der Liste dauert etwa zehn Minuten, es scheint, als hätten wir nichts vergessen. Sam hat nur nicht an das Glätteisen für ihre Haare gedacht, doch zum Glück hat Cloe eines eingesteckt, das sie sich leihen kann.

Wir schleppen die Koffer zum Auto, dann fährt Mama uns zum Flughafen.

Um Punkt acht Uhr, entsprechend dem Zeitplan der Lehrer, stehen wir vor dem Süd-Terminal und laden das Gepäck wieder aus.

»Also, Kinder, gute Reise und amüsiert euch!«, sagt Mama, bevor sie wieder einsteigt. »Schatz, ruf an, sobald du angekommen bist. Du weißt ja, mein Handy ist immer angeschaltet.«

»Ist gut, Mama, mach dir keine Sorgen.«

Sie düst ab, und wir betreten das Terminal.

Schon aus der Ferne erkenne ich Susans weiße und fuchsiafarbenen Koffer. Sie hat einen ganzen Haufen davon gepackt. »Da sind sie!«

Wir gesellen uns zu unseren Mitschülern und Lehrern, und innerhalb von einer Stunde checken wir ein, passieren die Personenkontrollen und trotten zu unserem Gate.

Vor dem Boarding informieren uns die Lehrer über die Sitzplatzverteilung.

»Alle mal herhören. Die Sitze sind zufällig bei Einchecken zugewiesen worden. Beschweren Sie sich also bitte nicht und stören Sie in keinem Fall die anderen Passagiere. Dearing, seien Sie versichert, wir behalten Sie ganz besonders im Auge«, sagt der Lehrer und verteilt die Boardingpässe.

»Was Besseres kann mir gar nicht passieren«, spottet Cameron.

Wir besteigen das Flugzeug und suchen unsere Plätze. Ich weiß bereits, dass ich nicht mit Cam in einer Reihe bin, aber vielleicht sitzt er ja nicht so weit weg von mir.

»Lass es neben Jack sein, lass es neben Jack sein«, wiederholt Cloe in einem fort auf dem Weg durch die Reihen.

»Ich glaube, sie hat ein Problem«, kichert Cameron. Plötzlich wird er ernst. »Was macht Miller denn hier?«

Ich blicke in seine Richtung. Austin lässt sich gerade auf seinem Sitz nieder. Als er mich bemerkt, winkt er.

Lächelnd grüße ich zurück, dann schaue ich Cam an.

»Ist doch egal. Das wird alles gut«, sage ich, aber er antwortet nicht, sondern geht einfach weiter.

Endlich entdecke ich meinen Platz.

Ich erreiche die Reihe … Nein! Das muss ein Irrtum sein, ich kann doch nicht zwischen Lindsay und Susan sitzen!

Das wird ein Höllentrip!

Bis London brauchen wir ungefähr vierzehn Stunden.

Da bleiben mir nur zwei Möglichkeiten: entweder schlafe ich, oder ich finde ein unverfängliches Gesprächsthema. Erst mal entscheide ich mich für Option zwei, denn trotz der kurzen Nacht bin ich überhaupt nicht müde. Da ich mich zwischen Lindsay und Susan entscheiden muss, wähle ich die erste zum Quatschen und frage sie, warum sie ihre Zeit mit so etwas Unsinnigem wie dem Klatsch und Tratsch über andere Leute verschwendet. Allerdings hat sie seit ein paar Wochen keine neue Schülerzeitung mehr herausgebracht, was schon etwas merkwürdig ist.

»Eigentlich hat es mich ziemlich genervt, die rechte Hand von Lexy zu sein«, erzählt Lindsay. »Ich mochte ihre Artikel überhaupt nicht. Die waren oft so aggressiv. Und das war ja völlig unnötig. Ich glaube, sie war das meistgehasste Mädchen der Schule.«

»Und dann?«

»Verließ Lexy die Schule, und ich hatte kaum Freunde. Ich wollte einfach ein paar neue Leute kennenlernen. Ich dachte, auf diese Art gelingt mir das. Aber so war das nicht, ganz im Gegenteil … Viele haben mich nur noch hasserfüllt angeschaut, und am Ende war ich einsamer als vorher. Ich würde alles dafür geben, wenn ich solche Freunde hätte wie du, Cris. Ich schwör's. Du weißt gar nicht, was du für ein Glück hast.«

»Ach, wir wissen doch alle, dass nicht jeder ihrer Freunde so fantastisch ist, wie sie glaubt«, mischt sich Susan ein.

»Kannst du bitte den Mund halten!«

»Nein, Schätzelchen. Ich halte nicht den Mund. Lindsay, erzähl ihr doch mal ein bisschen was über ihre Freunde, am besten über die eine im Besonderen.«

»Wovon redet sie?«, frage ich Lindsay.

»Von gar nichts. Hör nicht auf sie.«

»Komm schon, Lindsay. Warum willst du Cris die geheimen Verbindungen der Person verschweigen, die sie so mag?«

Verwirrt drehe ich den Kopf von einer zur anderen.

»Hör auf, Susan, du übertreibst wirklich«, entgegnet Lindsay.

»Kann mir mal jemand sagen, von wem ihr redet?«, frage ich.

»Soll ich es ihr sagen oder willst du?«, fragt Susan, die sich anscheinend königlich amüsiert.

»Ich habe versprochen, nichts zu sagen. Und das tue ich auch.« Lindsay zieht den Flyer mit den Sicherheitsanweisungen aus der Tasche am Vordersitz.

»Also werde *ich* der süßen und naiven Cris mal die Wahrheit erzählen.«

Lindsay stöhnt genervt.

Wieso habe ich schon wieder das Gefühl, dass mir gar nicht gefallen wird, was Susan mir gleich erzählen will?

»Du weißt doch sicher, dass Lindsay gewisse Quellen hat, oder?«

»Ja, die Leute, die sie über die unterschiedlichsten Gerüchte informieren.« Für wie blöd hält sie mich eigentlich?

»Gut. Eine dieser Quellen ist eine wirklich sehr aufmerksame Person. Meine absolute Lieblings …«

»Susan, red nicht lang drum rum, sondern sag schon.« Hätte ich nur kein Gespräch angefangen.

»Nun sei mal nicht so ungeduldig! Mach dich bereit auf eine Nachricht, die dir die Ferien echt versauen wird: Deine beste Freundin Sam war eine dieser Quellen.«

»Wa… was?«, frage ich ungläubig. Ich habe mich hoffentlich verhört.

»Du hast schon richtig verstanden. Sie war eine der Quellen, und dazu noch eine der aktivsten.« Susan lehnt sich zufrieden zurück.

Ich drehe mich zu Sam, die gerade mit Trevor plaudert. Das kann nicht sein! Dazu wäre sie niemals fähig. Nicht nach allem, was wir zusammen erlebt haben.

»Nein, du lügst! Das stimmt nicht«, erwidere ich und funkle Susan wütend an.

»O doch, das stimmt. Hast du dich nie gefragt, warum die News über dich immer kamen, kurz nachdem du mit Sam geredet hast? Denk mal drüber nach.«

Sam ist der erste Mensch, mit dem ich mich in Miami angefreundet habe. Sie ist die Einzige, der ich immer alles anvertraut habe. Ich glaube das einfach nicht!

»Cris«, sagt Lindsay neben mir und legt mir eine Hand auf den Arm. »Es tut mir leid.«

»Mir nicht, ganz im Gegenteil, jetzt fühle ich mich gleich viel besser«, bemerkt Susan mit einem fiesen Lächeln.

Ich erwidere nichts. In mir fühlt sich alles rau und leer

an. Ich hätte nie gedacht, dass Sam mich so verraten könnte.

Warum hat sie das gemacht? Was wollte sie damit bezwecken? Was hab ich getan, um so von ihr behandelt zu werden?

Meine Finger sind auf einmal eiskalt.

Und jetzt? Wie soll ich mich ihr gegenüber verhalten? Muss ich ihr sagen, dass ich alles weiß?

Und Cam? Wie wird er das wohl finden?

Nein, ich darf nicht zulassen, dass er etwas davon erfährt. Das würde er Sam nie verzeihen. Er würde kein Wort mehr mit ihr reden.

28

»Cris«, flüstert eine Stimme und reißt mich aus dem Schlaf. »Wir sind da.«

Ich blinzle durch die Lider, vor mir steht Lindsay.

Also ist doch alles wahr, die Schülerzeitung, Sam … Eine Nanosekunde lang habe ich gedacht, es wäre nur ein böser Traum.

Was tue ich denn jetzt bloß?

Vielleicht ist es das Beste, den Mund zu halten und abzuwarten, bis Sam mir von selbst davon erzählt. Wenn ihr wirklich etwas an mir liegt, wird sie den Mut aufbringen und ehrlich zu mir sein.

Vor dem Flughafen steht ein Bus, der uns zum Hotel bringen soll.

Als wir einsteigen, gestikuliert Cloe mir von ganz hinten zu, dass ich mich neben sie setzen soll. Sie hat mir einen Platz zwischen sich und Sam reserviert. Cam und Jack sitzen in der Reihe vor uns.

»Hast du den Flug gut überstanden?«, fragt Sam.

»Ja«, lüge ich.

»Echt?! Und wie war es so mit Susan und Lindsay?«

»Susan war unerträglich wie immer, aber Lindsay ist

echt nett. Allerdings haben wir nicht viel geredet, denn ich bin irgendwann eingeschlafen.«

»Sam, erzähl lieber, wie es mit Trevor war«, sagt Cloe und lehnt sich nach vorn, um sie ansehen zu können.

»Ich … also … ich glaube, ich empfinde was für ihn«, flüstert sie, damit nur wir beide sie hören.

»Was? Aber du hast doch gesagt, dass …«

»Ja, ich weiß. Aber ich glaube, dass es mehr als Freundschaft ist, was ich fühle. Vielleicht stimmt es gar nicht, dass ich ihn nur benutze.«

Na so was. Ehrlich gesagt, kann ich mir Sam und Trevor als Paar gar nicht so richtig vorstellen.

Draußen vor dem Fenster zieht die Stadt an mir vorbei, und erst jetzt bemerke ich, dass ich in einer der schönsten Metropolen der Welt bin.

Der Bus hält vor unserem Hotel. Es wird bestimmt hart, das Zimmer mit Sam zu teilen und so zu tun, als wäre nichts passiert.

Jemand wedelt mit der Hand vor meinem Gesicht herum, und als ich hochblicke, steht Trevor vor mir.

»Du warst ja völlig weggetreten«, sagt er lächelnd.

Alle steigen bereits aus, nur Cam und Trevor starren mich an.

»Ist wirklich alles okay bei dir?«, fragt Cam.

Ich nicke.

Unser Hotel sieht von außen relativ schick aus und befindet sich sogar noch im Dunstkreis von Londons Stadtzentrum.

»Hoffentlich liegen unsere Zimmer nicht so weit auseinander«, sagt Cam.

»Im Gegenteil, ich hoffe, dass sie ganz weit voneinander weg sind, sonst muss ich dich womöglich jede Nacht ertragen«, scherzt Cloe.

»Mach dir bloß keine falschen Hoffnungen, Cloe, ich bin nicht interessiert«, erwidert Cameron gespielt arrogant.

Alle kichern. Cam und Cloe sind wirklich einzigartig, wenn sie beisammen sind. Ohne Unterlass necken sie sich wie Hund und Katze. Doch wenn es drauf ankommt, halten sie fest zueinander.

Endlich bekommen auch wir unseren Zimmerschlüssel. Wir bewohnen die Nummer 210 im zweiten Stock.

Da der Fahrstuhl bereits mit Schülern und Koffern vollgestopft ist, nehmen wir die Treppe. Ich hebe meinen Koffer an, aber er wiegt mehr, als ich gedacht hätte. Den kriege ich nie in den zweiten Stock geschleppt.

»Warte, ich helf dir. Der sieht schwer aus.« Austin legt seine Hand auf meine.

»Danke, aber das schaff ich schon«, sage ich und umklammere weiter den Griff.

»Ich helf dir gern.«

»Ja, Cris, lass Austin ruhig deinen Koffer tragen«, sagt Cloe.

Ich werfe ihr einen genervten Blick zu, verdrehe die Augen und nicke schließlich.

Austin schnappt sich meinen Trolley und steigt ohne Mühe die Treppe bis in den zweiten Stock hoch. Sam und

Cloe kichern, und ich kann über den Grund ihrer Heiterkeit nur spekulieren. Nach kurzem Suchen finden wir das Zimmer 210, und Cloe schließt auf. Zusammen mit Sam stürmt sie hinein.

»Danke für deine Hilfe, Austin. Wäre echt nicht nötig gewesen«, sage ich und nehme ihm den Koffer ab.

»Da nicht für.« Er starrt mich an.

Meine Wangen werden heiß. »Also, ich gehe dann mal …«

»Bist du eigentlich sauer auf mich?«, fragt er.

»Nein. Wieso?«

»In letzter Zeit bist du so distanziert. Ich hab das Gefühl, du gehst mir aus dem Weg. Dabei dachte ich, wir wären Freunde«, erwidert er.

»Das sind wir ja auch, aber ich hätte es lieber, wenn du mich in Ruhe lässt.«

»Warum? Wegen Cameron?«

»Du weißt genau, dass das nicht der einzige Grund ist.« Ich ergreife den Türknauf.

»Und was sind die anderen? Sag's mir, denn ich verstehe das alles nicht.« Er lehnt sich mit dem Rücken an die Korridorwand. »Warum redest du nicht mehr so wie früher mit mir? Warum antwortest du nie auf meine SMS? Es kommt mir vor, als hättest du Angst vor mir.«

Er hat recht, in letzter Zeit bin ich ihm wirklich aus dem Weg gegangen. »Austin, ich will da jetzt nicht drüber reden, das klären wir, wenn wir wieder zu Hause sind. Okay?«

»In einer Woche? Nein, ich will jetzt eine Antwort, Cris.«

Ich seufze. »Na gut. Abgesehen davon, dass Cameron es nicht gern sieht, wenn wir zusammen sind, was wohl Eifersucht ist und mit der Geschichte mit Charly zu tun hat, habe ich den Eindruck, dass du wegen mir mit Camila Ärger bekommst. Und das will ich nicht.«

»Ich habe bereits mit Camila gesprochen. Wir lösen unsere Probleme schon selbst, darüber musst du dir keine Gedanken machen, Cris.« Er löst sich von der Wand. »Du hast damit nichts zu tun, es ist nur meine Schuld, dass sie sauer auf mich ist. Und was Cameron angeht … tja, er sollte dir vertrauen und diese Geschichte mit Charly endlich vergessen. Ich hab es satt, immer wieder davon zu hören. Im Gegensatz zu ihm war ich immer ehrlich zu Charly und habe sie nie betrogen. Du solltest endlich mal wissen, wem du wirklich vertrauen kannst.«

»Wenn nur einer von euch mir endlich mal diese verdammte Geschichte richtig erzählen würde, wäre ich dazu vielleicht in der Lage«, erwidere ich.

Die Zimmertür geht auf, und Cloe streckt den Kopf raus. »Entschuldigt die Störung, ich wollte nur wissen, welches Bett du gern hättest«, sagt sie verlegen.

»Ich komme.« Ich wende mich noch einmal zu Austin. »Also, danke für deine Hilfe. Wir sehen uns später.«

Ich schnappe mir meinen Trolley und ziehe ihn ins Zimmer. Es ist nicht besonders groß, dafür aber ganz gemütlich.

»Worüber habt ihr geredet?«, fragt Cloe, die hinter mir die Tür schließt.

»Darüber, dass du ihn nicht noch hättest ermutigen sollen, meinen Koffer zu tragen«, sage ich und setze mich auf das Bett, in dem ich die nächsten sechs Nächte schlafen werde.

»Ach, komm schon. Das war lustig!« Sie zwinkert Sam zu.

»Austin würde alles für dich tun.«

»Bitte, fangen wir nicht davon an«, sage ich gelangweilt.

»Ach, Cris, man sieht es Meilen gegen den Wind, dass der Typ in dich verknallt ist! An deiner Stelle würde ich das ausnutzen.« Cloe öffnet ihren Koffer und verteilt ihre Klamotten auf dem Bett.

Hoffentlich macht sie nur Witze.

»Das könnte ich nicht, wir sind nur Freunde. Können wir das Thema bitte lassen?«

»Hey! Wie es aussieht, haben wir einen Balkon«, ruft Sam und öffnet eine Glastür.

Ich stehe auf und gehe zu ihr. Der Balkon ist riesig und reicht bis zu denen der Nachbarzimmer.

»Wie toll!«, kreischt Cloe. »Schade, dass man von hier nichts sieht. Camerons Zimmer ist im vierten Stock, von da muss man einen irren Blick haben.«

Die Tür auf dem Nachbarbalkon geht auf, und Susan tritt heraus.

»Sagt mir, dass das ein Scherz ist!«, knurre ich.

»Evans, das ist doch nicht dein Ernst!«, ruft Susan.

»Ja, ich freue mich auch, dich zu sehen«, spotte ich.

»Zum Glück bist du ja da, Cloe!« Susan schenkt ihr das falscheste Lächeln aller Zeiten.

»Ja, wie schön, dass wir Nachbarinnen sind«, sagt sie und hört sich so aufrichtig an, dass ich ihr fast schon glaube.

»Komm doch später mal rüber, unser Zimmer besichtigen. Jetzt muss ich wieder rein, leider. Mich fürs Mittagessen fertig machen. Bis nachher.« Sie zieht die Balkontür hinter sich zu.

»Cloe, du bist echt so eine falsche Schlange«, sagt Sam und lächelt. »Fast hättest du mich davon überzeugt, dass ihr wirklich Freundinnen seid!«

»Danke!« Cloe grinst.

»Ich kenne Leute, die noch falscher sind als sie.« Ich sehe Sam an, die meine Anspielung wohl ziemlich gut verstanden hat, denn sie reißt erschrocken die Augen auf.

»Damit beleidigst du mich, Cris!«, scherzt Cloe.

Ich lächle.

»Gehen wir wieder rein. Wir sollten uns auch fürs Essen fertig machen.«

Ich nicke und folge ihr.

»Cris, warte mal.«

»Was ist, Sam?« Ich drehe mich zu ihr.

»Willst du mir irgendetwas sagen?«

»Nein … du?« Hoffentlich sagt sie mir endlich die Wahrheit.

»Nein.« Sie senkt den Blick.

»Gut.«

Sie nickt und deutet ein Lächeln an.

Ich gehe rein und setze mich auf mein Bett. Sam hat mich richtig enttäuscht.

29

London ist megacool.

Am Nachmittag haben wir die National Gallery besucht. Aber es war unmöglich, in den zweieinhalb Stunden, die uns die Lehrer für die Besichtigung gelassen haben, alles zu schaffen, was wir uns eigentlich ansehen wollten.

Den Erklärungen des Museumführers konnte ich irgendwie nicht richtig folgen, denn ich bin immer noch erschüttert von Sams Verhalten.

Sie ist doch meine Freundin, besser gesagt, meine beste Freundin. Nach allem, was wir zusammen durchgemacht haben, sollte sie auf meiner Seite sein und zu mir stehen! Aber wie es scheint, habe ich mich gründlich geirrt.

Wieso habe ich in all der Zeit nicht gemerkt, dass sie hinter meinem Rücken alles weitertratscht, was ich ihr erzähle? Ich kann nur hoffen, dass sie einen guten Grund dafür hat. Allerdings fällt mir nicht einer ein, den ich überzeugend genug finde, ihr zu verzeihen. Aber am schwersten finde ich es, ihr ins Gesicht zu sagen, dass ich alles weiß.

»Kleines, ist alles gut?«, fragt Cam neben mir.

Der Bus bringt uns ins Hotel zurück. Ich habe mich neben Cameron gesetzt, weil ich keine Lust auf Sam hatte. Sie zieht mich gerade nur runter. Während Cam es allein mit seiner Anwesenheit schafft, mich wieder aufzuheitern.

Ich drehe mich zu ihm. »Ja.«

»Scheint mir aber nicht so. Seit wir in London gelandet sind, benimmst du dich merkwürdig. Wieso bloß?«

»Ich hab Jetlag.«

»Das ist es nicht. Ich spür genau, dass irgendetwas ist.«

Er hat ja recht, aber ich kann und ich will ihm nicht von Sam erzählen. Das würde ihm doch nur die Studienfahrt verderben.

»Heute Abend reden wir mal. Ich will alles wissen. Komm her.« Er legt mir den Arm um die Schultern und zieht mich an sich.

Im Hotel stellen Sam und ich uns wortlos an der Rezeption an, um unseren Schlüssel zu holen. Das Schweigen zwischen uns ist unglaublich unangenehm. Aber ich kann einfach nicht so tun, als wäre alles in Ordnung, und sie muss begriffen haben, dass ich etwas weiß.

»Worüber hast du mit Cam im Bus gesprochen?«, fragt sie plötzlich, vermutlich eher, um das Eis zu brechen als aus echter Neugier.

»Über nichts Bestimmtes.« Ich habe keine Lust, mit ihr zu reden, und noch weniger, ihr etwas über mich und Cam zu erzählen.

»Das glaub ich nicht. Komm schon, Cris, ich bin deine

beste Freundin! Du weißt doch, dass du mir alles sagen kannst.«

Ich will etwas erwidern, doch dann überlege ich es mir anders. Ich atme tief ein. »Wir haben über die Fahrt gesprochen.«

»Erklärst du mir mal, was du wirklich hast? Du benimmst dich echt seltsam.« Sie scheint aufrichtig besorgt zu sein.

»Könnt ihr bitte alle mal damit aufhören, dass ich merkwürdig bin? Ich hab nichts, mir geht's gut«, entgegne ich genervt.

»Schon gut. Tschuldigung.« Sie senkt den Blick und sagt kein Wort mehr, bis wir auf dem Zimmer sind.

Ich bin echt mies drauf, und während Cloe und Sam sich fürs Abendessen fertig machen, trete ich auf den Balkon und schnappe etwas Luft.

Ich checke die Anrufe und Nachrichten auf meinem Handy. Eine SMS ist von Kate: ›Hallo, Cris, hoffentlich amüsierst du dich. Du fehlst mir sehr.‹

›Du fehlst mir auch‹, texte ich.

Die nächste Nachricht ist von Trevor. Wieso schreibt er mir denn?

›Triff mich im Foyer des Hotels. Ich will mit dir reden.‹

Das hat er vor fünf Minuten geschrieben. Worüber er wohl reden will? Ich schiebe das Handy in die Hosentasche, husche wortlos durchs Zimmer und gehe ins Foyer.

Trevor sitzt in einem samtbezogenen Sessel und liest

in einer Zeitschrift. Als ich nur noch wenige Schritte von ihm entfernt bin, hebt er den Kopf.

»Da bist du ja.« Er wirft die Zeitschrift auf das Tischchen vor sich und steht auf. »Ich dachte schon, du lässt mich hängen. Komm, wir reden an einem ruhigeren Ort.«

In einem kleinen Salon setzen wir uns auf ein Sofa.

»Also, jetzt sag mal, was eigentlich mit dir los ist«, platzt Trevor heraus.

»Mit mir? Nichts.«

»Das glaub ich dir nicht, Cris. Das kannst du Matt und Cameron oder sonst wem weismachen, aber nicht mir. Ich kenn dich zu gut und weiß, wenn es bei dir gut oder schlecht läuft.«

Ich muss schlucken. Er kennt mich wirklich von allen meinen Freunden am längsten.

»Na gut, ja, es ist was passiert. Aber nichts wirklich Schlimmes.«

»Du kannst mir vertrauen, das weißt du.«

»Ich habe etwas Wichtiges herausgefunden über eine Person, die ich sehr mag.«

»Über Sam?«

»Woher weißt du das?« Was Trevor wohl darüber denken wird? Schließlich scheint er Sam zu mögen.

»Na, so wie du sie ansiehst, checkt man sofort, dass du aus irgendeinem Grund stinkig auf sie bist. Was ist passiert?«

Ich seufze und nehme allen Mut zusammen. »Das ist kompliziert. Kurz gesagt, Sam war eine von denen, die

Lindsay mit Informationen über mich und Cameron versorgt hat. Anfangs hat sie alles einem anderen Mädchen erzählt, das bis vor kurzem die Schülerzeitung geleitet hat. Sie hat sehr persönliche Dinge ausgeplaudert, die ich ihr anvertraut habe, weil ich sie für meine beste Freundin hielt. Ich weiß nicht, warum sie das gemacht hat. Ich kann es einfach nicht glauben.«

»Das ist doch völlig absurd! Bist du sicher, dass das stimmt?« Er runzelt die Stirn.

»Leider ja.«

Trevor schweigt für eine Weile. »Das ist echt mies«, sagt er dann.

»Genau. Und ich weiß nicht, was ich denken und machen soll.«

»Weiß Cameron es?«

»Natürlich nicht!«

»Du musst es ihm sagen.«

»Wenn wir wieder zu Hause sind. Ich will ihm nicht die Studienfahrt verderben.«

Er starrt auf einen Punkt an der gegenüberliegenden Wand und denkt anscheinend gründlich nach.

Hoffentlich kann wenigstens er mir einen guten Rat geben, denn er ist in diesem Moment der einzige Mensch, dem ich wirklich vertrauen kann.

»Hast du schon mit Sam geredet?«

»Nein, ich will, dass sie mir von sich aus alles gesteht. Noch ist es mir lieber, sie auf diese Geschichte nicht anzusprechen.«

»Du hast recht. Warum hat Sam das bloß gemacht? Ich kenn sie zwar erst seit ein paar Wochen, aber wenn diese ganze Geschichte stimmen sollte, dann hat sie einen guten Grund dafür. Da bin ich mir ganz sicher.«

»Das denke ich auch. Ich hoffe es jedenfalls.«

»Wenn du willst, kann ich ja mal mit ihr reden.«

»Nein, danke. Ich will dich da nicht mit reinziehen.«

»Okay.« Er lächelt. Dann umarmt er mich.

Ich drücke mich an ihn und muss seufzen. Warum ist das Leben nur so verdammt kompliziert?

30

Nach dem Abendessen gehen wir zurück auf unsere Zimmer. Heute Abend bleiben wir im Hotel. Vermutlich treffen wir uns in einem der Zimmer zum Feiern und um blöde Spielchen zu spielen.

Wir quetschen uns alle in den Aufzug. Hoffentlich bleibt er nicht wegen Überlastung stecken. Er hält im zweiten Stock. Sam und Cloe steigen aus, und ich will ihnen grade folgen, als Cam mich am Arm packt und zurückhält.

»Was ist?«

»Du kommst mit mir«, sagt er grinsend.

Während sich die Tür wieder schließt, sehe ich schulterzuckend zu Sam und Cloe, die mir kichernd vom Flur aus zuwinken.

Trevor sieht mich bestürzt an.

Wir halten im vierten Stock, wo Trevor aussteigt. Cam bleibt noch im Aufzug und ich bei ihm.

Wir erreichen den fünften Stock. Hier steigt auch Taylor aus. Cam rührt sich immer noch nicht, sondern lächelt nur geheimnisvoll.

Die Aufzugtür schließt sich.

»Wohin fahren wir?«, frage ich.

Cam drückt auf den Knopf für den sechsten Stock. »An einen verzauberten Ort«, sagt er und zwinkert mir zu.

Im sechsten Stock ergreift Cam meine Hand und gibt mir ein Zeichen, leise zu sein.

Wir huschen zum Ende des Korridors. Er öffnet eine Tür.

»Was machst du denn da?«, flüstere ich.

»Psst.«

Wir gelangen in einem merkwürdigen Raum, in dessen Mitte sich eine Wendeltreppe erhebt. Wieder greift er meine Hand und zieht mich die Treppe hinauf.

Plötzlich stehen wir auf dem Dach des Hotels, und mir bleibt die Spucke weg: Der Ausblick ist ein Traum! Unter uns erstreckt sich London in ganzer Pracht, mit einzigartiger Skyline.

»Wow!«, rufe ich und drehe mich um mich selbst. Dann trete ich an die Balustrade und bewundere die Schönheit dieses unglaublichen Panoramas.

»Das ist so cool!«, sage ich und lächle.

Cam stellt sich neben mich.

»Wie hast du das hier gefunden?«, frage ich.

»Ich habe mir die Website des Hotels genau angeschaut und entdeckt, dass es eine Sonnenterrasse gibt.« Er zwinkert mir zu.

Ich stütze mich auf das Mäuerchen und genieße die flirrenden Lichter und das bunte Funkeln dieser unendlich großen Stadt.

Cameron beobachtet mich.

»Was ist? Warum schaust du dir nicht auch dieses wunderbare Lichtermeer an?«, frage ich.

»Was ist das schon im Vergleich zu dem Mädchen mit dem zauberhaftesten Lächeln der Welt, das neben mir steht?«

Ich drehe mich zu ihm und drücke ihm einen Kuss auf die Lippen. »Ich liebe dich.«

»Ich dich auch, du weißt gar nicht, wie«, flüstert er und streicht über meine Wange.

Er nimmt mein Gesicht sanft in seine Hände und starrt auf meine Lippen. Ich rücke dichter an ihn heran. Da umfasst er meine Taille, zieht mich an sich und drückt seinen Mund unendlich zart auf meine Lippen. Langsam wandert er mit seinen Küssen über meine Wange zu meinem Hals.

»Cam …«, flüstere ich.

»Was?« Er hebt den Kopf und sieht mir in die Augen.

»Wir können nicht hierbleiben.«

»Ich weiß, aber ich habe das hier.« Aus seiner Hosentasche zieht er einen Zimmerschlüssel.

Wie jetzt? »Wo hast du den denn her?«

»Das war nicht schwer. Ich musste nur die Kellnerin überreden, ihn für mich zu holen.« Er grinst und drückt meine Hand.

Dann gehen wir die Treppe hinunter und gelangen zurück in den Wendeltreppenraum. Es ist so dunkel, dass ich stolpere und auf Cam stürze. Ich muss lachen, aber er presst mir eine Hand auf den Mund.

»Psst!«

Ich nicke und atme tief ein, damit ich mich wieder einkriege.

Wir treten in den Korridor, schleichen zu dem Zimmer, dessen Nummer auf dem Schlüsselanhänger graviert ist, und schlüpfen hinein.

Cam verriegelt von innen die Tür und schaltet die Nachttischlampe an. Schon kommt er zu mir und verharrt ein paar Millimeter vor meinen Lippen. »Du solltest öfter lächeln. Du bist wunderschön, wenn du lächelst.«

»Wow, Cameron Dearing verteilt mehr als ein Kompliment an einem Tag! Das muss ich mir im Kalender anstreichen, damit ich das nie mehr vergesse.« Ich kichere.

»Ich kann auch damit aufhören«, erwidert er und küsst mich weiter.

Er umfasst meine Taille und schiebt mich rückwärts, bis ich an der Wand lehne. Dann lässt er von meinem Mund ab und überzieht meine Wangen und meinen Hals mit kleinen Küssen. Seine Lippen sind das Allerschönste auf der Welt. Sein Körper ist so makellos wie eine der antiken Marmorstatuen im Museum.

Ich packe ihn an seinem Gürtel und ziehe ihn noch dichter an mich heran. Mein Körper sehnt sich nach Cam, mehr als alles.

Er kehrt mit seinen Lippen zu meinen zurück, und während sich unsere Zungen im absoluten Einklang bewegen, als wären sie eins, nimmt er meine Arme und legt sie sich um den Hals.

Millionen von Schmetterlingen flattern in mir, Ameisenarmeen überrennen meine Haut, und mein Herz läuft über vor Glück. Wenn mir jemand vor ein paar Monaten gesagt hätte, dass ich es mit Cameron in einem Londoner Hotel machen würde, ich hätte ihn ausgelacht. Bei diesem Gedanken muss ich unwillkürlich kichern.

»Was ist?« Cam lächelt.

»Psst«, erwidere ich und streiche mit dem Finger über seine weichen, warmen Lippen.

Dieses Mal fließt eine andere Energie zwischen uns, etwas Tieferes, Ernsthafteres. Es ist so vertraut, dass ich mich ihm ganz hingeben kann und mich völlig geborgen fühle. Ich suche nach den richtigen Worten für das, was ich empfinde. Doch ich bin nicht schnell genug, denn Cam küsst mich auf die Stirn, schaut mir in die Augen und sagt wieder: »Ich liebe dich, Cris, du weißt gar nicht, wie sehr.«

31

»Die Führung in der Tate Modern war ja so was von grottenlangweilig!« Cameron gähnt.

Ich ramme ihm einen Ellenbogen in die Seite.

»Was ist? War doch langweilig.«

»Du bist langweilig!«, entgegne ich. »Die Tate ist eines der schönsten und interessantesten Museen der Welt! Du verstehst aber auch gar nichts, Cam!«

»Ihr seid echt unmöglich, immer hackt ihr aufeinander rum!«, bemerkt Cloe und kichert.

Wir haben zwei Stunden frei und schlendern durch Southbank. Auf dem entzückenden kleinen Platz Gabriel's Wharf gleich an der Themse machen wir eine Pause. Es gibt viele Lokale und bunte Läden, wo man ein bisschen shoppen kann.

Trotz der kühlen Luft setzen wir uns draußen an einen der Tische und bestellen Fish & Chips. Während wir aufs Essen warten, dringen von irgendwoher die Töne eines live gespielten Rocksongs zu uns.

»Hört ihr das?«, fragt Cloe.

»Sag mir nicht, du willst das sehen!«, sagt Cameron. »Da hab ich keinen Bock darauf.«

»Ich auch nicht«, sagt Jack. Und Taylor schließt sich ihnen an.

Cloe und ich tauschen einen kurzen Blick aus, der klarmacht, dass wir das Gleiche wollen. Dann springen wir auf. »Wir sehen uns später.«

Sam schließt sich uns an, und wir folgen der Musik in eine enge Seitenstraße, bis wir zu einem anderen Platz gelangen, wo eine Band aus vier Jungs ein fetziges Stück spielt.

Der Rhythmus ist mitreißend, und wir tanzen zur Musik.

Die Jungs schauen zu uns rüber und lächeln, dann winken sie uns heran, da wir die einzigen Mädchen im Publikum sind, das tatsächlich nur aus wenigen alten Männern mit Plastiktüten besteht.

Die Jungs klatschen und machen uns Mut. Lachend nehmen wir die Einladung an.

»Wie heißt ihr?«, fragt uns der Sänger mit einem Lächeln.

»Cris, Cloe und Sam«, antworte ich für uns alle.

Er wendet sich dem Publikum zu. »Begrüßen Sie mit uns Cris, Cloe und Sam.«

Die alten Männer applaudieren, und ich und die Mädels brechen wieder in Gelächter aus. Das ist schon eine sehr merkwürdige Situation, in die wir da geraten sind.

Die Jungs spielen weiter, und wir drei tanzen. Ihre Stücke sind echt irre, und ich hoffe sehr, dass diese Musiker irgendwann mal den Erfolg haben, den sie verdienen.

Der Sänger tritt zu mir und nimmt meine Hand, als Einladung, mit ihm zu tanzen. Er ist wirklich süß.

Das Lied endet, und die alten Männer applaudieren wieder.

»Danke euch allen! Wir sehen uns morgen zur gleichen Zeit«, sagt der Sänger.

Auch der Schlagzeuger erhebt sich und kommt lächelnd zu uns. »Wieso sehen wir euch heute zum ersten Mal hier?«

»Wir sind auf Studienfahrt in London.«

»Och, schade, das wäre zu schön gewesen, wenn ihr öfter hättet kommen können. Wie auch immer. Fein, dass ihr da seid. Ich bin Bradley.« Der Sänger mit den braunen Haaren stellt sich uns allen vor und reicht uns die Hand.

»Wie heißt eure Band?«, fragt Sam.

»Wir sind die Angry Lions.«

»Können wir ein Foto mit euch machen?«

Sam und ich schauen Cloe an, als wollten wir sagen: ›Was zum Teufel tust du?‹

»Dann können wir später mal, wenn ihr berühmt seid, damit angeben, dass wir ein Foto von euren Anfängen von euch haben«, ergänzt sie mit einem breiten Grinsen.

»Wenn das passiert, rufen wir euch an, damit ihr unsere Backgroundtänzerinnen werdet«, erwidert ein Junge, der ein T-Shirt mit dem Aufdruck ›James‹ trägt.

Wir lachen, kaum dass er das gesagt hat. Dann stellen wir uns auf, und Cloe bittet einen Passanten, ein Foto zu schießen.

»Habt ihr abends auch mal frei? Oder seid ihr immer unter der strengen Aufsicht eurer Lehrer?«, fragt der Bassist.

»Wir haben immer frei«, erfindet Cloe.

Was ist denn in sie gefahren?

»Wir können Telefonnummern tauschen und … hier sind ein paar Gratiskarten für das Lokal, in dem wir heute Abend spielen. Wenn ihr mögt, kommt vorbei.« Der Bassist reicht uns drei Tickets.

»Danke! Das ist ja super!« Cloe steckt sie ihn ihre Tasche. Dann tauschen wir mit Bradley und James unsere Handynummern.

»Also, bis heute Abend!«, ruft Bradley.

»Klar, bis heute Abend!«, erwidert Cloe.

Als wir aus Hörweite der Band sind, lachen wir hemmungslos. Das war ein Eins-A-Mega-Flirt, so richtig entspannt, cool und folgenlos. Denn wir wissen genau, das keine von uns diese Jungs je anrufen und auch heute Abend nicht zu ihrem Konzert gehen wird.

Cam darf von all dem trotzdem nichts erfahren. Das würde ihm nämlich überhaupt nicht gefallen.

Abends, als wir uns im Hotel von der umfangreichen Besichtigungstour durch die Stadt erholen, sagt Cloe mir vor dem Abendessen noch, dass mich der Lehrer im Foyer sprechen will.

Rasch laufe ich die Treppe hinunter.

»Cloe meinte, dass Sie mich sprechen wollen?«

»Ja, Miss Evans, wir warten noch auf das andere Mädchen, dann erkläre ich Ihnen alles ... Ah, da ist sie schon.«

Ich drehe mich um. Was? »Warum ausgerechnet sie?«, rutscht es mir heraus.

»O nein!«, stöhnt auch Susan.

»Tja, ich möchte Sie daran erinnern, dass Sie beide nach der Studienfahrt zusammen eine Strafe verbüßen müssen. Und daher sollen Sie sich jetzt schon mal an den Gedanken gewöhnen. Nehmen Sie die bitte«, er reicht uns einen Stapel Broschüren, »und verteilen Sie sie noch vor dem Essen in den Zimmern. Das ist Informationsmaterial über die Sehenswürdigkeiten, die wir morgen besichtigen, den Tower von London und die Saint Paul's Cathedral.«

»Können wir die nicht morgen verteilen?«, frage ich.

»Nein, ich möchte, dass alle genügend Zeit haben, das bis morgen früh zu lesen«, erwidert er mit einem Lächeln, das genau zeigt, wie lächerlich das Ganze ist. »Sie sollen schließlich nicht unvorbereitet sein. Viel Spaß!« Und schon geht er.

»Wenn wir uns aufteilen, sind wir schneller fertig«, schlage ich vor.

»Na gut«, presst Susan heraus.

Nach einer Stunde haben wir fast alle Broschüren in den Stockwerken verteilt. Es fehlen nur noch zwei Zimmer im vierten Stock, darunter das von Cameron. Von der anderen Seite des Korridors wirft Susan mir einen herausfordernden Blick zu.

Ich laufe los, um als Erste an seiner Tür zu sein, und sie

tut das Gleiche. Gleichzeitig kommen wir an und klopfen wie verrückt.

Cameron öffnet und zieht fragend die Augenbrauen hoch.

»Das ist für die Besichtigungstour morgen«, sagen Susan und ich gleichzeitig und schieben uns gegenseitig von der Tür weg.

Cam schüttelt den Kopf und grinst. »Danke.« Er nimmt mir die Broschüren aus der Hand, tritt auf mich zu und drückt mir einen Kuss auf die Lippen. »Wir sehen uns gleich«, flüstert er, dann schließt er die Tür.

Triumphierend blicke ich zu Susan und gehe.

»Dir wird das Lachen schon noch vergehen, glaub mir. Ich weiß nämlich genau, dass ihr mit den Jungs von dieser Band geflirtet habt. Und sei versichert, das wird Cameron so gar nicht gefallen.«

Ich drehe mich um und sehe sie an.

»Und ich weiß auch von der Nacht, die ihr zusammen in dem anderen Zimmer verbracht habt. Also, wenn du nicht willst, dass ich ihm alles erzähle, solltest du schön nett zu mir sein und heute Nacht einen weiten Bogen um Cameron machen.«

»Wer hat dir das erzählt?« Eine dunkle Ahnung steigt in mir auf.

»Du solltest vorsichtiger sein, wem du deine Geheimnisse anvertraust.« Sie zwinkert mir zu.

»Sam.«

Diese Geschichte muss endlich aufhören, ich kann nicht

mehr so tun, als wäre nichts. Rasch laufe ich die Treppe hinunter und stürze in unser Zimmer an Sams Bett.

»Hey, kannst du mir mal sagen, wieso du das gemacht hast?«

Sie springt auf. »Wovon redest du?«

Nimmt sie mich auf den Arm?

»Warum tust du mir das an? Warum tratschst du Sachen an Susan weiter, die ich dir im Vertrauen erzählt habe? Was für eine Freundin bist du eigentlich?« All meine Wut, die ich in den vergangenen Tagen heruntergeschluckt habe, platzt aus mir heraus.

Cloe sieht uns erstaunt an und scheint von meinem aggressiven Ton erschreckt zu sein. »Was ist denn los?«, fragt sie verwirrt.

Sam senkt den Blick.

»Also? Willst du ihr das erklären?« Ich balle die Fäuste.

Sam rührt sich nicht und schweigt.

»Na gut, dann mach ich das.« Ich drehe mich zu Cloe. »Sam hat die ganze Zeit nur so getan, als wär sie meine Freundin, und das seit dem ersten Tag, an dem ich sie kennengelernt habe. Sie hat sich nur mit mir getroffen, um sich bei Susan beliebt zu machen und um die neuesten Gerüchte an sie, Lexy oder Lindsay weiterzugeben. Alles, was ich ihr anvertraut habe, ist in der Schülerzeitung gelandet. Und ich war so blöd und habe nicht mal Verdacht geschöpft. Ich war so dumm zu glauben, ich hätte eine echte Freundin gefunden«, sage ich unter Tränen.

Cloe reißt die Augen auf. »Sam, ist das wahr?«

»Wer hat es dir gesagt?«, fragt sie nur.

»Deine Busenfreundin Susan. Das hat sie mir auf dem Flug hierher erzählt.«

»Und warum redest du dann jetzt erst mit mir?«

»Weil ich gewartet habe, dass du es mir zuerst erzählst. Ich habe gedacht, dass meine beste Freundin den Mut aufbringt, mir selbst zu sagen, was Sache ist.« Eine Träne läuft mir über die Wange.

»Und du glaubst, dass es anders gelaufen wäre, wenn ich es dir gesagt hätte? Hättest du es dann besser aufgenommen?«

Was ist das denn für eine Frage? »Nein, das wäre auch nicht besser gewesen! Natürlich nicht, aber …« Ich bin verwirrt. »Vielleicht hättest du mir gesagt, dass es dir leidtut oder dass du einen guten Grund dafür hast …«

»Warum hast du das gemacht, Sam?«, fragt Cloe noch mal.

»Das geht euch nichts an!«, erwidert sie und rennt aus dem Zimmer.

32

Gestern Abend bin ich lange im Zimmer der Jungs gewesen und habe gewartet, dass Trevor endlich einschläft. Er hat zu viel getrunken, und es ging ihm verdammt schlecht. Er hat mir echt leidgetan.

Cam und Matt haben sich die ganze Zeit nicht blicken lassen. Keine Ahnung, wo die sich rumgetrieben haben.

Betrunken wie Trevor war, hat er lauter absurde Dinge gebrabbelt. Ständig wiederholte er, dass er in mich verliebt sei, und bat mich, nicht wegzugehen. Das waren sicherlich nur leere Worte, weil er viel zu viel intus hatte. Vermutlich wird er sich nie wieder daran erinnern.

Heute Morgen ist er noch nicht zum Frühstück runtergekommen. Langsam mache ich mir Sorgen um ihn.

»Wo sind denn die Jungs?«, fragt Sam.

Warum hat Cloe bloß darauf bestanden, dass Sam sich zu uns an den Tisch setzt? Sie hat doch unseren Streit mitbekommen und weiß, dass ich nicht mit ihr reden will.

»Keine Ahnung. Vielleicht helfen sie Trevor«, vermutet Jack.

»Hast du ihn heute Morgen schon gesehen?«

»Ja, und er sah nicht besonders gut aus.«

Hm … Eigentlich habe ich gar keinen Hunger, sondern will viel lieber wissen, wie es meinem besten Freund geht.

»Ich bin gleich zurück«, sage ich und mache mich auf den Weg zum Zimmer der Jungs.

Ich klopfe an die Tür, und Cam öffnet.

»Kleines?« Es hört sich eher wie eine Frage als eine Begrüßung an. »Ist was passiert?« Er haucht mir einen Kuss auf die Lippen.

»Ich will sehen, wie es Trevor geht.« Arm in Arm betreten wir das Zimmer, aber Trevor ist nicht da.

»Oh, bitte red nicht von dem«, stöhnt Tay.

»Was machst du denn hier?«, frage ich und löse mich von Cam. Taylor liegt auf einem Bett, mit verstrubbelten Haaren und dunklen Augenringen.

»Deinem Kumpel ging es die ganze Nacht so schlecht, und die hier haben bei ihrer Rückkehr so einen Krach gemacht, dass ich runtergekommen bin und um Ruhe gebeten habe. Mit der schönen Konsequenz, dass ich dann Trevor assistieren musste, weil er gar nicht mehr aufhören konnte zu kotzen«, jammert er.

»Wo ist er?«

»Auf dem Balkon. Er brauchte dringend frische Luft.«

Ich reiße die Balkontür auf. Trevor sitzt mit geschlossenen Augen auf einem Stuhl.

Langsam dreht er den Kopf und blinzelt durch die Lider. Als er mich erkennt, lächelt er schwach. »Cris, was tust du denn hier?«

»Nach dir schauen. Du warst ja so ein Häufchen Elend gestern Abend«, erkläre ich und setze mich auf den freien Stuhl neben ihm.

»Ich erinnere mich an gar nix. Nur ein paar unscharfe Bilder, dass ich was trinke, dass du mich anlächelst, dann dass ich auf den Boden falle und schließlich nichts mehr. Du kannst dir nicht vorstellen, was ich für einen Schädel hab.« Er fasst sich an die Stirn.

»Du hättest eben weniger trinken sollen.« Ich grinse.

»Ich weiß. Aber ich hatte Lust drauf … ich wollte alles vergessen und wenigstens einen Abend so tun, als sei alles mega.«

Hoffentlich meint er damit nicht mich und die Worte, die er mir gestern Abend gesagt hat. »Ah.«

»Wie lange warst du bei mir?«

»Bis du eingeschlafen bist.«

»Und habe ich was gesagt? Also, irgendwas Merkwürdiges?« Er kichert leise.

»Na ja, schon … so ein paar seltsame Sachen hast du schon gesagt.«

»Zum Beispiel?«

»Dass du mich noch liebst, dass du immer an mich denkst … so einen Blödsinn eben«, sage ich und sehe ihm lächelnd in die Augen.

Sein Blick verdüstert sich, und er schaut weg.

»Ach.«

Seine Antwort gefällt mir nicht. »Das hast du doch nur gesagt, weil du betrunken warst, oder?« Diese Frage rutscht mir unwillkürlich über die Lippen. Hoffentlich sagt er Ja. »Also?«

»Ja, klar. Komm, du hast mir doch nicht wirklich geglaubt, oder? Ich war total breit«, beruhigt er mich und lacht.

Wir schweigen eine Weile. Langsam wird es echt peinlich.

»Ich geh wieder rein«, sage ich dann. Und er nickt.

Taylor ist eingeschlafen, und Cam steht unter der Dusche. Ich klopfe an die Badzimmertür und sage ihm, dass ich in meinem Zimmer auf ihn warte.

Zum Glück ist das Zimmer leer. Sam und Cloe sind vermutlich noch beim Frühstück.

Besser so.

Ich lege mich aufs Bett und checke mein Phone.

Eine neue Nachricht von Nash.

Was er wohl wollte? Ich rufe ihn über FaceTime an, und er antwortet sofort. Merkwürdig, sein Gesicht nach so langer Zeit wiederzusehen. Seine schönen blauen Augen fehlen mir wirklich.

»Hey, warum hast du mich vorhin angerufen? Ist alles in Ordnung?«, frage ich, sobald das Videobild steht.

»Hallo, Cris, ja … ich wollte nur wissen, wie es so läuft.«

Er ist immer noch besorgt, und ich ahne auch, warum.

»Ich weiß alles über Sam«, sage ich.

Er schweigt ein paar Sekunden. »Das tut mir leid«, sagt er dann. »Ich hätte es dir ja gesagt, aber es wäre irgendwie falsch gewesen, wenn du es von mir erfahren hättest.«

»Leider hat sie es mir nicht erzählt.«

»Wer denn dann?«

»Susan.«

»Warum kann die sich nicht einmal um ihren eigenen Kram kümmern?«

»Das war schon richtig. Wenigstens dieses Mal. Ich bin sicher, dass Sam es mir niemals gestanden hätte.«

»Sie hatte Angst vor deiner Reaktion«, erklärt er. »Cris, es tut mir so leid. Ich glaube, ihr solltet reden. Wie hat sie es denn aufgenommen, als du es ihr gesagt hast?«

»Sie ist wütend geworden und ohne Erklärung abgehauen.«

»Und was machst du jetzt? Verzeihst du ihr?«

»Ich weiß es nicht, Nash.«

»Cris, sie ist deine Freundin. Ihr müsstet euch aussprechen.«

»Das setzt voraus, dass auch ich ihre Freundin bin. Doch sie hat keine Hemmungen gehabt, meine Angelegenheiten an Lexy, Lindsay und Susan weiterzutratschen. Darum frage ich mich, warum gerade ich die liebe Freundin sein und ihr verzeihen soll!«

»Was hat Sam gemacht?!« Cam steht in der Tür.

O nein.

»Cam.« Ich lasse das Handy sinken und stehe vom Bett auf, damit ich ihm in die Augen sehen kann, während wir reden.

»Antworte«, sagt Cam.

»Ich habe erfahren, dass Sam die Sachen, die ich ihr

im Vertrauen erzählt habe, an Lexy, Susan und Lindsay weitergegeben hat«, berichte ich.

»Was?« Er tritt zu mir. »Und warum hast du mir das nicht erzählt? Wann wolltest du es mir sagen?« Seine Stimme wird lauter.

Ich hasse das. In solchen Momenten fühle ich mich immer total schuldig.

»Cris, ich muss los«, sagt Nash am Handy.

»Ach, verpiss dich, Nash!«, ruft Cameron und rennt aus dem Zimmer.

»Cam«, sagt Nash, »beruhige dich und denk erst mal richtig über alles nach, bevor du sauer auf mich wirst! Entschuldige, Cris.« Er kappt die Verbindung.

Ich laufe durch den Korridor hinter Cam her.

»Cris, hau ab.«

»Cam, bitte. Ich werde nicht gehen.« Ich stelle mich vor ihn.

Er schweigt, aber mir wäre es lieber, wenn er wenigstens ein Wort sagen würde.

»Bitte … red doch …«

Er schnaubt genervt und schaut mich nicht an. Reglos steht er da, starrt ins Leere.

»Seit wann weißt du das schon? Wer hat dir das gesagt? Und was weißt du genau?«, platzt er schließlich heraus.

Vielleicht hätte er doch lieber schweigen sollen.

»Susan hat mir gesagt, dass Sam eine der Quellen der Schülerzeitung war und dass sie alle Informationen an die drei weitergegeben hat. Das weiß ich, seit wir ins Flugzeug nach London gestiegen sind«, gebe ich zu.

Er erwidert nichts.

»Cam, es tut mir irrsinnig leid. Ich hätte es dir nicht verschweigen dürfen, ich weiß. Aber ich hatte Angst, wie du dich gegenüber Sam verhalten würdest. Ich dachte, dass du sauer auf sie wirst, und ich wollte nicht, dass sie etwas von deiner Wut abbekommt.«

»Nicht mal nach all dem, was sie dir angetan hat?«, fragt er überrascht.

»Nein. Ich weiß nicht, warum sie das getan hat, aber das darf deine Beziehung zu ihr nicht beeinflussen. Und selbst wenn ich sauer auf Sam bin, so glaube ich doch, dass es einen guten Grund für ihr Verhalten gibt. Es kann einfach nicht sein, dass sie das aus eigenem Antrieb gemacht hat. Vielleicht hat Susan sie erpresst, das würde mich gar nicht wundern, oder es gibt noch einen Grund, den ich mir nur nicht vorstellen kann.«

»Wie machst du das nur?«, fragt Cam.

»Was?«

»Dass du so nachsichtig bist. Wieso regst du dich über ihr Verhalten gar nicht auf?«

»Ich glaube an sie«, sage ich.

Er schaut wieder an mir vorbei. »Hat Susan dir nichts anderes gesagt? Ich meine, so allgemein, nicht nur über Sam.«

»Nein, nur das.« Warum brüllt er mich eigentlich nicht an? Oder schickt mich zum Teufel, wie er es sonst immer tut?

Sein Handy klingelt.

»Ja«, antwortet er hart. »Was?«, fragt er besorgt. »Ich komme.« Er steckt das Handy weg und geht.

»Wohin willst du? Wir sind noch nicht fertig.« Ich laufe ihm nach.

»Nein, Cris, ich habe keine Lust mehr, mit dir zu reden.«

Wie angewurzelt bleibe ich stehen und sehe ihm nach, wie er die Treppe hinaufsteigt.

Schließlich kehre ich in mein Zimmer zurück. Die Mädels sind immer noch nicht wieder da. Ich starre aus dem Fenster und merke, dass ich wissen muss, was Cam wirklich von dieser ganzen Sache hält. Ich muss zu ihm und mit ihm reden.

Als ich im vierten Stock vor seiner Tür ankomme, dringen Stimmen auf den Flur. Er redet mit Cloe.

Ich trete dichter heran, um zu verstehen, was sie sagen. Eine Stimme in mir raunt, dass man so etwas nicht macht und dass es mich nur in Schwierigkeiten bringt.

Klappe! Ich will das hören.

Ich lege den Kopf an die Tür und lausche.

»Ich schwöre dir, dass sie das war!«, sagt Cloe.

»Und was willst du jetzt tun?«, fragt Cam.

Wovon reden die bloß?

»Ich bringe die Beweise zur Polizei. Das ist ja wohl klar. Sie kann nicht einfach meiner Schwester etwas antun und ungeschoren davonkommen.«

Charly. Schon wieder. Vielleicht haben sie herausgefunden, wer sie getötet hat.

»Zeig mal.« Das ist Cam.

»Hier, das ist ihr Auto. Das Nummernschild und dieses Fuchsia. Cam, sie war es«, beharrt Cloe.

O mein Gott, sie reden von Susan. Sind sie etwa davon überzeugt, dass sie Charly umgebracht hat?

»Cris.«

Ich drehe mich um. Sam und Austin stehen vor mir.

Und jetzt?

»Was machst du da?«, fragt Austin.

Warum ist er denn mit Sam hier? Hassen sich Cam und er nicht eigentlich?

»Ich … hab nur …«

Die Tür von Cams Zimmer wird aufgerissen. Cameron und Cloe starren mich an und werden blass.

»Cris?!«, ruft er.

»Ich kam grad vorbei und hab Sam und Austin getroffen …«

»Hast du was gehört?«, fragt Cam besorgt.

»Das vom Auto.« Ich will nicht lügen. Langsam habe ich die Nase voll von all den Lügen.

»Du hast das doch hoffentlich nicht absichtlich gemacht?« Cameron lacht.

»Was?« Ich bin verwirrt.

»An der Tür gelauscht. Cris, kannst du dich nicht wenigstens einmal um deinen Kram kümmern? Warum musst du deine Nase immer in Sachen stecken, die dich absolut nichts angehen?«

»Red nicht in so einem Ton mit ihr«, sagt Austin.

»Miller, sei still und komm rein.« Cameron macht einen Schritt zur Seite, damit Austin ins Zimmer kann.

»Dearing, du kannst sie nicht so behandeln«, beharrt er und funkelt ihn böse an, bevor er an ihm vorbei ins Zimmer geht.

Cameron reißt seinen Blick von Austin los und schaut wieder zu mir.

»Seit wann seid ihr zwei denn Freunde?«, frage ich.

»Cris, auch das geht dich nix an.«

»Hör auf, mir zu sagen, was mich nichts angeht, Cameron. Hör auf, mich von den Dingen auszuschließen, die du machst. Ich kann nämlich nicht mehr. Und sag mir ja nicht, dass ich ehrlich zu dir sein soll, während du als Einziger weiter rumlügst. Jetzt auch schon wieder. Ich will wissen, worüber ihr redet.«

»Cam … du solltest es ihr sagen«, mischt sich Sam ein.

Warum ist Cam überhaupt nicht sauer auf sie? Haben sie sich schon ausgesprochen oder haben sie überhaupt nie richtig miteinander geredet?

»Sam, sei still. Und du, Cris, bitte, mach es nicht noch schlimmer, als alles schon ist. Du musst mir vertrauen und mich heute in Ruhe lassen«, erwidert er und sieht mir in die Augen.

»Wenn du mir nichts sagen willst, bitte. Mach, was du willst. Aber dann komm hinterher nicht wieder an. Denn dieses Mal werde ich dich nicht mit offenen Armen empfangen wie sonst immer.« Ich halte seinem Blick stand, damit er endlich kapiert, dass ich es ernst meine.

»Recht hast du!«, bemerkt Austin und fängt sich den nächsten wütenden Blick von Cameron ein.

»Cris, das muss dir jetzt alles absurd vorkommen, und wahrscheinlich hast du den Eindruck, dass wir was gegen dich im Schilde führen, aber das ist nicht so, glaub mir«, sagt Cloe da.

Ich antworte nicht. Ich will nur noch weg.

»Kleines, bitte, hör mir zu. Bevor ich dir alles erzähle, will ich sicher sein, dass ich auch alles weiß. Die Wahrheit kommt ans Licht. Ich bitte dich nur, mir zu vertrauen«, sagt Cam und nimmt mein Gesicht in beide Hände.

»Meine Geduld hat ein Ende«, sage ich und rücke von ihm ab.

»Ich weiß, aber halt noch etwas durch. Wir sind ganz nah am Ziel. Heute Abend reden wir, okay?«

Nein. Dieses Mal kommt er mir nicht so leicht davon.

»Ich denk drüber nach«, sage ich und gehe.

33

Heute ist unser letzter Abend in London. Die Tage sind schneller vergangen als ein Wimpernschlag.

Die letzten beiden habe ich mit Trevor, Lindsay und Taylor verbracht. Cameron und den anderen bin ich aus dem Weg gegangen. Vor allem nachdem Austin mir anvertraut hat, dass er, Cam, Sam und Cloe eine Art Pakt geschlossen haben. Sie wollen endlich herausfinden, was in der Nacht, als Charly überfahren wurde, wirklich passiert ist. Sie alle sind nämlich davon überzeugt, dass es kein einfacher Unfall war und vermuten, dass Susan dahintersteckt.

Mehr hat Austin mir aber nicht erzählen wollen. Den Rest würde ich dann von Cameron erfahren, wenn er dazu bereit ist, meint er. Über all das aber hat mein Freund, der mehr als jeder andere ehrlich zu mir sein sollte, nicht ein Wort verloren.

Ich bin zutiefst gekränkt und wütend auf ihn. Und auch auf Sam und Cloe. Ich fühle mich verraten, und dieses Mal werde ich nicht so einfach darüber hinwegsehen!

Ich packe meinen Koffer, vor dem Abendessen will ich

damit fertig sein. Morgen müssen wir schon vor zehn Uhr das Zimmer räumen.

Mein Handy klingelt und auf dem Display erscheint ›Mama‹. Ich gehe ran und höre ein seltsames Schniefen und Schluchzen. Sie weint.

»Mama, ist was passiert?«

»Cris … ich … wir wollten sie doch nur beschützen …« Sie schluchzt laut auf.

»Mama, was ist denn?« Wie ein aufgescheuchtes Huhn renne ich im Zimmer hin und her.

»Es ist so …«, sagt sie, und als ich die nachfolgenden Worte höre, rutscht mir das Phone aus der Hand und kracht auf den Boden. Panisch falle ich auf die Knie, aber ich bin viel zu verwirrt, um das Handy wieder aufzuheben. Was erzählt sie da bloß?

Mama redet immer noch weiter.

»Cris!« Cameron klopft an die Zimmertür. »Kleines, mach auf. Ich muss mit dir sprechen.«

Ich weiß nicht, woher ich die Kraft nehme, wieder mit Mama zu reden. »Seit wann ist sie verschwunden?«

Jetzt heulen wir beide.

»Seit vorgestern. Wir haben die Polizei verständigt, aber sie haben sie noch nicht gefunden. Es tut mir leid, dass ich dir das jetzt erst sage, Cris, aber du bist Tausende Meilen entfernt, und wir haben gehofft, dass wir Kate gleich wiederfinden. Aber jetzt ist sie schon zwei Tage weg, und wir wissen gar nichts mehr.«

»Mama, die Polizei findet sie bestimmt. Kate geht es

sicher gut und kommt bald nach Hause. Morgen bin ich ja auch schon wieder da, und dann tun wir alles, was möglich ist. Bitte beruhigt euch und ruft mich sofort an, wenn ihr was Neues hört.« Meine Kehle ist wie zugeschnürt.

»Du hast ja recht, Schatz. Wir hören uns später. Ich hab dich lieb.« Sie beendet die Verbindung.

»Cris, mach auf!« Cameron hämmert immer noch gegen die Tür.

»Hau ab!«, schreie ich unter Tränen. Ich will niemanden sehen, vor allem nicht ihn.

»Weinst du etwa? Was zum Teufel ist passiert?«

Ich schniefe und versuche, mich zu beruhigen, aber alles in mir hat sich zusammengezogen, mir ist kalt, und es ist so eng in der Brust. Cam rüttelt an der Tür, als wollte er sie aus den Angeln reißen. »Cris, ich trete die Tür ein, wenn du nicht gleich aufmachst.«

Ich gebe nach und öffne.

Als ich in seine tiefgründigen Augen blicke, flattert es in meinem Bauch, alles wird wieder weit, ich bekomme Luft, und da begreife ich, dass er der einzige Mensch ist, den ich diesem Augenblick mehr als alles andere brauche. Er muss mich trösten, so wie er es immer gemacht hat.

Ich werfe mich in seine Arme und breche in Tränen aus.

»Schsch«, flüstert er mir ins Ohr und streichelt mir über den Rücken. »Entschuldige, dass ich so ein Idiot war.«

»Das ist es nicht«, bringe ich schluchzend heraus. Ich will mich aus seiner Umarmung lösen, aber er drückt mich noch fester an sich.

»Mach dir keine Sorgen. Jetzt bin ich ja bei dir. Okay? Alles wird gut.«

Nichts wird gut, nicht solange ich in London bin, während meine Eltern in Miami am Verzweifeln sind.

»Was ist denn passiert?«, fragt er und trocknet mir die Tränen.

»Kate …« Ich atme tief ein.

»Was hat sie gemacht?«

»Sie ist verschwunden. Seit zwei Tagen. Sie können sie nirgends finden. Die Polizei sucht sie auch schon, aber ohne Erfolg«, sage ich in einem Atemzug.

»WAS?!«

»Mama hat es mir grad eben erzählt. Ich weiß gar nicht, was ich denken soll. Wo sie wohl gerade ist? Was sie wohl macht? … Und wenn jemand sie entführt hat?« Tausend Fragen schießen mir durch den Kopf und verwirren mich noch mehr.

»Bleib ganz ruhig. Sie werden sie finden. Vermutlich ist es völlig nutzlos, aber hast du Kate schon angerufen?«

Er hat recht. Auf die einfachsten Sachen kommt man manchmal vor lauter Panik gar nicht. Ich rufe Kates Nummer auf. Anrufbeantworter. Ich versuche es noch mal und noch mal. Aber auch nach dem vierten Versuch ertönt immer wieder nur die nervige Computerstimme, die bittet, nach dem Signalton eine Nachricht zu hinterlassen.

»Nichts.«

»Kopf hoch, Cris. Ich bin sicher, es wird alles gut. Du wirst sehen, das ist sicher nur ein dummer Mädchenstreich.« Er will mich küssen, aber ich wende mich ab. Ich bin immer noch sauer auf ihn.

Ich versuche noch mal, Kate anzurufen. Wieder soll ich eine Nachricht hinterlassen. Dieses Mal tue ich es:

»Kate, ich bin's. Bitte melde dich. Ich will nur wissen, ob es dir gutgeht, falls du dich bei irgendjemandem versteckt hast. Das reicht mir schon. Bitte! Ich schwör dir, wenn ich wieder in Miami bin, werde ich dich überall suchen, bis ich dich gefunden habe.« Dann beende ich die Verbindung und stecke das Phone weg.

Cam tritt zu mir und nimmt mich in den Arm, so wie nur er es kann. Für ein paar Sekunden schließe ich die Augen.

Mein Handy vibriert, und ich ziehe es aus der Hosentasche.

»O mein Gott, eine SMS von Kate!«, sage ich und meine Augen füllen sich mit Tränen.

›Mir geht es gut, mach dir keine Sorgen. Ich hab dich lieb.‹

Ich lächle schwach. Nie hätte ich gedacht, dass sie mir so schnell antwortet.

»Siehst du! Was hab ich dir gesagt? Es geht ihr gut. Also, beruhig dich.«

›Kate, komm wieder nach Hause! Bitte! Alle machen sich Sorgen um dich‹, simse ich ihr.

Eine Weile warten Cameron und ich schweigend, ob vielleicht eine weitere SMS von ihr kommt, aber nichts passiert.

»Sie kommt bestimmt von ganz allein wieder zurück.«

»Hoffentlich.«

Ich muss sofort meinen Eltern Bescheid sagen. Ihre Verzweiflung in den vergangenen Tagen kann ich mir richtig ausmalen.

Ich rufe Mama an und berichte ihr von Kates Nachricht. Sie ist erleichtert, wird sich aber erst richtig beruhigen, wenn sie ihre jüngste Tochter wieder in die Arme nehmen kann und mit eigenen Augen sieht, dass es ihr gutgeht. Ich trockne meine Tränen, und Cam hilft mir, meine restlichen Sachen im Koffer zu verstauen. Am liebsten würde ich sofort zurückfliegen und mit meinen Eltern nach meiner kleinen Schwester suchen.

»Bist du noch sauer auf mich?«, fragt Cam plötzlich.

»Cameron, ich will nicht darüber reden. Entschuldige, aber ich habe gerade andere Dinge im Kopf.«

»Ja, aber Kate hat dir geantwortet. Es geht ihr gut, und jetzt kannst du nichts weiter tun.«

»Meine Schwester ist verschwunden, ich sterbe fast vor Angst auf einem anderen Kontinent, Tausende Meilen von meiner Familie entfernt … und du glaubst wirklich, ich hätte Lust, über euren blöden Plan nachzudenken und den Mist, den ihr mir verheimlicht?«

»Moment mal, ›unser Plan‹?«, fragt Cameron überrascht.

»Ja. Ich weiß von eurem Plan. Von den Beweisen gegen Susan, mit denen ihr zeigen wollt, dass Charly nicht durch einen Unfall gestorben ist.« Ich sehe ihn an.

Er schweigt ein paar Sekunden und hält meinem Blick stand, so als wollte er checken, ob ich lüge oder nicht.

»Ach, war ja klar. Miller hat dir also erzählt, was wir machen wollen. So ein Arsch«, sagt er und schüttelt den Kopf.

»Nein, Cameron. Austin war als Einziger ehrlich zu mir. Du kannst nicht verhindern, dass ich alles erfahre, was du und die anderen mir verheimlichen. Das weißt du. Also, wenn du schlau wärst, würdest du mir alles sagen.«

Er sieht mich nicht an. »Cris, hör mal …« Er scheint ziemlich nervös zu sein. »Es gibt einen Grund, warum ich dir Charlys Geschichte nicht erzähle. Du weißt genau, dass ich dir nie weh tun würde, genau wie Sam.«

»Was hat Sam damit zu tun?«

»Also … ich habe sie gebeten, etwas für mich zu tun. Sie sollte sich an Susan ranmachen, ihre Freundin werden, um rauszukriegen, was in der Nacht damals passiert ist.«

»Und warum ausgerechnet Susan?«

»Sie war mit Charly an dem Abend zusammen.«

»Und woher weißt du das?«

»Das ist nicht wichtig … ich weiß es eben«, sagt er und schaut weg.

Da wären wir also wieder! Typisch Cameron, mir nur einen Teil der Wahrheit zu erzählen. Genervt schüttle ich den Kopf.

»Cris, ich hab dir schon zigmal gesagt, dass ich Angst habe. Angst, dich wegen meiner Fehler für immer zu verlieren.«

»Und ich habe dir schon gesagt, dass ich dich nicht für die Dinge verurteile, die du in der Vergangenheit gemacht hast.«

»Ich rede nicht nur von der Vergangenheit, sondern auch von der Gegenwart.«

»Was? Bist du jetzt auch Teil einer Verschwörung, so wie Matt?«, spotte ich. »Auf jeden Fall sollst du wissen, dass ich dir das dieses Mal nicht so einfach durchgehen lasse. Nicht so, wie ich es sonst immer getan habe. Du musst schon kämpfen, um mein Vertrauen zurückzugewinnen.«

Er lächelt und sieht mich an. »Ist gut, ich werde kämpfen. Und dich zurückgewinnen«, flüstert er.

34

Endlich besteigen wir das Flugzeug, das uns nach Hause zurückbringt. Am frühen Nachmittag sollen wir in Miami ankommen.

Ich habe in der Nacht kaum geschlafen und immer wieder versucht, Kate ans Telefon zu bekommen, aber sie hat nicht geantwortet. Wo sie wohl steckt? Es ist ein Albtraum.

Mein Sitz hat die Nummer 37A, ein Fensterplatz. Ich lasse mich nieder und schnalle mich an. Hoffentlich muss ich nicht wieder neben Susan sitzen, denn die würde ich nicht eine Sekunde ertragen, so übermüdet, wie ich bin.

»Cris!« Ich schaue hoch. Austin setzt sich neben mich. »So wie es aussieht, verbringen wir die nächsten Stunden zusammen.« Er lacht.

Zum Glück! Er wäre zwar nicht meine erste Wahl gewesen, ist mir aber immer noch lieber als Susan.

»Och, nö, es reicht!«

Also doch. Das musste ja so kommen.

»Machen die das eigentlich absichtlich?«, brummt Susan genervt.

»Sitzt du hier?«, frage ich.

»37C, ja.«

»Ganz sicher? Bitte sag mir, dass du dich verlesen hast.«

»Ich bin nicht blöd, Evans.« Sie setzt sich neben Austin.

»Susan, bitte. Lass mich einfach nur in Ruhe. In den nächsten Stunden will ich nichts von dir hören. Halt einfach deinen Mund, okay?«

»Evans, du hast mir gar nichts zu sagen. Ich halte den Mund, wann es mir passt.«

»He, he, chillt mal ein bisschen. Können wir bitte einfach nur entspannt diesen Flug hinter uns bringen? Ihr müsst ja nicht miteinander reden.« Austin schaut von Susan zu mir und wieder zu ihr.

»Entschuldige, Austin. Du hast recht«, sage ich und lehne mich zurück.

Ich bin wirklich todmüde. Ich setze den Kopfhörer auf und lasse mich von Jason Walkers melancholischem Song *What are you finding* einlullen. Selbst Susans nervige Stimme stört nicht mehr, und noch bevor das Lied zu Ende ist, bin ich eingeschlafen.

Als ich wieder aufwache, ist das Flugzeug bereits im Landeanflug auf Miami.

Wie in Trance überstehe ich die nicht enden wollenden Prozeduren des Aussteigens, der Gepäckausgabe und der Einreise. Nach einer gefühlten Ewigkeit verlasse ich das Flughafengebäude, und da wird mir schon nach dem ersten Schritt an der frischen Luft klar, wie sehr ich in der Eiseskälte von London die Sonne Floridas vermisst habe! Ihre Wärme begrüßt mich und streichelt meine Haut.

Ich gehe zu den anderen, die noch zusammenstehen und quatschen.

»Das geht nicht! Ich komme morgen nicht«, sagt Cloe genervt.

»Was ist?«, frage ich.

»Anscheinend schreiben wir morgen Mathe und Englisch. Die Lehrer haben die Arbeiten nicht verschoben. Also können wir jetzt erst mal den ganzen Abend lernen.«

»Was? Wie fies ist das denn«, bemerkt Sam und stellt sich neben mich.

Das ist mir grad so was von egal. Ich will nur nach Hause und Mama in den Arm nehmen. Und vor allem Kate finden, das ist wichtiger als blöde Arbeiten in der Schule.

Ich sehe mich um, aber meine Eltern sind nicht da. Als ich mein Phone aus der Tasche ziehe, um sie anzurufen, sagt eine Stimme: »Cris! Willkommen zurück!«

Ich drehe mich um.

Mrs Dearing kommt auf mich zu. »Deine Eltern haben mich gebeten, dich mit nach Hause zu nehmen«, sagt sie.

»Danke, Mrs Dearing. Das ist echt nett.«

Schon nimmt Cam mir den Koffer aus der Hand und verfrachtet ihn in den Kofferraum des Autos. Er sagt kein Wort. Offenbar will er wirklich um mich kämpfen.

Im Auto checke ich noch mal, ob ich irgendwelche Nachrichten oder Anrufe bekommen habe. Nichts. Zum zehntausensten Mal rufe ich Kate an.

Keine Antwort. Das war zu erwarten.

Sam steigt ein, und Mrs Dearing lässt den Motor an.

Da vibriert mein Handy. Rasch entsperre ich das Display. Es ist Hayes.

›Ich weiß, wo Kate ist. Triff mich in der Schule, in meinem Zimmer, sobald du kannst‹, schreibt er.

O mein Gott!

»Alles klar?«, fragt Cameron, als er mein erschrockenes Gesicht sieht.

Hayes hat also wirklich die ganze Sache für sich behalten. Warum hat er nicht sofort etwas gesagt?

»Cris?« Cameron legt mir eine Hand auf den Arm.

Ich drehe das Handy so zu ihm, dass er die SMS lesen kann. Mehr schaffe ich grade nicht.

»Was zum Teufel …?«

»Ich … ich … weiß nicht, was ich sagen sollen.« Ich bin total schockiert.

»Fahrt sofort zu uns nach Hause«, sagt Cam zu seinen Eltern.

»Sollen wir nicht erst Cris zu Hause abliefern?«, fragt Mr Dearing.

»Nein.«

»Cris, was ist passiert?« Sam sieht mich besorgt an.

»Vielleicht weiß ich, wo Kate ist«, flüstere ich.

»Cameron, wir müssen sie nach Hause bringen. Ihre Eltern warten auf sie«, beharrt Mr Dearing.

»Nein! Fahrt direkt zu uns!«

»Sprich nicht in diesem Ton mit mir. Ob es dir gefällt oder nicht, wir bringen Cris erst nach Hause.«

»Cam, das macht nichts. Ich kann mich auch allein darum kümmern«, beruhige ich ihn. Ich kann ja wirklich auch allein zur Schule gehen. Dafür brauche ich seine Hilfe nicht.

Nach zehn Minuten stehen wir vor meinem Haus. Ich laufe die Einfahrt hoch und klingele.

Papa öffnet die Tür. Ohne ein Wort zu sagen, sehen wir uns an und fallen uns in die Arme.

Hinter ihm steht Mama. Sie ist blass und hat dunkle Augenringe. Müde sieht sie aus. Ich stürze zu ihr und umarme sie. Jetzt kann ich die Tränen nicht mehr zurückhalten. Wo ist Kate bloß? Sonst sind wir uns immer sofort in die Arme gefallen, wenn wir mal länger getrennt waren.

Ohne Kate ist unsere Familie nicht vollständig. Sie fehlt mir so! Mama drückt mich weiter an sich. Doch ich darf keine Zeit verlieren, ich hole tief Luft, dann löse ich mich aus Mamas tröstenden Armen.

»Entschuldigt, aber ich muss noch mal los … ich hab was im Auto von Cameron vergessen. Wir sehen uns gleich.«

Ich rolle den Koffer in mein Zimmer und stürme aus dem Haus.

Auf der Straße hupt es. Cameron winkt mich zu seinem Wagen.

Ich laufe zum heruntergelassenen Fahrerfenster. »Was willst du?«

»Dich fahren.« Er lächelt. »Du bist schneller, wenn ich dich bringe.«

Ich denke eine Sekunde nach. Er hat recht. Und schon springe ich auf den Beifahrersitz.

Cam drückt aufs Gas, und in kürzester Zeit sind wir in der Schule. Ich rufe Hayes an, denn ich weiß gar nicht, in welchem Zimmer er jetzt wohnt.

»Ich wette, sie ist bei ihm«, sagt Cameron.

Hayes geht nicht ran, und das macht mich nervös. Was, wenn er seine Meinung geändert hat? Was, wenn er mir doch nichts sagen will, weil Kate ihn darum gebeten hat? Ich versuche es noch mal.

»Wenn er wegen des blöden Kurzumzuges nicht das Zimmer gewechselt hätte, wüsste ich, wo er ist«, bemerkt Cameron wütend.

»Hayes!«, rufe ich, als er endlich antwortet.

»Cris.«

»In welchen Zimmer wohnst du? Wir stehen schon vor dem Schlaftrakt.«

»Fünfunddreißig.«

Wir sprinten in den dritten Stock, vorbei an allen Nummern, bis zu seinem Zimmer.

Ich klopfe heftig gegen die Tür.

»Hayes, mach auf!« Ich bin meganervös. Wenn er nicht gleich öffnet, schlage ich die Tür ein.

Cameron legt mir eine Hand auf die Schulter. »Ähm … Kleines, immer mit der Ruhe.«

Ich halte inne und atme tief ein.

Die Tür öffnet sich, und Hayes taucht auf. Ich stürme an ihm vorbei, suche das Zimmer nach Kate ab, aber sie ist nicht da.

»Wo ist sie?« Ich sehe ihn verzweifelt an.

»Sie sollte …«

Da kommt Kate aus dem Bad und reißt die Augen auf. Sie hat mich offensichtlich nicht erwartet.

»Kate!« Ich falle ihr um den Hals, während sich meine Augen wieder mit Tränen füllen.

Wieso sind die alle nicht darauf gekommen, dass sich Kate hier als Allererstes verstecken würde?

»Was ist denn bitte in dich gefahren?«, frage ich sie und schaue ihr in die Augen.

»Ich hatte gute Gründe, Cris«, sagt sie ernst.

Ich bin so froh, sie zu sehen, aber gleichzeitig könnte ich sie erwürgen. Sie scheint sich überhaupt nicht vorstellen zu können, was für einen Schrecken sie Mama, Papa und mir eingejagt hat.

»Wieso hat man sie hier nicht gefunden?«, fragt Cameron Hayes.

Er tritt zu uns. »Kate hat sich in der Putzkammer in der Sporthalle versteckt. Da geht nie jemand nachschauen.«

Cameron und ich tauschen einen Blick. An das Kabuff erinnere ich mich nur zu gut und auch an die Dinge, die darin geschehen sind. Camerons Lächeln verrät mir, dass es ihm genauso geht.

»Kate, bitte, was ist denn passiert?«

Sie senkt den Blick.

Hayes tut das Gleiche.

»Ich will nicht darüber reden.«

»Du musst. Du kannst nicht so tun, als wäre nichts gewesen. Ich will wissen, was los ist.«

Sie schweigt und setzt sich auf Hayes Bett.

Cameron wirft mir einen Blick zu und gibt mir ein Zeichen, ruhig zu bleiben. Aber wie soll das gehen? Kate ist von zu Hause abgehauen, Mama und Papa machen sich immer noch Sorgen, und ich habe nicht vor, sie dieses Mal zu belügen.

»Kate, rede«, dränge ich.

Sie schüttelt den Kopf und sieht mich nicht mal an.

»Kate, deine Schwester hat sich in diesen Tagen solche Sorgen um dich gemacht«, sagt Cameron noch mal. »Du willst doch, dass es ihr gutgeht, oder? Dann rede, ihr zuliebe. Sag, was los war. Wenn du ihr nichts erzählst, regt sie sich nur noch mehr auf, und du läufst Gefahr, dass sie alles deinen Eltern erzählt. Und dann vertraut sie dir nie wieder.« Er sieht mich an.

Ich schaue zur Seite. Seine Ansprache gilt irgendwie nicht nur meiner Schwester.

»Kann es sein, dass du gar nicht über mich redest?«, fragt Kate und schaut von Cam zu mir und von mir zu Cam.

»Kate!«, sage ich laut. Ich hasse es, wenn sie das Thema wechselt, nur um von sich abzulenken.

Cam legt mir eine Hand auf die Schulter. »Mach es für deine Schwester.«

»Und das ist das Problem: meine *Schwester*«, sagt Kate und steht vom Bett auf, um das Wort ›Schwester‹ besonders zu unterstreichen.

»Wovon redest du, bitte?«, frage ich.

Schweigend geht sie im Zimmer hin und her. Schließlich holt sie tief Luft. »Drei Tage, nachdem du abgereist bist, haben Mama und Papa sich wieder gestritten. Ich kam aus der Schule, und als ich in mein Zimmer wollte, lief ich an Papas Büro vorbei und habe sie streiten hören. Die Tür stand halboffen, bestimmt dachten sie, ich wäre noch nicht zurück. Ich habe mich angeschlichen und gelauscht. Sie redeten über etwas, das sie, Papas Meinung nach, mir viel früher hätten sagen müssen, aber Mama war dagegen … ich habe nicht verstanden, was das sollte … bis ein Satz fiel …«

Sie schweigt und wischt sich die Tränen aus dem Gesicht.

»Was für ein Satz, Kate?«

Cameron legt mir den Arm um die Schultern, zum Schutz, vermutlich, weil er meine Aufregung spürt.

»›Kate hat das Recht, die Wahrheit zu erfahren. Wir müssen ihr sagen, dass sie adoptiert ist.‹ Cris … du und ich, wir sind keine Schwestern.«

35

»Was?! Das kann nicht sein!«

Wieso sollte Kate denn adoptiert sein? Das muss ein Missverständnis sein.

»Cris, ich habe es genau gehört. Es gibt keinen Zweifel.« Sie weint fürchterlich, und ich nehme sie in den Arm.

Wenn das stimmt, wie konnten unsere Eltern das nur so lange vor uns geheim halten? Dabei erinnere ich mich ganz genau, dass Mama schwanger war. Und außerdem sehen Kate und ich uns verdammt ähnlich.

»Da stimmt etwas nicht, Kate«, sage ich und streiche ihre über den Rücken. »Es gibt Fotos von Mama, als sie mit dir schwanger war. Und auch wenn ich noch ziemlich klein war, erinnere ich mich genau an dich, als du grade geboren warst. Kate, wir müssen Mama und Papa fragen. Das müssen sie uns erklären. Vielleicht hast du es ja wirklich missverstanden.«

Kate macht sich aus meinen Armen los. »Nein, Cris, ich habe das ganz richtig verstanden. Und ich will nicht mehr in das Haus zurück«, entgegnet sie und setzt sich wieder auf das Bett.

»Doch, du kommst mit mir. Du musst dich der Situation stellen und darfst nicht einfach davonlaufen!«

Sie verschränkt die Arme vor der Brust und starrt in eine Ecke.

»Kate«, dränge ich sie.

»Ich gehe nicht zu den zwei zurück.«

»*Die zwei* sind deine Eltern und werden es immer sein, egal, was wir herausfinden. Sie lieben dich, Kate, und würden ihr Leben für dich geben. Das weißt du. Überleg nur mal, was sie in diesem Moment durchmachen. Sie sind verzweifelt.«

Scheinbar treffe ich mit meinen Worten ins Schwarze. Kates Gesichtsausdruck verändert sich. Sie seufzt und steht auf. Dann verlässt sie das Zimmer.

Cameron lächelt.

»Was ist?«, frage ich neugierig.

»Nichts.« Er zuckt mit den Schultern. »Du kannst es eben.«

»Hayes, danke für alles. Ich weiß nicht, wie ich das wiedergutmachen kann«, sage ich.

»Du brauchst mir nicht danken, aber Nash hat mir geraten, dir Bescheid zu sagen. Irgendwie hat er doch immer recht«, gibt er mit einem Lächeln zu.

Im Auto setze ich mich nach hinten zu Kate. Sie ergreift meine Hand. Ihre Finger sind eiskalt, und sie zittert.

»Ganz ruhig. Alles wird gut«, sage ich.

Sie nickt und senkt den Blick, umklammert aber weiter meine Hand.

Ich kann nur ahnen, was ihr gerade alles durch den Kopf geht.

Auch wenn rauskommt, dass Kate wirklich nicht meine leibliche Schwester ist, würde sich für mich nichts ändern. In diesen zwei Tagen habe ich so große Angst gehabt, sie zu verlieren, dass mir nichts wichtiger ist, als sie gesund und munter wieder zu haben. Nichts kann das enge Band, das uns verbindet, je zerreißen. Wir sind Schwestern und werden es immer sein.

Vor unserem Haus trete ich an Camerons Fahrerseite. Kate geht vor und klingelt an der Tür.

»Danke, Cam.«

»Du musst mir nicht danken, Cris, ich würde alles für dich tun«, sagt er und lächelt.

Diese einfachen Worte bringen mein Herz wieder auf hundertachtzig.

»Ähm … vielleicht ist das nicht der richtige Moment, aber soll ich dich morgen abholen und zur Schule mitnehmen?«, fragt er.

»Gern, danke.« Ein paar Schmetterlinge flattern schüchtern in mir auf, aber ich verscheuche sie.

»Großartig. Also, ist gut. Dann … bis morgen.«

»Bis morgen.«

»Und reg dich nicht auf.« Er zwinkert mir zu und fährt los.

»Ich versuch's.« Von der Eingangstür her höre ich Mama bereits weinen. Rasch laufe ich zum Haus.

»Kate, bitte«, sagt Mama.

»Nein«, antwortet Kate.

»Was ist denn los?«, frage ich, als ich eintrete.

»Kate will uns nicht mal umarmen. Ich weiß gar nicht, was mit ihr los ist«, schluchzt Mama in Papas Armen.

»Ihr versteht es echt nicht?« Ich kann nicht so tun, als wüsste ich nichts.

»Nein, Cris, wir verstehen das nicht«, erwidert Papa und schüttelt den Kopf.

»Kate, sag doch! Was ist passiert?«, fleht Mama sie an.

»Ich weiß alles«, erwidert sie. »Ich weiß, dass ich adoptiert bin, und darum bin ich abgehauen. Als ihr euch neulich gestritten habt, da habe ich alles mitangehört. Ich habe also die ganze Zeit in einer Familie gelebt, die gar nicht meine ist«, sagt Kate mit tränenverschmiertem Gesicht.

Die Stille, die sich ausbreitet, ist der Beweis: Kate ist tatsächlich adoptiert.

»Redet endlich«, sage ich zu meinen Eltern.

»Was sollen wir denn sagen? Ich wollte nicht, dass du es so erfährst«, erklärt Papa.

»Aber was stimmt denn jetzt? Warum erinnere ich mich, dass Mama mit Kate schwanger war?« Ich will klare Antworten auf all meine Fragen, die mir durch den Kopf schwirren.

»Das ist eine lange Geschichte«, sagt Papa.

»Ich will sie wissen«, entgegnet Kate.

»Ja, Schatz, das sollst du auch.« Mama wischt sich die Tränen aus dem Gesicht und setzt sich aufs Sofa. »Nach der Geburt von Cris hatte ich gesundheitliche Probleme.

Trotzdem wünschten wir, also ich und euer Vater, uns noch ein zweites Kind. Deshalb haben wir es probiert, obwohl die Ärzte mir davon abgeraten haben. Ich wurde zum zweiten Mal schwanger, daher erinnerst du dich an meinen dicken Bauch, Cris. Aber im siebten Monat traten dann Komplikationen auf. Daran kannst du dich nicht erinnern, denn ich habe dich zu Tante Liz geschickt, bis es mir wieder besser ging. Aber es ging mir nicht besser, und das Mädchen … ist kurz nach der Geburt gestorben. Ihr könnt euch nicht vorstellen, was euer Vater und ich durchgemacht haben. Wir haben uns so sehr ein zweites Kind gewünscht«, sagt sie schluchzend.

»Eure Mutter war am Boden zerstört«, erklärt Papa mit Tränen in den Augen. Er ergreift Mamas Hände und streichelt sie. »Ich habe befürchtet, dass sie sich nie wieder davon erholen würde. Wenig später hat mir dann ein Arbeitskollege von einem fürchterlichen Verkehrsunfall erzählt. Eine ganze Familie ist dabei gestorben, bis auf die kleine Tochter, die gerade erst ein paar Monate alt war. Ich sprach sofort mit eurer Mutter, und dann haben wir das kleine Mädchen zu uns geholt. Kate, wir haben uns auf den ersten Blick in dich verliebt. Und eure Mutter fing endlich wieder an zu lächeln, nach einer gefühlten Ewigkeit.«

Während all dieser Worte starrt Kate auf einen unbestimmten Punkt vor sich.

»Kate, auch wenn du nicht mein leibliches Kind bist, habe ich dich immer wie meines geliebt. Und das werde ich auch weiterhin.« Mamas Stimme überschlägt sich vor Aufregung.

»Ich … ich weiß nicht, was ich sagen soll«, erwidert Kate. Sie steht auf, aber Mama hält sie fest.

»Nimm dir alle Zeit, die du brauchst, und verzeih mir, dass ich es vor dir verheimlicht habe. Ich sehe ein, dass das falsch war.« Mama seufzt. »Dein Vater hätte es dir schon längst erzählt, aber ich wollte das nicht. Ich hatte Angst, dir weh zu tun. Ich wollte dich beschützen und dachte, es wäre zu deinem Besten. Du kannst uns alles fragen, was du wissen möchtest. Wir werden dir alles erzählen. Aber du musst wissen, dass wir dich unendlich lieben. Du und Cris, ihr seid der Sinn unseres Lebens.«

36

Das Weckerklingeln ist wirklich die denkbar mieseste Art, wie ein Tag beginnen kann. Es sollte ein Gesetz geben, dass Schüler nach einer Studienfahrt eine Woche zu Hause bleiben dürfen!

In Zeitlupe krieche ich aus dem Bett und öffne den Schrank. Ich starre die Kleider auf den Bügeln an und muss an das Gespräch mit Trevor denken, das ich gestern Abend noch geführt habe.

Nach all den neuen Erkenntnissen habe ich ihn angerufen, denn ich musste mein ganzes Gefühls- und Gedankenchaos mit einem guten Freund teilen.

Er hat ganz lieb zugehört und mir sogar ein paar Tipps gegeben, wie ich mich Kate und auch Cameron gegenüber verhalten sollte. Was Cam angeht, so hat mir Trevor geraten, auf Abstand zu gehen, um ihm klarzumachen, dass er mich nicht immer haben kann, wenn er es will. Cam muss sich mein Vertrauen erst wieder verdienen. Und dann hat Trevor mir erzählt, dass er jetzt offiziell mit Sam zusammen ist. Er findet sie wunderbar und meint, sie habe eine zweite Chance verdient. Es ist seltsam, dass die beiden nun ein richtiges Paar sind.

Camerons Hupe reißt mich aus meinen Gedanken und erinnert mich lautstark daran, dass ich schon wieder zu spät bin. So schnell wie möglich mache ich mich fertig und verlasse das Haus.

»Wie geht's Kate?«, fragt Cam, als ich einsteige.

»Nicht gut. Sie will nicht aus ihrem Zimmer raus«, sage ich. Mama hat mir erzählt, dass sie sich gestern den ganzen Abend in ihrem Zimmer eingeschlossen hat. Nur einmal ist sie runtergekommen und hat sich mit Essen und Getränken eingedeckt.

»Das vergeht«, erwidert Cam und gibt Gas. »Sie wird schon begreifen, dass eure Eltern nur zu eurem Besten so lange geschwiegen haben. Vielleicht war es verkehrt, aber sie haben es ja nur gut gemeint.«

»Das hoffe ich.« Auf dem Handy schaue ich nach der Uhrzeit.

»Bist du fit für die Arbeiten heute?«, fragt er scherzhaft.

»Überhaupt nicht. Ich hatte nicht eine Minute Zeit zu lernen.« Ich seufze.

»Ich lass dich abschreiben.« Er zwinkert mir zu.

»Wenn du denkst, dass du die Sache zwischen uns so wieder ins Reine bringen kannst, täuschst du dich aber gewaltig.«

»Früher oder später verzeihst du mir. Du hältst es ja eh nicht lange ohne mich aus.« Er trommelt auf dem Lenkrad herum.

»Also an Selbstbewusstsein mangelt es dir wirklich

nicht. Aber dieses Mal ist es anders, Cameron«, sage ich herausfordernd.

Er parkt den Wagen und schaut mir in die Augen. »Ich glaube, dass es dieses Mal genauso läuft wie sonst auch. Wir beide streiten uns wegen Charly, und dann versöhnen wir uns wieder, weil wir uns lieben. Ende der Geschichte.«

»Wir kommen zu spät zum Unterricht.« Ich will die Tür öffnen.

»Das ist mir egal«, sagt Cam und betätigt die Zentralverriegelung. »Ich brauche dich, Cris«, flüstert er und streicht mir zart über die Wange.

Dann beugt er sich langsam zu mir rüber … Das darf ich ihm nicht durchgehen lassen.

»Nein, Cameron«, sage ich, seine Lippen sind nur Millimeter von meinen entfernt.

»Ich weiß, dass du es willst«, beharrt er leise.

»Ich will es, aber ich darf nicht.«

Er rückt von mir ab und lehnt sich auf seinem Sitz zurück. »Hasst du mich so sehr?«

»Ich hasse dich nicht.«

»Warum bist du dann so abweisend?« Nervös streicht er sich durch die Haare.

»Ich weiß nicht … in letzter Zeit ist so viel passiert. Dieses Mal will ich warten, bis wir uns ganz sicher sind, was wir eigentlich wollen.«

Schweigen.

»Ist gut, Cris«, sagt er nach einer gefühlten Ewigkeit, »aber ich werde nicht aufhören, es zu probieren. Ich werde dich so sehr nerven, bis du nachgibst.« Er lächelt und entriegelt den Wagen.

Na, das kann ja ein interessanter Tag werden.

»Cris, ich bin völlig fertig!«, sagt Cloe, als ich den Unterrichtsraum betrete.

»Warum?«, frage ich.

»Na, wegen den Arbeiten! Ich bin gestern Abend über den Büchern eingeschlafen, und ich weiß überhaupt gar nichts!«

»Ach, ich hab die Bücher gar nicht erst angefasst. Ich hab den ganzen Abend mit Trevor telefoniert.« Ich zucke mit den Schultern.

Cameron schüttelt den Kopf und setzt sich hinter mich.

»Wusstest du das von Trevor und Sam?«, fragt Cloe.

»Ja.«

»Sie kleben schon den ganzen Morgen aneinander.« Sie weist mit dem Kopf zu den beiden. »Aber niemand kommt gegen dich und Cameron an.« Sie zwinkert mir zu.

»Wir sind nicht mehr zusammen«, sage ich.

»Was?« Sie reißt die Augen auf und erstarrt. »Und die Pfeife hat mir nichts gesagt! Das wird er mir büßen.« Dann springt sie auf und geht zu ihm.

Ich schaue zu Trevor und Sam. Auf der anderen Seite des Raumes halten sie Händchen und grinsen sich an, als hätten sie Hirnerweichung. Cloe hat recht, das ist nicht auszuhalten, nicht mal eine Sekunde.

Der Lehrer tritt ein, und ich setze mich.

»Danke, dass du die Furie Cloe auf mich losgelassen hast«, zischt Cameron hinter mir.

»Du hättest es ihr ja sagen können«, erwidere ich kühl.

»Das hätte ich ja auch gemacht. Ich wollte nur sicher gehen, dass es auch wirklich offiziell ist. Ist es das?«

Ich schaue nach vorn und antworte nicht.

Der Lehrer verteilt die Arbeitsblätter, und wenig später kreuze ich auf gut Glück die Antworten an und kritzele merkwürdige Sätze auf die Blätter. Ich habe nicht nur schlecht geschlafen, ich bin auch absolut nicht in der Stimmung, diesen blöden Englischfragen meine volle Aufmerksamkeit zu schenken.

»Wenn du willst, gebe ich es für dich ab«, sagt Cameron am Ende der Stunde. Er steht neben meinem Tisch und streckt mir die Hand hin.

Ich reiche ihm die Zettel, dann packe ich meine Sachen zusammen, um in den nächsten Raum zu wechseln. Cam geht zum Lehrertisch.

Die Mathe-Arbeit wird höchst wahrscheinlich genauso mies laufen. Aber das ist mir im Augenblick so was von egal. Dann kassiere ich eben zwei schlechte Noten, na und? Die gleiche ich in den kommenden Wochen locker wieder aus.

Die nächsten Stunden vergehen wie im Flug, schon fängt die letzte für heute an: Geschichte.

Beim Reinkommen jedoch verkündet Lehrer, dass die Direktorin auf Susan und mich wartet.

Ach verdammt, unsere Strafe!

Widerwillig machen wir uns auf ins Direktorat.

»Guten Tag und willkommen zurück«, sagt die Schulleiterin, während Susan und ich uns auf den Stühlen vor ihrem Schreibtisch niederlassen. »Der Grund für diese Unterredung ist Ihnen beiden ja bekannt, also …« Sie zeigt auf einen riesigen Karton neben dem Schreibtisch. »… das sind die Flyer, die Sie innerhalb dieser Woche in der Stadt verteilen werden.«

Sie macht Witze, oder? »Das sind aber ziemlich viele«, bemerke ich.

»Tja, Miss Evans, Sie sind zu zweit und haben ab morgen drei Tage dafür Zeit, am Wochenende wird nicht gearbeitet. Ich bin sicher, Sie finden schon einen Weg, diese Aufgabe zu erledigen. Einen schönen Tag noch.«

Als wir aus dem Direktorat rauskommen, lassen wir den megaschweren Karton auf den Boden krachen. Da sind bestimmt ein paar Tausend Flyer drin.

»Ich soll also wirklich drei Nachmittage mit dir verbringen«, stöhnt Susan.

»Falls es dich beruhigt, ich könnte mir auch etwas Besseres vorstellen. Hm … wir müssten einen Weg finden, das Ganze an einem Tag zu erledigen.«

»Unmöglich! Das sind viel zu viele Flyer, das schaffen wir nie«, entgegnet sie.

»Und wenn wir uns Hilfe holen?« Mir ist gerade eine Idee gekommen …

37

Cameron, Trevor, Austin, Taylor, Sam, Cloe und Jack helfen uns, damit wir mit unserer Strafarbeit schneller fertig werden. Ich konnte sie überreden, was allerdings nicht so einfach war.

Cameron hat von sich aus seine Hilfe angeboten, aber die anderen hatten überhaupt keine Lust. Die Vorstellung, heute Nachmittag in der Stadt Flyer zu verteilen, hat nicht gerade Begeisterungstürme bei ihnen ausgelöst.

Doch nun ist der Unterricht seit fünf Minuten vorbei, und wir stehen in der Sporthalle, um diese unsägliche Strafe für alle erträglich zu machen.

»Ich verteil die Dinger zusammen mit Jack«, sagt Cloe lächelnd.

»Was verteilen wir denn?«, fragt Taylor.

»Hat es ihm etwa keiner gesagt?« Ich sehe die Jungs an.

»Was gesagt?«, hakt Taylor nach.

Irgendwie ist er immer der Letzte, der solche Sachen erfährt.

»Wir machen Werbung für die Schule«, erklärt Jack.

»Hä? Ich dachte, das wird ein cooler Nachmittag am Strand mit Chillen und so!«

»Wenn du uns hilfst, gehen wir hinterher an den Strand«, sagt Sam.

»Ich hasse euch. Wieso wusste ich das nicht? Da wäre ich lieber gleich nach Hause gegangen.«

»Genau deshalb haben wir dir nichts gesagt, Tay. Du hättest nämlich gekniffen«, gibt Cam zu.

»Danke, Leute. Ihr seid echt reizend.«

»Ich unterbreche eure Liebeserklärungen ja nur ungern, aber wir müssen uns ranhalten«, sagt Susan.

Alle verdrehen die Augen, aber im Grunde hat sie recht.

»Ich gehe mit Trevor«, erklärt Sam.

Bleiben also nur ich, Susan, Cameron, Austin und Taylor.

Ich will diese lästige Aufgabe so schnell wie möglich hinter mich bringen, ohne dabei noch über Charly oder gescheiterte Beziehungen reden zu müssen. »Ich geh mit Taylor«, beschließe ich.

»Ich mit Cameron«, sagt Susan und fällt ihm sofort um den Hals.

Cameron scheint meine Wahl überhaupt nicht zu gefallen, aber das ist mir egal.

»Aber so bleibt Austin allein«, bemerkt Taylor.

»Er kann sich doch Cris anschließen. Du hast doch nichts dagegen, oder?« Susan zieht eine Augenbraue hoch.

Ich hasse sie. Sie weiß genau, dass ich Austin nicht abweisen werde, immerhin sind wir befreundet. »Kein Problem«, sage ich und zwinge mich zu einem Lächeln.

»Gut! An die Arbeit!«, ruft Jack.

Ich halte mich ein bisschen zurück, während die anderen die Flyer in neun Stapel aufteilen.

»Stört es dich gar nicht, dass ich mit Susan gehe?«, fragt Cameron leise. »Als Gruppe, meine ich … also, du verstehst schon.«

»Nö, kein Problem.« In Wirklichkeit geht es mir so was von auf die Nerven.

»Und all das wegen einer blöden Geschichte, die ich dir nicht erzählen will. Übertreibst du es nicht ein bisschen?«

Ich antworte nicht. Er darf nicht merken, dass ich ihn wiederhaben will, dass ich vor Sehnsucht sterbe, dass ich seine Lippen auf meinen spüren will und seine Arme um mich.

»Na dann«, sagt er lächelnd und geht zu Susan.

Ihn so auf Abstand zu halten, tut verdammt weh, aber gleichzeitig bin ich auch stolz auf mich. Ich will mit jemandem zusammen sein, der ehrlich ist und nichts vor mir verheimlicht. Solange Cam das nicht schafft, kann er mir gestohlen bleiben.

»Nimm.« Austin kommt zu mir und reicht mir die Flyer.

»Danke.«

»Na dann los! Ich will nicht den ganzen Nachmittag in der Stadt rumstehen und einen Strandtag verpassen«, sagt Taylor so laut, dass ihn alle hören.

»Schon gut, Tay, wir haben noch genug Zeit für den Strand«, entgegnet Jack, wobei er ihm auf die Schulter haut.

Wir klären noch kurz, wer in welchem Stadtviertel verteilt, dann ziehen wir los.

»Um sechs treffen wir uns vor der Eisdiele, dann können wir auch noch Taylor glücklich machen«, sagt Cameron spöttisch.

»Das sollte euch am allerwichtigsten sein, wenn ihr mich schon so überrumpelt«, bemerkt Taylor mit einem frechen Grinsen.

»Komm, Cam«, sagt Susan und hakt sich bei ihm unter.

»Gern.« Er sieht sie an. »Bis später.« Dann zwinkert er mir zu. So will er mich doch bestimmt nur eifersüchtig machen.

Taylor, Austin und ich stellen uns im Zentrum auf und halten die Flyer in die Menge. Viele Passanten hetzen an uns vorbei und beachten uns gar nicht. Was kostet es sie, zwei Sekunden anzuhalten und einen blöden Werbezettel mitzunehmen?

Nach einer Stunde machen wir eine Pause.

»Wie viele seid ihr losgeworden?«, frage ich die Jungs, die sich erschöpft auf eine Bank fallen lassen.

»Nicht viele«, sagt Austin.

»Ich fast alle, und ich habe sogar noch die Telefonnummer eines Mädchens bekommen.« Taylor grinst.

»Also, dann könntest du uns ja sicher ein paar abnehmen«, sagt Austin.

Taylor nickt und schnappt sich von mir und Austin ein paar Flyer. Am Ende ist es vermutlich sogar noch so, dass der, der gar nicht mitkommen wollte, den meisten Spaß bei dieser Aktion hat.

Wie es wohl bei Cameron und Susan läuft? Ob sie sich gut vertragen?

»Alles klar?«, fragt Austin.

»Ja.«

»Sollen wir sie zusammen verteilen? Vielleicht werden wir dann ja eher fertig.« Er reicht mir eine Hand.

»Ja«, sage ich und ergreife sie. Gemeinsam stehen wir von der Bank auf. Doch beim ersten Schritt stolpere ich so, dass ich mich nur zwei Zentimeter von Austin entfernt erst wieder fange. Eine Sekunde lang starre ich auf seine Lippen.

Da taucht ein Mädchen auf.

Camila.

»Austin, was machst du denn hier?«, fragt sie.

Verschämt rücken wir ein Stück von einander ab.

»Wir verteilen Werbeflyer für die Schule. Willst du einen?« Lachend hält er ihr einen Zettel hin.

Sie nickt und wirft mir einen finsteren Blick zu. »Verbringst du den ganzen Nachmittag mit ihr?«

»Nicht nur mit Cris«, erwidert er. »Die anderen machen auch mit, und wenn wir fertig sind, treffen wir uns am Strand.«

»Willst du mitkommen?«, frage ich Camila lächelnd.

Ich will eigentlich nicht, dass sie dabei ist, aber wenn sie mich dann netter findet, soll sie sich uns ruhig anschließen.

»Nein, danke.« Dann wendet sie sich wieder an Austin: »Aber mach nicht zu lange. Du hast mir und Alex versprochen, dass wir den Abend zusammen verbringen.«

»Ja, klar, bis später«, sagt er.

»Okay.« Sie mustert mich kurz, dann geht sie.

Austin und ich verteilen weiter Flyer … und haben doch noch ziemlich viel Spaß dabei. Je mehr Zeit wir zusammen verbringen, umso mehr zeigt sich, dass Austin wirklich ein total netter und süßer Junge ist.

Eine Gruppe Mädchen schlendert auf uns zu. »Kommt doch mal an unserer Schule vorbei! Es ist wunderschön dort«, sage ich und reiche ihnen die letzten Flyer.

Hoffentlich sind die anderen auch schon mit dem Verteilen fertig, denn wenn ich noch mehr Zeit mit Austin verbringen muss, komme ich echt noch auf verbotene Gedanken.

»Alle weg?«, fragt Taylor.

»Ja, und bei dir?«

»Auch, und ich hab sogar noch ein paar Telefonnummern abgegriffen.« Er tänzelt mit ein paar schnellen Schritten um mich herum. »Yeah!«

Ich schüttle den Kopf und hole mein Phone aus der Hosentasche. »Leute, es ist fünf vor sechs. Wir sollten zur Eisdiele aufbrechen«, sage ich.

Ein paar Meter vor dem Ziel treffen wir Lindsay.

»Hey«, sagt sie. »Euch suche ich grade.«

»Ist was passiert?«, frage ich. Hoffentlich nicht.

»Ich muss euch was Wichtiges sagen.« Sie wird rot.

»Das trage ich schon ziemlich lange mit mir rum, aber jetzt muss ich es endlich mal loswerden. Und das solltet ihr alle hören.«

»Wir treffen uns gleich mit den anderen und gehen an den Strand. Willst du mitkommen?«, fragt Austin.

»Ja, gern.«

Und dann erreichen wir die Eisdiele.

»Endlich! Ihr habt aber gebraucht«, empfängt uns Cloe mit einem Eisbecher in der Hand.

»Was machst du denn hier?«, fragt Jack und sieht Lindsay an.

»Sie will uns etwas Wichtiges sagen«, erkläre ich.

»Ist das nur mein Eindruck, oder fehlt hier jemand?« Taylor schaut in die Runde.

»Susan ist eher abgehauen. Sie hatte noch zu tun«, sagt Cameron. »Kommt, gehen wir an den Strand.«

Er scheint irgendwie nervös zu sein, und als er mich überholt, rempelt er mich mit der Schulter an, ohne sich dafür zu entschuldigen. Ob doch was vorgefallen ist?

Alle folgen Cam. Nur Trevor bleibt zurück. Vermutlich hat er meinen besorgten Gesichtsausdruck gesehen.

»Er ist sicher nur wütend, weil er den ganzen Nachmittag mit Susan verbracht hat und nicht mit dir. Das vergeht wieder«, erklärt er und legt mir einen Arm um die Schultern.

»Hoffentlich.«

»Herrlich!«, ruft Sam, als sie sich im warmen Sand niederlässt.

»So lässt es sich aushalten! Das Wetter sollte immer so sein«, bemerkt Jack.

Wir setzen uns in den Sand.

»Also, was willst du uns sagen?«, wendet sich Austin an Lindsay.

Sie steht auf und stellt sich vor uns. »Ich habe gemerkt, dass ihr auf der Studienfahrt ständig nur über die Geschichte von Charly geredet habt, über das, was in der Nacht passiert ist. Ich hätte nie gedacht, dass das nach so langer Zeit noch wichtig ist.«

»Das hätte niemand gedacht«, sagt Sam trocken.

»Wollt ihr immer noch wissen, wer es war?«

»Ja, klar«, sagt Austin.

»Ich nicht! Ich kann auch ohne diese Information ganz gut leben«, ruft Taylor.

Alle starren ihn entgeistert an.

»Was? Ist doch so. Charly ist nicht mehr da, und das war's. Nichts kann sie zurückholen, und diese Geschichte bringt doch nur Ärger.«

»Tay, du Arsch! Charly war meine Schwester!«

»Sorry, Cloe, aber das denke ich nun mal. Diese Geschichte ruiniert uns allen noch das Leben.«

Cameron und ich tauschen einen Blick, aber ich schaue sofort wieder woandershin.

»Du weißt genau, warum wir immer noch darüber reden«, sagt Cloe.

Taylor streckt sich aus und verschränkt die Hände hinter dem Kopf.

»Also, Lindsay?« Jack sieht sie an.

»Nun ja … Ich war in der Nacht da, als sie angefahren wurde.« Sie vergräbt die Hände in den Hosentaschen.

»Wir waren alle da«, bemerkt Cameron.

»Nein, ich meine, ich war an der Stelle, wo Charly angefahren wurde.«

Alle um mich rum reißen schockiert die Augen auf. Selbst Taylor setzt sich wieder auf.

»Dann weißt du, wer es war?«, fragt Cloe. Ihre Stimme zittert.

»Ich habe gesehen, wie Susans Auto Charly erfasst hat. Ich wünsche niemandem, so etwas je zu erleben.« Lindsay schüttelt sich.

»Ich wusste es!«, ruft Cameron.

»Tja, also habt ihr euch völlig umsonst so einen Kopf gemacht«, sagt Taylor verächtlich. »Ich habe diese Geschichte so satt.« Er steht auf und geht.

»Aber jetzt haben wir eine Zeugin und Beweise! Susan hat meine Schwester ermordet«, sagt Cloe. »Das ist zwar nicht viel, aber immerhin sicher.«

»Mag ja sein, aber am Steuer des Autos kann sonst wer gesessen haben«, überlegt Sam. »Wir haben keine wasserdichten Beweise, dass Susan schuld war.«

»Ja, stimmt. Aber alles deutet auf sie hin. Vor allem, nachdem Susan an dem Abend mit mir gesprochen hat. Als Charly gegangen ist, hat Susan sie verfolgt. Sie hatte genug Zeit, ins Auto zu steigen und Charly zu überfahren«, sagt Cameron.

»Aber war Charly nicht ihre beste Freundin? Warum hätte sie das tun sollen?«, frage ich verwirrt. Ich verstehe das alles nicht.

Cameron und die anderen senken die Blicke und verstummen. Schließlich durchbricht Lindsay die Stille. »Es wird spät, ich muss nach Hause.«

Wir brechen alle auf, und ich mache mich mit Cameron, Sam und Trevor auf den Heimweg. Die ganze Zeit über reden Trevor und Sam miteinander, während Cameron und ich uns anschweigen.

Dabei will ich ihn tausend Dinge fragen, um endlich zu verstehen, was an jenem verfluchten Abend wirklich passiert ist. Es gibt zu vieles, das immer noch nicht zusammenpasst.

38

Zu Hause scheinen die Dinge endlich wieder ins Lot zu kommen, denn während des Wochenendes hat Kate immerhin mit Mama und Papa geredet. Sie hat allerdings noch keine Fragen zur Vergangenheit und ihrer Herkunftsfamilie gestellt, das scheint sie erst mal ganz weit weg geschoben zu haben. Sie tut lieber so, als wäre nichts passiert. Vermutlich wird sie sich mit dem Thema befassen, wenn sie wirklich dafür bereit ist. Ich bin nur erleichtert, dass sie wieder fröhlicher ist. So kam es mir in den vergangenen Tagen jedenfalls vor.

»Wer ist denn dieses hübsche Mädchen, das hier so beschwingt die Straße entlanggeht?«

Ich drehe mich um. Trevor fährt in seinem Auto langsam neben mir her. Ein Lächeln huscht mir über das Gesicht.

»Komm, steig ein. Ich nehm dich mit zur Schule.«

»Danke.« Ich setze mich neben ihn.

»Na, wie geht's?«

»Ach, wie üblich.«

»Hast du Cameron am Wochenende gehört? Gibt's was Neues?«

»Nein, nichts. Die ganze Sache hängt mir so zum Hals

raus. Immer taucht irgendjemand auf, der meine Beziehung zu ihm kaputt macht. Für jeden Schritt nach vorne machen wir zwei zurück. Ehrlich gesagt, Trevor, ich mag nicht mehr.«

»Hast du mal dran gedacht, dass ihr vielleicht nicht füreinander bestimmt seid?«

Seine Frage bringt mich aus dem Takt. Diese Möglichkeit habe ich noch nie in Betracht gezogen. »Warum fragst du das?«

»Keine Ahnung. Kommt mir irgendwie logisch vor, wenn ich so sehe, wie das bei euch läuft. Ihr streitet immer, ständig gibt's ne Krise. Es braucht nicht viel bei euch, bis ihr euch angiftet. Selbst so eine Uralt-Story wie die von Charly bringt euch auseinander. Bist du wirklich sicher, dass du das willst? Wo du ständig nur hoffen kannst, dass sich das eines Tages mal ändert?«

»Ich kann mir mein Leben ohne ihn nicht vorstellen. So sieht's leider aus«, gebe ich zu. »Was soll ich denn tun?«

»Wenn ich du wäre, würde ich ihn sausen lassen und einen anderen Weg einschlagen.« Er blinkt und biegt nach links ab. »Bevor du allerdings was Neues anfängst, solltest du mit Cameron mal alles gründlich klären, damit wirklich nichts mehr zwischen euch steht.«

»Ich weiß nicht, ob ich das könnte. Ich liebe ihn.« Einen anderen Freund an meiner Seite kann ich mir nicht mal ansatzweise vorstellen.

Trevor ergreift meine Hand und drückt sie. »Natürlich kannst du das, Cris. Du solltest es für dich machen.«

Ich atme tief ein und schaue aus dem Fenster. Könnte ich Cameron wirklich ganz aus meinem Herzen verbannen? Ich bin mir da überhaupt nicht sicher, allerdings hat Trevor auch recht: Für uns beide wäre es wirklich besser, wenn wir endgültig Schluss machen würden. Weder ich noch Cameron wollen uns weiter quälen, und das Beste ist dann doch, dem Ganzen ein Ende zu setzen.

Als ich auf dem Parkplatz vor der Schule aus dem Wagen steige, bin ich bereit, auch diesen Montag zu bewältigen. Beim Klingeln gehe ich direkt in den Unterrichtsraum, in der Hoffnung, niemandem zu begegnen. Ich will in Ruhe über Trevors Worte nachdenken.

Der Lehrer kommt herein, ihm folgen Lindsay und Cameron, die sich anlächeln.

»Na, das ist ja mal ganz was anderes. Seit wann verstehen sich Lindsay und Cameron denn so gut?«, rutscht es mir heraus.

»Cris, denk an das, was wir im Auto besprochen haben, und lass es einfach sein«, sagt Trevor, während er zu seinem Platz geht. »Es gibt da stattdessen jemanden, der mit dir über etwas wirklich Wichtiges reden will, und du solltest ihr zuhören.«

Er meint bestimmt Sam.

In der Mittagspause kommt sie tatsächlich zu mir. »Trevor hat mir gesagt, dass du mit mir reden willst.«

Wie bitte?! Was ist denn in den gefahren? Ich habe ihm nie so etwas gesagt. Er hat doch gemeint, dass sie mit mir reden will. Ganz schön hinterhältig von ihm! Aber ich lasse mir nichts anmerken und flunkere lieber. Ich mag Sam ja immer noch, und es ist nur fair, wenn ich ihr zuhöre. »Ja, aber lass uns das draußen machen.«

Wir gehen in den Hof und setzen uns auf eine Bank.

»Ich bin so gemein gewesen, ich weiß ...«, fängt sie sofort an.

Wenigstens gibt sie es zu.

»Aber ich habe das nur für meinen Bruder getan. Er wollte Cloe helfen, aber ... ich habe gemerkt, dass das vor allem dir schadet. Darum habe ich ihm meine Hilfe angeboten, um diese Geschichte so schnell wie möglich zu beenden.«

»Und warum sollte es ihm helfen, wenn du Lexy und Lindsay alles verrätst, was ich dir anvertraut habe?«

»Cameron wollte, dass Susan zugibt, dass sie Charly getötet hat. Darum habe ich so getan, als wäre ich ihre Freundin, damit sie mir vertraut. Aber Susan war ganz besessen von dir, sie hat mich ständig über dich ausgefragt und über deine Beziehung zu Cam. Damit bei seinem Plan was herausspringt, musste ich dein Vertrauen missbrauchen, um Susan zu überzeugen, dass ich wirklich ihre Freundin bin. Leider war alles umsonst. Rausgekommen ist nur, dass ich dich verletzt habe und unsere Freundschaft zerstöre. Es tut mir so leid, Cris.« Tränen schimmern in ihren Augen.

»Wusste Cameron das? Wusste er, dass alles, was ich dir erzähle, in der verdammten Schülerzeitung landet?«

Ich kann einfach nicht glauben, dass er ihr erlaubt hat, so etwas Hinterhältiges durchzuziehen.

»Äh … ja. Am Anfang fand er das gar nicht toll, aber dann hat er es akzeptiert. Er hat nämlich gehofft, damit dich und unsere Freundschaft beschützen zu können.«

Ich schweige. Ich weiß einfach gar nicht mehr, was ich sagen oder denken soll.

»Es tut mir so unendlich leid, Cris«, fährt Sam fort. »Ich habe einen Fehler gemacht, und dabei wollte ich doch nur etwas Gutes tun. Ich will meine beste Freundin nicht verlieren wegen so einer doofen Geschichte, die endlich erledigt ist. Ich brauche dich.« Sie sieht mir in die Augen. Eine Träne läuft ihr über die Wange.

Es ist wirklich schlimm, was sie gemacht hat. Aber ich kann nicht zulassen, dass so eine absurde Verwicklung mir einen der wenigen Menschen wegnimmt, die mir wirklich wichtig sind.

»Warum hast du mir das nicht gleich erzählt? Warum bist du gegangen, als ich dir gesagt habe, dass ich alles weiß?«, frage ich leise.

»Cameron will nicht, dass du Charlys Geschichte kennst, denn ein paar Dinge darin sind wirklich schrecklich. Daher hatte ich Angst, es dir zu sagen.«

»Was wollt ihr jetzt machen, wo ihr wisst, dass Susan Charly getötet hat?«

»Wir liefern die Beweise an die Polizei.«

»Eine Sache ist mir allerdings immer noch nicht klar: Warum sollte Susan so etwas Schlimmes ihrer besten Freundin antun?«

»Eigentlich sollte ich es dir gar nicht sagen. Aber ich

erzähle es dir trotzdem, denn ich will, dass du mir wieder vertraust. Du weißt doch, dass Charly in Cam verliebt war, oder? Aber sie konnte sich nicht zwischen ihm und Austin entscheiden. In der Nacht vom Schulfest, in der sie angefahren wurde, hatte sie sich für Cam entschieden. Und das hat Susan wütend gemacht.«

»Wieso das denn?« Cam hat mir erzählt, er wusste nicht, wie Charly sich entschieden hätte. Noch so etwas, wo er nicht ehrlich zu mir gewesen ist.

»Weil Cameron heimlich mit Susan zusammen war. Aber als Charly sich für ihn entschieden hatte, hat er mit Susan Schluss gemacht. Und da ist sie ausgetickt. Auch wenn es sich absurd anhört, fürchten wir, dass sie deshalb ihrer besten Freundin etwas angetan hat. Kannst du mir je verzeihen, Cris?«

»Natürlich«, sage ich und zwinge mich zu lächeln.

Mit einem tiefen Seufzer fällt Sam mir um den Hals. Hoffentlich ist es kein Fehler, ihr wieder zu vertrauen.

Und ich weiß auch nicht, ob ich Cam jemals verzeihen kann. Er hat mir einen Haufen bescheuerter Lügen erzählt. Er hat mir gesagt, dass er Charly liebt, aber in Wirklichkeit ging er mit ihrer besten Freundin. Was für ein Mensch ist er nur?

Trevor hat recht, ich muss ihn aus meinem Leben streichen. Ansonsten wird er mir immer wieder weh tun.

39

Um all die unschönen Gedanken aus meinem Kopf zu bekommen, gibt es an einem Sonntagvormittag wirklich nichts Besseres als einen Strandlauf.

Eine Woche ist vergangen, seit ich endgültig mit Cameron Schluss gemacht habe. Aber es tut immer noch so unsagbar weh. Es ist seltsam, ihn nicht zu grüßen, nicht mit ihm zu reden, ihn nicht zu umarmen, ihn nicht zu küssen. Wir sind wie zwei vollkommen Fremde.

Das würden jedenfalls die sagen, die uns von außen betrachten. In mir sieht es jedoch völlig anders aus. Denn leider muss ich die ganze Zeit an ihn denken. Außerdem erzählt Sam mir immer wieder, dass Cam zu Hause bei jeder Gelegenheit von mir redet oder nach mir fragt. In der Schule ist er allerdings die gesamte Woche um Lindsay herumgeschwänzelt, und das finde ich ausgesprochen bescheuert.

Ich bleibe ein paar Sekunden stehen, um Luft zu holen und das Lied zu wechseln. *A Drop In The Ocean* ist zu traurig und bringt mir alle Erinnerungen zurück, die ich doch vergessen will. Ich brauche Musik, bei der ich nicht an Cam denken muss. Der Text von *I Don't Miss*

You At All von Selena Gomez kann mir dabei vielleicht helfen.

Ich jogge weiter.

Es ist ein herrlicher Tag. Die Sonne strahlt, und es ist angenehm warm. Die Leute liegen am Strand, und ein paar Jungs surfen. Es ist fast wie an dem Tag, als ich Nash kennengelernt habe und die anderen ... Stopp, Cris! Du darfst nicht an Cameron und seine Freunde denken. Die Erinnerungen tun doch nur weh. Lass nicht zu, dass sie von dir Besitz ergreifen.

In einiger Entfernung läuft Trevor genau in meine Richtung. Ich winke ihm zu.

Er ist allein. Merkwürdig, dass Sam nicht bei ihm ist. Seit sie zusammen sind, hängen sie morgens, mittags und abends immer gemeinsam ab.

»Cris!« Er umarmt mich und drückt mich fest an sich. Das hat er ewig nicht mehr gemacht. *»Du joggst?«*, fragt er erstaunt und zieht sich den Kopfhörer von den Ohren.

»Seit ein paar Tagen.«

»Bringst dich wohl in Form für den Sommer, was?« Er kichert und mustert mich von oben bis unten.

»Nicht wirklich. Aber so grüble ich nicht so viel und werde nicht traurig.«

»Es war genau richtig, dass du mit ihm Schluss gemacht hast.«

Ich senke den Blick. »Können wir bitte nicht darüber reden? Ich renne, damit ich genau daran nicht mehr denken muss.«

Er nickt und schaut aufs Meer hinaus. Vermutlich weiß er, dass er das falsche Thema angeschnitten hat.

»Wie läuft's mit Sam?«

»Gut, gestern Abend war ich bei ihr. Wir haben einen Film gekuckt und Popcorn gefuttert.«

Trevor nimmt diese Beziehung langsam viel zu ernst, und ich habe ein bisschen Angst, dass es für Sam nicht das Gleiche ist.

»Ich hätte nicht gedacht, dass es so gut laufen würde! Sam ist unglaublich.« Er setzt sich in den Sand, und ich lasse mich neben ihm nieder.

»Also ist es was Ernstes«, bemerke ich und starre auf die kleinen Wellen.

»Hört sich merkwürdig an, aber das ist es.«

»Das freut mich für dich.« Ich fürchte nur, dass Trevor für Sam immer noch ein Vorwand ist, um Nash zu vergessen. Mein bester Freund wird vermutlich irgendwann ganz fürchterlich leiden.

»Aber zwischen dir und Austin entwickelt es sich doch auch ganz gut, oder?« Er zieht die Knie an und legt die Arme darum.

»Wir sind nur Freunde.« Jedenfalls ist Austin das für mich, also nur ein guter Freund. Ich weiß, dass er etwas für mich empfindet. Aber ich habe ihm hoffentlich klar genug gemacht, dass zwischen uns nichts sein kann, solange ich Cam nicht aus dem Kopf bekomme.

»Das denkst du. Für ihn scheinst du nicht nur eine Freundin zu sein.«

»Das interessiert mich nicht«, sage ich.

»Klar, weil du immer noch an dem Idioten Dearing hängst und nicht zulässt, dass irgendein anderer seinen Platz einnimmt.«

Stimmt. Aber niemand könnte ihn je ersetzen. »Ich habe ihn wirklich geliebt. Da ist es doch ganz normal, dass ich noch was für ihn empfinde.«

»Ja, aber du musst einen Weg finden, ihn zu vergessen.«

»Ich werde Austin nicht dafür benutzen, mir Cameron aus dem Kopf zu schlagen, wenn du das meinst.« Ich funkle ihn böse an.

»Ich sag ja gar nicht, dass du ihn benutzen sollst. Aber gib ihm doch einfach mal eine Chance.«

Sein Handy klingelt, und er geht sofort ran. So wie er lächelt und seinen Witzen nach zu urteilen, muss es Sam sein. Zum Glück telefoniert er nicht lange.

»Was ist?«, frage ich.

»Ich soll Sam im Supermarkt beim Einkauf helfen, willst du mitkommen?«

»Nein. Ich muss auch los, wir haben Gäste zum Mittagessen, und Mama braucht mich in der Küche.« Ich stehe auf und klopfe mir den Sand von den Tights.

»Na gut.« Er springt auf. »Denk über meine Worte nach.« Dann umarmt er mich und drückt mir einen zarten Kuss auf die Stirn. Er setzt seinen Kopfhörer wieder auf und rennt weiter.

Ich trabe nach Hause, und auf einmal bin ich total erschöpft. Da klingelt mein Phone. Ohne aufs Display zu schauen nehme ich den Anruf an. »Hallo?«

»Ich habe Nachrichten.«

Ich erkenne ihre Stimme sofort. »Cloe, ich hab dir doch gesagt, dass ich keinen Bedarf daran habe.«

»Seit ihr Schluss gemacht habt, hat sich Cameron nicht wieder mit Susan getroffen. Also ist Lindsay das einzige Mädchen, das euch gerade im Weg steht. Und ich weiß, wie ihr sie loswerdet.«

Cloe hat die Trennung von mir und Cameron überhaupt nicht gut verkraftet. Sie tut alles, damit wir wieder zusammenkommen. Sie folgt ihm überall hin und überwacht jeden Schritt von ihm!

»Cloe, wenn er glücklich mit ihr ist, dann ist das auch okay.«

»Okay?! Nein, Cris. Das ist überhaupt nicht okay. Wann kapierst du endlich, dass du der einzige Mensch bist, mit dem Cameron jemals glücklich war?«

»Entschuldige, Cloe, aber ich muss Schluss machen. Ich hab tausend Dinge zu tun. Wir reden ein anderes Mal.«

Sie schnaubt und kappt die Verbindung.

Ich gehe weiter, doch schon nach wenigen Schritten, bimmelt mein Handy erneut. Wieder Cloe!

»Aktualisierung um 12.15 Uhr in Echtzeit: Cam und Lindsay haben sich gerade getroffen.«

»Sie haben sich getroffen?«, frage ich.

»Na, siehst du, es interessiert dich doch! Also, ja, sie haben sich grade umarmt und gehen in den Park.«

»Ist mir egal. Ich wollte nur wissen, ob es stimmt oder ob du dir das ausgedacht hast, um meine Aufmerksamkeit zu erregen.«

»Ich muss jetzt los. Wir hören uns morgen.«

»Bis morgen«, sage ich und drücke das Gespräch weg.

Bei dem Gedanken, dass Cameron einfach so mit seinem Leben weitermacht, steigt Wut in mir hoch! Ich will nichts mehr von ihm wissen. Warum verstehen Sam und Cloe das nicht? Es tut mir überhaupt nicht gut, immer wieder etwas von ihm zu hören. Ich will ihn einfach nur vergessen.

40

›Ich hasse Montage.‹ Der Satz des fetten Comic-Katers Garfield klingt mir ständig in den Ohren.

Ich atme tief ein und steige aus dem Bett, damit ich nicht zu spät zur Schule komme. Klamottentechnisch ziehe ich das Erste aus dem Schrank, was mir in die Finger kommt, dann husche ich in die Küche zum Frühstück.

»Da bist du ja«, begrüßt mich Mama. »Wir haben grad über dich gesprochen.«

»Was habe ich angestellt?«, frage ich und schnappe mir einen Schokokeks.

»Bald ist dein Geburtstag«, sagt Kate und klatscht in die Hände.

»Ja, und?« Meine Lust zu feiern geht dieses Mal gegen null. Ein ganz normaler Nachmittag am Strand mit meinen Freunden wäre mir am liebsten.

»Wir müssen ein rauschendes Fest feiern! Man wird doch nur einmal im Leben siebzehn«, erklärt Mama.

»Ich will keine Megaparty oder so was.«

»Natürlich willst du! Das muss ein unvergesslicher Tag werden!«, sagt Kate.

Auf der Straße quäkt eine Hupe. Ich trete ans Fenster und schaue nach, wer das sein könnte.

Sam steht mit ihrem Roller vor dem Haus.

»Fährst du mit irgendwem zur Schule?«, fragt Mama.

»Ähm … ich fahr anscheinend mit Sam, auch wenn ich mich gar nicht dran erinnere, sie gefragt zu haben. Bis später.«

Ich hole meinen Rucksack, trete aus dem Haus und gehe zu ihr. »Was machst du hier?«

»Dir auch einen guten Morgen!« Sie kichert und nimmt den Helm ab. »Ich wollte dich abholen. Eigentlich bin ich viel zu spät dran, aber für eine chronische Zuspätkommerin wie dich bin ich immer noch früh genug. Und da dachte ich, ich könnte dich ja mitnehmen.«

»Gern! Gute Idee. Aber ras bitte nicht so.«

Als wir wenig später in der Schule auflaufen, fällt Sam als erstes Trevor um den Hals. Sie küsst ihn so wild, dass er kaum noch Luft bekommt.

Ohne es zu wollen, fällt mein Blick auf Cameron. Er sitzt an seinem Platz und tippt etwas in sein Handy. Vermutlich chattet er mit Lindsay.

Ich dränge die Eifersucht zurück und versuche, mich auf die Erläuterungen des Lehrers zu konzentrieren. Ohne Unterlass mache ich mir Notizen, fülle eine Seite nach der anderen. Schließlich muss ich die miese Note der letzten Englischarbeit wieder ausbügeln. In einer Schreibpause – ich muss meiner armen, schmerzenden Hand kurz mal

Erholung gönnen – kullert mir der Stift vom Tisch und fällt zu Boden. Ich will ihn mir mit dem Fuß zurückholen, doch er rollt noch weiter nach hinten.

Leise fluchend verrücke ich den Stuhl und beuge mich runter, doch Cameron kommt mir zuvor. Als ich mich wieder aufrichte, reicht er mir den Stift.

»Danke.«

»Gern geschehen.« Er lächelt.

»Evans, Dearing. Kann es sein, dass Sie wirklich immer quatschen müssen?«, fragt der Lehrer.

Ich setze mich wieder ordentlich hin.

Cloe lächelt und klatscht vor Freude kurz in die Hände. Herrje. Es ist absolut nichts passiert! Warum flippt sie bei so einer Kleinigkeit gleich wieder aus? Allerdings hat es in meinem Bauch wieder wild geflattert, als Cam mich angelächelt hat.

Nach dem Unterricht begleite ich Trevor und Sam. Sie wollen sich von einem Schüler ein Konsolenspiel wiederholen, das Trevor ihm vor einiger Zeit geliehen hat. Cloe kommt auch mit.

Wir steigen in den zweiten Stock des Schlaftrakts. Cloe und ich gehen voraus, wir suchen das Zimmer mit der Nummer 210. Da öffnet sich die Tür eines anderen Zimmers, und ein junger Typ tritt heraus. Er greift nach dem Karton, der auf dem Flur steht.

»O mein Gott!« Vor Überraschung schlage ich eine Hand vor den Mund.

Er schaut auf und lächelt. »Cris!«

»Nash?« Fast versagt meine Stimme.

Ich laufe zu ihm und umarme ihn. Ist er wirklich hier? Steht er echt leibhaftig vor mir? Ich dachte, er würde nie wieder zurückkehren, aber nun ist er tatsächlich da.

Sein Blick wandert von mir zu Sam, die mitten auf dem Korridor erstarrt ist und Tränen in den Augen hat.

Eine gefühlte Ewigkeit schauen sie sich an, dann holt Sam tief Luft, dreht sich um und rennt in die andere Richtung davon.

Nash bleibt verblüfft zurück.

»Da sind ja meine himmelblauen Lieblingsaugen wieder!«, ruft Cloe und umarmt ihn.

Trevor steht hinter uns und weiß anscheinend nicht, was er tun soll.

»Ich bin gleich wieder da«, sage ich und laufe Sam nach.

Im Hof hole ich sie ein. Zitternd steht sie da, und als ich sie in die Arme nehme, bricht sie in hysterisches Weinen aus.

»Ist doch alles gut«, sage ich und drücke sie fest an mich.

Ich würde genauso reagieren, würde ich dem Menschen wiederbegegnen, den ich so krampfhaft vergessen will. Ich löse mich von ihr und sehe sie an.

Sie zittert immer noch. »Cris, das kann er doch nicht tun. Das kann er mir nicht antun. Nicht jetzt, wo es mit Trevor grad so gut ist. Nicht jetzt, wo mein Leben ohne ihn endlich besser läuft und ich ihn nicht mehr so vermisse. Aber das Absurdeste ist, dass ich mich trotzdem freue und ihn unbedingt in die Arme nehmen will«, schluchzt sie und bricht wieder in Tränen aus.

»Sam, ganz ruhig. Atme tief ein.« Ich streiche ihr über den Rücken.

»Ich kann nicht. Er ist zurück, und das macht alles kaputt, das spüre ich. Geh besser rein. Er soll nicht merken, dass ich heule.« Sie wischt sich die Tränen ab.

»Ganz sicher? Mir ist egal, was Nash denkt.«

»Mir nicht«, erwidert sie. »Er soll nicht glauben, dass ich vor lauter Verzweiflung weglaufe und heule.«

Ein paar Sekunden überlege ich, was am besten zu tun ist. »Bitte Sam, komm mit hoch. Ich weiß, dass das weh tut, aber es ist das Beste. Von heute an wirst du ihn wieder jeden Tag sehen, also solltest du dich so schnell wie möglich daran gewöhnen und ihm zeigen, dass es dir gutgeht.« Ich versuche, so überzeugend wie möglich zu klingen.

Sie seufzt. »Na gut. Du hast ja recht.« Ein gezwungenes Lächeln erscheint auf ihrem Gesicht. »Ist das einigermaßen glaubhaft?«

»Ja«, sage ich und lächle ebenfalls.

Sam kann wirklich stark sein, und es ist so großartig, dass sie in diesem Moment allen Mut zusammennimmt und über ihren Schatten springt.

Wir gehen zurück zu den anderen, die mittlerweile alle in Nashs Zimmer sitzen. Selbst Cam ist da. Trevor hockt auf der Erde und schaut leicht verwirrt in die Runde. Ich setze mich neben ihn.

»Wolltest du nicht erst nächstes Schuljahr wiederkommen?«, fragt Cameron.

»Ja, aber ihr habt mir so gefehlt«, sagt Nash, »daher habe ich New York sausen lassen.«

So ernst habe ich ihn noch nie erlebt.

»Ich hab dir natürlich am meisten gefehlt!« Cloe steht vom Bett auf und umarmt ihn.

»Wir haben uns über ein Jahr nicht gesehen. Du hast dich ganz schön verändert«, sagt Nash und lacht. Dann wirft er einen Blick in die Runde: »Es ist bestimmt viel passiert, als ich weg war. Ich kann's gar nicht erwarten, alles zu erfahren.«

O-oh, vertrau mir, du willst bestimmt nicht alles wissen, was in deiner Abwesenheit vorgefallen ist!

»Lass es dir von Cameron erzählen«, sage ich, ohne ihn anzusehen.

»Nee, Cris wird dich haarklein wieder auf Stand bringen«, entgegnet Cameron.

So ein Arsch!

»Nicht streiten! Ich werde dir alles erzählen«, mischt sich Cloe ein und strahlt.

»Genau, und dann erzählst du uns, wie gut es dir in New York gefallen hat!«, fordert Sam ihn heraus. Seit sie sich gesehen haben, haben sie noch kein Wort miteinander gesprochen.

Im Zimmer breitet sich eine unerträgliche Stille aus.

»Ähm … ich glaube, ich muss dann mal los«, sagt Trevor nach einer Weile und steht auf.

»Ich komme mit.« Auch ich erhebe mich und folge ihm zur Tür. »Wir sehen uns morgen«, sage ich in die Runde.

Gemeinsam fahren Trevor und ich nach Hause.

»Und alles, weil ich mein Spiel für die Konsole wiederhaben wollte.« Er seufzt tief. »Also, jetzt, wo Sams Ex wieder da ist, was passiert nun?«

»Wie meinst du das?«

»Du weißt genau, was ich meine. Hat sie ihn wirklich geliebt?«

»Ja, aber das heißt doch nicht, dass sie alles stehen und liegen lässt, und zu ihm zurückkehrt. Du hast doch gesehen, wie sie mit ihm geredet hat.« Hoffentlich zieht er keine vorschnellen Schlüsse.

»Sie hat ihn geliebt, Cris, und ich glaube, sie liebt ihn immer noch. Falls sie zu ihm zurückwill, kann ich nichts anderes tun, als sie gehen zu lassen.«

Warum können nicht alle Jungs so sein wie Trevor?

»Ich weiß, dass es schwierig ist, aber denk jetzt nicht dran, okay?«

»Ja, ist gut. Es hat sowieso keinen Sinn, darüber zu reden«, gibt er zu. »Sprechen wir lieber über wirklich wichtige Dinge. Bald hat eine Person Geburtstag, die für mich wichtiger ist als alle anderen. Kennst du sie vielleicht?«, scherzt er.

»Hm … ich glaube nicht.« Ich kichere, und er legt mir einen Arm um die Schultern.

»Was wünschst du dir dieses Jahr? Ich bin im Geschenkemachen nicht besonders gut.«

»Das stimmt nicht. Deine Geschenke haben mir immer gefallen.« Ich lege den Kopf an seine Schulter.

»Das kam daher, weil Cass mich beraten hat. Jetzt habe ich niemanden, den ich fragen könnte.« Er starrt auf die Straße.

»Das schönste Geschenk, das du mir machen konntest, war, nach Miami zu ziehen. Mehr brauche ich nicht.«

Er nimmt meine Hand und küsst sie ganz sanft.

»Was würde ich nur ohne meine Freundin machen, die mich von der lästigen Geschenkepflicht entbindet?«, sagt er grinsend. »Da wir gerade beim Thema sind. Deine Mutter hat mich angerufen und mich gefragt, in welchem Lokal wir deine Party schmeißen sollen. Vermutlich hat sie vergessen, dass ich noch nicht so lange in der Stadt bin und mich überhaupt nicht auskenne«, fügt er hinzu und spielt mit meinen Fingern. »Deshalb habe ich Sam und die anderen gefragt, und sie haben mir die Sporthalle der Schule empfohlen. Sie haben gesagt, dass man da richtig gut feiern kann. Was meinst du?«

»Hm … dieses Jahr gibt es nicht viel zu feiern«, erwidere ich und setze mich wieder gerade hin.

Wir sind fast bei mir zu Hause angekommen.

»Wenn das wegen Cameron ist, du darfst dir von ihm nicht deinen siebzehnten Geburtstag verderben lassen.«

»Ich weiß, aber es ist nicht nur wegen ihm. Es würde einfach überhaupt keine lustige Party werden.«

»Natürlich wird die lustig, und wie! Das verspreche ich dir.«

41

Gleich gibt uns der Englischlehrer die Arbeiten zurück, die wir vor zwei Wochen nach der Studienfahrt geschrieben haben. Ich bin ganz sicher, dass ich das Ding komplett verhauen habe. Aber noch ist es in unserem Raum ziemlich voll, und zwar wegen Nash. Ständig begrüßt er irgendwelche Leute, die er kennt.

»Was machen diese ganzen Gänse denn hier?«, fragt Sam.

Es stimmt. Es sind vor allem Mädchen, die Nash Hallo sagen wollen.

»Sam.« Ich werfe ihr einen vorwurfsvollen Blick zu.

»Was ist? Der Unterricht fängt gleich an, sie müssten alle mal in ihre Klassen zurück«, brummt sie und geht zu ihrem Platz.

Cloe und ich werfen uns einen Blick zu. »Da ist wohl jemand eifersüchtig«, sage ich.

Sam geht an Nash vorbei, und er sieht ihr nach.

»Ganz offensichtlich hat sie mit dieser Geschichte überhaupt noch nicht abgeschlossen«, überlegt Cloe. »Aber was ich nicht kapiere, warum geht sie Nash dann immer noch aus dem Weg? Das scheint mir …«

Cloe redet weiter, aber ich höre nicht mehr zu, denn mein Blick fällt unvermittelt auf zwei, die gerade hereinkommen: Cameron und Lindsay.

Es nervt mich schon ziemlich, dass Cameron leugnet, dass zwischen ihm und Lindsay etwas sei. Dabei sehe ich doch ganz deutlich, dass ihre Freundschaft komplett anders ist als meine mit Austin.

Ich kenne Cameron genau. Er tut schon wieder alles, um die volle Aufmerksamkeit dieses Mädchens zu bekommen. Das ist nicht zu übersehen.

»… und du hörst mir also gar nicht zu, weil du Cameron und diese Bitch anstarrst«, sagt Cloe und schaut ebenfalls zu den beiden. »Wäre ich du, würde ich den beiden eine schöne Lektion erteilen.«

»Ich will es gar nicht wissen.«

»Natürlich willst du das. Also, Freitagabend kommst du doch sicher zu Lindsays Party, oder? Du müsstest Cameron irgendwie eifersüchtig machen. Und du weißt auch ganz genau, mit wem.«

»Cloe, nein.« Ich habe nicht die Absicht, Austin zu benutzen. Außerdem weiß ich noch nicht mal, ob ich überhaupt hingehe.

»Schade. Das wäre extrem lustig gewesen, Dearing eifersüchtig zu erleben.« Sie schmollt. »Aber ich wette, dass du insgeheim doch noch über meinen Vorschlag nachdenkst.«

»Wette verloren«, sage ich und funkle sie böse an.

»Ein intelligenter Mensch würde annehmen.«

»Ich werde mich doch nicht zwischen die beiden drängen, nur für eine blöde Wette mit dir.«

Der Lehrer tritt ein, und alle schlurfen zu ihren Plätzen.

Cameron geht an mir vorbei, mit gesenktem Blick und einem wunderschönen Lächeln auf den Lippen. Das ist vermutlich Lindsays Verdienst.

Wie immer, bevor der Lehrer die korrigierten Arbeiten zurückgibt, hält er einen langen Vortrag, der einzig und allein dazu dient, uns noch nervöser zu machen.

Doch dieses Mal bin ich ungewöhnlich ruhig: Ich weiß ja schon, dass ich keine gute Note bekomme, also erwarte ich auch nichts.

»Es gibt Schüler, denen ich natürlich die Bestnote geben konnte, andere wie Dearing haben tatsächlich null Punkte zustande gebracht und müssen sich in den kommenden Wochen ordentlich anstrengen, um ihren Durchschnitt wieder hochzuziehen.«

Sonderbarerweise reagiert Cameron auf keine seiner Spitzen. Er starrt vielmehr auf sein Handy und lächelt gleichgültig.

Der Lehrer bittet einen Mitschüler, die Arbeiten zu verteilen, und endlich halte ich meine in den Händen. Ich drehe die Zettel um und schaue nach dem Desaster.

Volle Punktzahl?

Mir klappt der Mund auf. Das kann nicht sein.

Ich drehe die Zettel noch mal herum und kontrolliere,

ob es wirklich meine Arbeit ist: Oben links steht tatsächlich mein Name, ohne jeden Zweifel. Aber das muss die Arbeit von jemand anderem gewesen sein … das sind nicht meine Antworten, das ist nicht meine Schrift.

Ich drehe mich zu Cameron. Meine richtige Arbeit liegt auf seinem Tisch. Er hat sie vertauscht?

»Erklärst du mir bitte, warum du das gemacht hast?«, frage ich spitz.

Er zuckt mit den Schultern und schweigt.

»Und wenn er dich erwischt hätte?«

»Hat er aber nicht.« Er lehnt sich über den Tisch, um näher bei mir zu sein.

»Das hättest du nicht tun sollen«, zische ich.

»Endlich habe ich mal was richtig gemacht, seit ich auf dieser Schule bin! So bekommst du wenigstens keine Probleme mit der Versetzung. Und das ist wichtig.« Er sieht mich eindringlich an.

»Das geht dich doch überhaupt nichts an. Vor allem jetzt nicht, wo wir nicht mehr zusammen sind und uns eigentlich ganz fremd sind.« Ich trommle mit den Fingern leicht auf seinem Tisch herum.

»Du wirst nie eine Fremde für mich sein.«

Ein paar Sekunden sehe ich ihm in die Augen. Meint er das ernst?

»Und außerdem, als ich das getan habe, waren wir noch zusammen. Ich würde es aber in jedem Fall wieder genauso machen.«

Der Lehrer bittet um Ruhe, und ich muss mich wieder

nach vorn drehen. Nur Sekunden später bekomme ich eine Nachricht von Cloe: ›Ihr schließt also Frieden! ;-)‹

Offensichtlich hat sie unsere Unterhaltung für freundschaftliches Geplauder gehalten.

›Erzähl ich dir später‹, texte ich unter dem Tisch, mit halbem Auge auf den Lehrer, damit er mich nicht erwischt.

Am Ende des Schultages tritt Nash auf dem Korridor zu mir.

»Cris, können wir einen Moment reden?«

»Klar, aber ich hab es eilig. Austin wartet vor der Schule auf mich.«

»Ich will dich nur etwas wegen Sam fragen.«

»Dafür wird sie mich hassen.« Ich grinse.

»Stimmt es, dass sie mit deinem Kumpel Trevor zusammen ist?«

»Ja.«

»Und ist das was Ernstes?«, fragt er, während wir die Eingangsstufen hinuntergehen.

»Ich weiß es nicht, Nash. Und wenn ich dir was raten soll, dann nur eins. Lass ihr ein bisschen Zeit, damit sie über alles nachdenken kann. Du hast ja gemerkt, dass sie deine plötzliche Rückkehr nicht so gut verkraftet hat.« Ich will so aufrichtig wie möglich zu ihm sein. »Und das kannst du ihr nicht ankreiden.«

»Ich weiß. Ich dachte, ich würde sie überraschen. Aber dann war sie die Einzige, die nicht vor Freude gejubelt hat, als sie mich gesehen hat.« Er senkt den Blick. »Aber ich kann sie auch verstehen. Es ist bestimmt nicht leicht für sie gewesen.«

»Ich glaube, sie ist vor allem verwirrt. Gib ihr Zeit, dann wird sie herausfinden, was sie wirklich will.«

42

»Ich verstehe immer noch nicht, warum wir hier sind. Lindsay hatte von einem Club geredet, nicht von einem Privathaus«, sagt Cloe.

Als wir in der Villa ankommen, ist kaum jemand da, also fragen wir einen Jungen, ob die Party überhaupt stattfindet. Er führt uns in den Garten.

Sam schaut sich um. »Immerhin, ein paar haben den Weg gefunden.«

Auf der anderen Seite entdecke ich Susan. »Leider die falschen, würde ich sagen.«

»Ist das da Nash?« Sam zeigt auf einen Tisch.

»He, Trevor ist auch da«, bemerke ich. Nash und er sitzen quasi nebeneinander.

»Das kann nicht sein!« Sie bleibt stehen.

Seit Tagen redet Sam weder mit dem einen noch mit dem anderen. Vermutlich ist Trevor bereits völlig mit den Nerven fertig.

Cloe ergreift Jack am Arm. »Komm lass uns abzappeln«, sagt sie und zieht ihn auf die Tanzfläche.

»O nein. Er hat mich gesehen.« Sam sprintet los.

Ich folge ihr. Was hat sie denn jetzt schon wieder?

»Sam. Warte!«

Sie wird erst langsamer, als sie weit genug von Nash und Trevor entfernt ist. In einer geschützten Ecke des Gartens setzt sie sich auf die Erde, um wieder Luft zu bekommen.

»Was hast du denn?«, frage ich und hocke mich neben sie.

»Hätte er nicht später zurückkommen können?«, seufzt sie. »Konnte er nicht warten, bis ich mich richtig in Trevor verliebt habe? Es ist, als wäre er absichtlich so früh zurückgekommen. Genau in dem Moment, als mein Leben endlich wieder gut war.«

»Sam, das hat er nicht absichtlich gemacht.« Nash wusste ja von ihrer Beziehung zu Trevor nichts. »Außerdem denke ich nicht, dass es anders gewesen wäre, wenn er später zurückgekommen wäre. Du magst Nash seit so langer Zeit, und du bist immer noch in ihn verliebt.«

Sie schweigt und starrt auf den Rasen.

»Du musst dir nur genau überlegen, wie du diese Situation bewältigen willst. Denn egal, welche Entscheidung du triffst, einem von beiden wirst du auf jeden Fall weh tun.« Ich zupfe ein paar Grashalme aus.

Sie atmet tief ein und legt den Kopf auf die Knie.

»Weißt du, was ich tun möchte?«, sagt sie schließlich. »Ich möchte weiter mit Trevor zusammen sein, aber nur damit Nash leidet. Er kann sich gar nicht vorstellen, wie weh es mir getan hat, als ich rausbekommen habe, dass er es sich aussuchen konnte, ob er geht oder bleibt. Aber wenn ich das mache, dann tue ich mir auch selbst weh. Denn die Wahrheit ist nun mal, dass ich Nash mehr als alles andere auf der Welt liebe. Und ich weiß nicht, wie lange ich es noch ohne ihn aushalte.«

Ich wusste es von Anfang an, dass sie sich so entscheiden würde. Wie sich Trevor wohl fühlen wird, wenn er erfährt, was Sam für Nash empfindet?

»Was soll ich nur tun? Ich will Trevor nicht weh tun, auch weil ich sicher bin, dass ich etwas für ihn empfinde, aber …«

»… das ist nicht vergleichbar mit dem, was du für Nash empfindest«, vollende ich ihren Satz.

»Genau. Ich weiß nicht mal, wie ich es Trevor sagen soll.«

»So wie ich ihn kenne, wird er total traurig darüber sein, aber am Ende ist er immer sehr verständnisvoll und wird deine Entscheidung akzeptieren.«

»Hier seid ihr also!« Trevor kommt mit zwei Gläsern in den Händen auf uns zu.

Sam schaut sofort zur Seite und erstarrt.

»Kann ich dich kurz sprechen, Sam?«, fragt er.

Ich begreife, dass ich überflüssig bin, und lasse die beiden allein. Wie gern wäre ich jetzt unsichtbar, damit ich sie belauschen könnte. Hoffentlich ist Sam ehrlich zu ihm.

Ich schlendere zur Party zurück und hole mir von einem Tisch etwas zu trinken. Hinter dem DJ-Pult entdecke ich Cameron, der Lindsay etwas erzählt, was sie offensichtlich überhaupt nicht interessiert. Sie schaut ständig auf ihr Glas und nickt, als wäre sie ein Roboter.

Ich würde in diesem Moment allerdings sofort mit Lindsay tauschen, ich würde so gern in seiner Nähe sein und seinen Duft riechen.

»Das ist ja meine liebste Geburtstagsgeschenkassistentin«, sagt Austin und lenkt mich von Cam ab.

»Hallo!«, sage ich und stelle das leere Glas auf einen Tisch.

»Amüsierst du dich?« Er strahlt mich an.

»Geht so, ich hätte mehr erwartet.«

»Ja, ich auch. Ich dachte, es wäre eine Party in einem Club oder so was. Mit wem bist du da?«

»Mit Sam, Cloe und Jack. Cameron hat uns hergefahren.«

»Möchtest du tanzen?«

»Gern«, sage ich und lächle.

Wir mischen uns unter die Leute und bewegen uns zum Beat der Musik. Langsam tanzt Austin zu mir heran, nimmt meine Arme und legt sie sich um den Hals. Cloe und Jack gesellen sich zu uns, und wir vier tanzen zusammen.

»Hast du Sam gesehen?«, ruft Cloe über die Musik hinweg.

»Sie redet mit Trevor.«

»Das gibt Ärger«, sagt sie und legt die Stirn in Falten.

»Ach, das wird schon«, sagt Jack und zieht sie dichter an sich heran.

Jack und Cloe sind echt ein schönes Paar. Sie sind wirklich füreinander gemacht. Wie die Dinge zwischen Cameron und mir wohl gelaufen wären, wenn wir so eine Beziehung gehabt hätten? Ich vertreibe diesen unangebrachten Gedanken mit einem Kopfschütteln.

»O nein!«, sagt Austin. Hinter mir hat er irgendjemand entdeckt.

Als ich mich umdrehe, kommt Camila auf uns zu. Sie scheint megaüble Laune zu haben. Hoffentlich nicht, weil ich mit Austin tanze.

»Wie schön, dass du nicht auf die Party gehen wolltest!«, zischt sie, während sie neben ihm stehen bleibt.

»Ich hab es mir eben anders überlegt.«

»Ach ja? So plötzlich?« Sie ist stinkesauer. Ihr Blick wandert ständig zwischen mir und Austin hin und her.

»Ja. Hast du ein Problem damit?«, sagt er.

»Ach, verpiss dich doch.« Sie dreht sich auf dem Absatz um und geht.

Austin schnaubt genervt, dann sieht er mich an. »Ich rede später mit ihr.«

»Wieso hast du ihr gesagt, dass du nicht kommst?«, frage ich, während er wieder nach meinen Händen greift.

»Seit wir uns ausgesprochen haben, tut sie nichts anderes, als mich zu stalken.«

»Das ist typisch Camila. Kann es sein, dass du noch nicht geschnallt hast, dass sie mega in dich verknallt ist?«, fragt Cloe dazwischen.

»Doch natürlich, aber ich nicht in sie.«

»Ich finde, du solltest noch mal mit ihr reden und ihr das ganz klar sagen.« Wenn er so weitermacht, wird sich Camila weiter tausend Dinge einbilden, und das ist nicht gut.

»Jedes Mal, wenn ich es versuche, bin ich immer völlig blockiert. Denn wenn ich das mache, verliere ich sie womöglich für immer. Und das will ich auch nicht.«

»Aber auf diese Weise tust du ihr noch viel mehr weh. Denn so glaubt sie weiter, dass du auch was für sie empfindest.«

»Sie weiß genau, dass ich nichts von ihr will. Das hab ich ihr schon so oft klar gemacht«, sagt er. »Okay, nicht mit Worten, aber ich glaube, ich war schon ganz eindeutig. Also, wenn dein bester Freund ständig von einem anderen Mädchen redet, was würdest du denn da denken?«

»Dass er etwas für sie empfindet«, sage ich.

»Genau. Also muss sie es doch verstehen.« Er lächelt.

Wer wohl dieses Mädchen ist, von dem er Camila die ganze Zeit erzählt? Eine Stimme in mir flüstert, dass ich das sein könnte. Nein. Ich habe ihm ganz deutlich gesagt, dass ich nichts für ihn empfinde.

»Jeder würde sofort verstehen, wer das Mädchen ist, von dem ich immer rede.« Er macht einen Schritt auf mich zu.

»Ach ja?« Mein Herz beschleunigt auf tausend.

O-oh … jetzt wäre ich lieber ganz woanders. Austin streicht mir eine Haarsträhne hinter das Ohr. Er kommt immer näher und starrt auf meine Lippen. Ich fürchte, er hat meine Botschaft nicht verstanden. Er darf mich auf gar keinen Fall küssen.

»Ähm … ich habe ziemlichen Durst, du nicht? Ich hol was zu trinken«, sage ich und lasse ihn einfach stehen.

Als ich an einem der Tische ankomme, hole ich tief Luft und versuche, wieder runterzukommen. Was habe ich verkehrt gemacht? Ich muss ihm aus dem Weg gehen und ihm noch mal klarmachen, dass wir nur Freunde sind, mehr nicht. Und wenn Trevor recht hat? Sollte ich ihm vielleicht doch eine Chance geben? Nein, oder? Solange ich in Gedanken immer noch Cameron nachhänge, kann ich mir einfach niemand anderes neben mir vorstellen. Das geht doch nicht.

Was soll ich nur tun?

43

Mathe habe ich schon immer gehasst. Doch in diesen Tagen verstehe ich dank Austin endlich mal was, und der Hass auf dieses Fach verschwindet langsam. Das kommt mir selbst sehr erstaunlich vor, aber so ist es.

Nach der letzten versemmelten Mathearbeit hat Austin angeboten, mit mir den Stoff zu wiederholen. Ich hatte ziemlich große Bedenken. Nach allem, was auf Lindsays Party vorgefallen war, fürchtete ich, dass es nur noch komplizierter würde, wenn ich die Nachmittage mit ihm verbringe. Doch dann kam mir der Gedanke, dass ein bisschen gemeinsame Zeit für uns beide vielleicht ganz gut wäre, damit wir endlich einmal unser Verhältnis zueinander klären.

Momentan ist Austin für mich ein sehr guter Freund. Und das wäre er auch, selbst wenn Cam nicht mehr in meinem Kopf herumspuken würde.

Auf jeden Fall ist er ein hervorragender Lehrer! Wenn er die Dinge erklärt, verstehe ich alles. Selbst das Lösen von quadratischen Gleichungen macht mir langsam Spaß, vor allem wenn ich meine Ergebnisse mit denen im Buch vergleiche.

»Jaaa!« Wieder eine richtige Lösung.

»Nicht schlecht!«, bemerkt Austin.

»Das verdanke ich nur meinem Lehrer.« Ich lächle, und er erwidert es.

»Okay, dann probieren wir jetzt eine schwierigere.«

Ich nicke und beginne mit dem Auflösen einer Gleichung mit drei Unbekannten.

Sein Blick ruht auf mir. Am liebsten möchte ich ihn bitten, mich nicht so anzustarren, weil mich das total ablenkt, aber ich kann nicht. Er ist so nett zu mir, und gewisse Sachen kann ich ihm einfach nicht sagen.

»Das Ergebnis ist fünfzehn«, sage ich.

Er kontrolliert im Buch das Ergebnis. »Ich habe ein Mathemonster erschaffen!« Er lacht.

»Jaaa! Machen wir eine Pause?«, frage ich.

Austin sieht irgendwie müde aus.

»Ja, gern.« Er steht vom Sofa aus und streckt sich.

»Willst du was essen?«

»Nein. Ich hab keinen Hunger.« Er setzt sich wieder neben mich.

»Zu wenig geschlafen?«, frage ich und schlage das Heft mit Sams Notizen zu. Sie hat es mir heute nach dem Unterricht geliehen.

»Ja.«

»Wieso?«

»Bei mir zu Hause ist grad ziemlich viel los. Meine Eltern müssen eine wichtige Entscheidung treffen, und ich mache mir ein bisschen Sorgen.«

»Ist es was Schlimmes oder …«

»Nein, eigentlich nicht. Das liegt an mir. Ich rege mich wegen jedem Kleinscheiß auf.« Endlich sieht er mich an und lächelt.

Er hat ein megaschönes Lächeln.

Wie wäre mein Leben wohl verlaufen, wenn ich Austin vor Cameron getroffen hätte? Vermutlich wäre alles viel einfacher gewesen.

»He, geht's dir gut?« Er sieht mich fragend an.

Ups. Da habe ich wohl etwas zu verträumt in die Gegend gekuckt.

»Äh … ja, klar. Ich habe Durst. Willst du auch was trinken?« Ich stehe vom Sofa auf.

»Nein, aber ich müsste mal auf die Toilette.«

»Im Flur letzte Tür rechts.«

Er nickt und geht aus dem Wohnzimmer, während ich in die Küche husche.

Ich ziehe mein Handy aus dem Hoodie und checke die Nachrichten. Eine SMS von Sam.

›Ab 5h bin ich zu Hause. Wenn du mir das Heft zurückgeben willst, komm vorbei. ;-)‹

Hoffentlich ist Cameron um die Zeit nicht da. Ich will ihm nicht in die Arme laufen.

Austin tritt in die Küche. »Machen wir weiter?«

Ich nicke, und wir kehren ins Wohnzimmer zurück.

»Also …« Ich setze mich aufs Sofa, schnappe mir einen Stift und fange an, Gleichungen auf ein Blatt zu schreiben.

Austin zieht sein Handy raus und macht ein Foto von mir.

»Was tust du da, bitte?« Ich versuche, ein Lächeln zu unterdrücken.

»Ein paar Fotos. Los, lächle für Snapchat!«

»Lass das, ich seh immer ganz doof aus«, sage ich und versuche vergeblich, ihm das Phone wegzunehmen.

»Du bist wunderhübsch.« Wieder richtet er das Handy auf mich.

Ein paar Sekunden halte ich still. Dann tippt er rasend schnell irgendwas auf dem Display.

Als ich mich zu ihm rüberbeuge, lese ich in einem schwarzen Balken: ›Bester Nachmittag meines Lebens! Ein Hoch auf die Mathematik und die Nachhilfe.‹

Im Hintergrund lache ich. Es ist kein gestelltes oder gezwungenes Lachen. Das ist mir schon lange nicht mehr passiert.

»Okay, jetzt machen wir noch ein Selfie zusammen«, sagt er und dreht die Handykamera um.

Sofort rücke ich von ihm ab.

»Komm schon, nur eins! Nur für mich«, sagt er und schaut mich mit einem unwiderstehlichen Hundeblick an.

Ich stöhne. »Na gut.«

Dann setze ich mich neben ihn, und wir posieren.

Kaum dass er den Knopf gedrückt hat, rutsche ich wieder von ihm weg, aber er macht weiter Fotos.

Mit einer raschen Bewegung ergattere ich sein Handy

und springe vom Sofa auf, damit er mich nicht festhalten kann.

Er verfolgt mich durch das Wohnzimmer und fleht mich an, ihm sein Phone wiederzugeben. Er ist echt schnell, daher dauert es nicht lang, bis er mich hat und meine Arme festhält. Wir lachen laut los.

Ich winde mich in seinem Griff, um freizukommen. Seit ewigen Zeiten habe ich mich nicht mehr so wohl mit jemandem gefühlt!

»Schon gut. Ich ergebe mich«, japse ich.

Austin lässt mich los, und ohne den Blick von meinen Lippen zu wenden, holt er sich das Handy wieder und steckt es in seine Hosentasche. Er schüttelt den Kopf und macht einen Schritt zurück, als hätte er gemerkt, dass er grade einen Fehler gemacht hat.

»Krieg ich doch noch was zu trinken? Nach dieser Jagd hab ich es echt nötig.« Er zwinkert mir zu.

In der Küche reiche ich ihm ein Glas Wasser.

»Also … du und Cameron, habt ihr die Sache zwischen euch endlich geregelt?«

»Nein, nicht so richtig«, gebe ich zu. »Und das wird wohl auch nicht so schnell passieren.«

Er nickt und starrt auf den Boden.

Sein Handy vibriert und kündigt eine SMS an.

»Von wem?«, frage ich neugierig.

»Von meinen Eltern«, sagt er und tippt sofort eine Antwort. »Deine Geburtstagsparty ist diesen Freitag, oder?«

»Ja, warum?«

»Also, ich weiß nicht, ob ich lang bleiben kann. Am nächsten Tag muss ich mit meinen Eltern etwas Wichtiges erledigen.«

Plötzlich scheint er irgendwie geknickt zu sein. Vermutlich liegt das an dieser Nachricht.

»Schade, aber … ist alles in Ordnung?« Ich trete zu ihm, doch er rückt etwas ab, ohne mich anzusehen.

»Ja, aber ich glaube, ich muss jetzt mal nach Hause.«

»Gut. Ich bring dich noch hinaus«, sage ich und begleite ihn zur Haustür.

»Brauchst du nicht.«

Innerhalb einer Sekunde ist auf einmal alles anders zwischen uns. Warum nur? Habe ich was Falsches gesagt?

»Bist du sauer auf mich?«, frage ich, während er die Haustür öffnet.

»Nein«, sagt er nur und geht.

»Und was hast du dann? Du bist so merkwürdig.«

Er bleibt stehen und dreht sich zu mir.

»Das ist nicht deine Schuld, Cris. Als ich auf dem Klo war, habe ich einen Anruf von meinen Eltern bekommen … es geht um die Entscheidung, die sie so lange vor sich hergeschoben haben.«

»Und?«

»Seit einer Woche versuche ich, es dir zu sagen, aber ich habe bis jetzt nicht den Mut gefunden.«

Ich versuche, mich an all die Male zu erinnern, an denen Austin mich gebeten hat, mich allein zu sprechen. Wir haben dann immer nur über mich und Cameron oder ihn und Camila geredet.

»Was ist passiert, Austin?«

»Vor zwei Wochen ist meine Mom befördert worden. Aber dafür müssen wir nach North Carolina ziehen.«

Mir fällt die Kinnlade runter.

»Der Umzug ist schon am Samstag.«

Mir fehlen die Worte. Ich trete zu ihm und umarme ihn. In nicht mal einer Woche ist er nicht mehr da.

»Ich will nicht weg, Cris. Mein Leben ist hier. Ich will die Schule fertig machen, und dann ist da noch eine Sache … die wollte ich schon seit so langer Zeit zu Ende bringen, und ich war so nahe dran …«

Er erinnert mich an meine Reaktion, als ich von unserem Umzug nach Miami erfahren habe. Cass und Trevor haben mir so dabei geholfen, und deshalb muss ich jetzt für ihn da sein und ihn trösten.

»Auch wenn ich weiß, dass es vielleicht unmöglich ist … aber ich hätte mir so sehr gewünscht zu wissen, wie es ist, dich zu küssen.« Er streichelt mein Gesicht. »Und ich glaube, jetzt ist der einzig richtige Moment dafür. Wir werden keine weitere Gelegenheit bekommen, allein zu sein. Vielleicht mache ich ja auch alles kaputt, wenn ich dir das jetzt sage, aber dann bereue ich wenigstens nichts, wenn ich die Stadt verlasse.«

Ich weiß, was er tun will, und ich habe weder die Kraft noch die Lust, ihn daran zu hindern. Er blickt immer noch auf meine Lippen. Langsam nähert er sich.

Mein Herz rast.

Seine Lippen berühren sanft die meinen, und es durchzuckt mich. Es ist nicht so heftig wie bei Cameron, aber dennoch wunderschön.

»Danke«, flüstert er und löst sich von mir.

Ich lächle ihn nur an und schaue ihm in die Augen.

»Ich glaube, das war das perfekte Abschiedsgeschenk … im Voraus«, sagt er traurig.

»Ich kann es gar nicht glauben, dass du weggehst. Ohne dich wird es nicht mehr das Gleiche sein.«

Er lächelt und sein Blick ist liebevoll. »Gib doch zu, du bist nur traurig, weil du jetzt niemanden mehr hast, der dir bei Mathe hilft«, scherzt er.

Ich muss lachen. »Kann sein.«

»Wir sehen uns morgen«, sagt er und haucht mir einen Kuss auf die Wange.

»Bis morgen.«

Mit einem traurigen Lächeln im Gesicht geht er die Auffahrt hinunter. Würde er nicht wegziehen, dann würde ich unsere Freundschaft und meine Gefühle für ihn wohl noch mal überdenken.

44

Ich habe Austin also wirklich erlaubt, mich zu küssen. Unglaublich! Warum habe ich das nur zugelassen?

Vermutlich weil er wegzieht, und ich weiß, dass er diesen Moment so lang herbeigesehnt hat. Oder vielleicht auch, weil ich es schon seit einiger Zeit selber wollte.

Verwirrt schließe ich die Haustür und gehe in die Küche. Ich muss etwas essen. In meinem Kopf läuft Austins Kuss in einer Endlosschleife. Ich würde alles dafür geben, diese Bilder wieder loszuwerden, obwohl sie zu den besten Sachen gehören, die ich in Miami je gemacht habe.

Der Blick auf die Uhr sagt mir, dass Sam schon zu Hause sein sollte. ›In 10 Minuten bin ich bei dir‹, simse ich ihr.

Ich muss ihr unbedingt das Heft wiedergeben und mich bei ihr bedanken.

Rasch hole ich den Rucksack aus meinem Zimmer, packe ihr Heft hinein und verlasse das Haus. Auf dem Weg behalte ich das Handy im Auge, ob sie mir antwortet, aber nichts tut sich.

Schon durchquere ich den Garten der Dearings und klingle. Sam öffnet mir. Sie ist ungewöhnlich fröhlich.

»Cris! Wie schön!«

»He«, sage ich und trete ein. »Ich bring dir dein Matheheft zurück! Vielen Dank dafür.«

»Gerne. Hoffentlich konntest du meine fürchterliche Schrift entziffern.«

»Deine Schrift möchte ich haben!« Meine ist viel schlimmer. Manchmal ist es so ein Geschmiere, dass ich selbst nicht mehr lesen kann, was ich eigentlich geschrieben habe.

Schritte kommen die Treppe hinunter. Hoffentlich ist es nicht Cameron. Als ich hochschaue, grinst mich Nash über das ganze Gesicht an.

»Oh, ich wollte nicht stören«, sage ich und bin plötzlich ganz verlegen. Hätte ich gewusst, dass Sam und Nash sich treffen, wäre ich nicht gekommen. Wie peinlich.

»Nein, du störst gar nicht. Wir waren gar nicht verabredet«, sagt Sam und sieht zu Nash. Er nickt.

»Ich habe Cameron nach dem Training nach Hause begleitet, und da habe ich Sam getroffen«, erklärt er.

Wieder ertönen Schritte, und schon taucht Cameron auf, in Jeans und T-Shirt, mit nassen Haaren.

»Du Hirni, du hast das ganze Shampoo auf dem Boden verteilt!«, pflaumt er Nash an, während er die Treppe hinunterkommt.

»Schon gut, Cam, ich mach das gleich weg.« Nash zwinkert mir zu. »Tschüs Cris«, sagt er und flitzt nach oben.

Plötzlich zieht der Geruch von Verbranntem in die Eingangshalle. »O nein! Das Bügeleisen!«, schreit Sam und rennt ebenfalls hoch.

»Und Gott schuf sie als Mann und Frau«, bemerkt Cameron und schaut seiner Schwester hinterher.

Okay? Ich werde aber nicht mit Cam alleine hier bleiben.

»Tja, ich muss los.« Ich drehe mich um und hoffe, dass er mich nicht aufhält.

»Nein, warte.«

O nein. Ich sehe ihn an.

»Was ist?«

»Ich muss mit dir reden. Komm.« Er ergreift meine Hand und zieht mich ins Wohnzimmer.

Schon die leichteste Berührung von ihm reicht, und es kitzelt so wunderbar in meinem ganzen Körper. Ich kann mich nicht dagegen wehren, also folge ich ihm.

Er setzt sich aufs Sofa. »Komm her«, sagt er.

»Nein, ich stehe lieber.«

Er zuckt mit den Schultern und steht wieder auf, bleibt aber auf Sicherheitsabstand, die Hände in den Hosentaschen.

»Cris, bitte hör mir zu. In den vergangenen Wochen bin ich fast verrückt geworden, wir können einfach nicht so weitermachen. Ich muss ununterbrochen an dich denken! Den ganzen Tag frage ich mich, was du gesagt oder gemacht hättest, oder was geschehen würde, wenn du bei mir wärst. Ich bin süchtig nach dir. So was ist mir echt noch nicht passiert. Und wenn du an Charly denkst, dann sollst du wissen, dass das, was ich für sie empfunden habe, nichts war im Vergleich zu dem, was ich für dich empfinde. Diese blöde Trennung hat mir klargemacht, dass du das Einzige bist, was ich in meinem Leben brauche. Klar haben wir viele Fehler gemacht, aber wir zwei sind füreinander gemacht, Cris. Das weißt du auch, darauf könnte ich schwören. Denn trotz allem lieben wir uns noch und wissen beide, dass das auch für die Zukunft gilt.« Er macht einen Schritt auf mich zu.

Mir rinnt eine Träne über die Wange. »Was willst du mir damit sagen, Cameron?«

»O je, wein doch nicht«, sagt er und streicht sanft die Träne von meiner Wange. »Ich will sagen, dass ich dich liebe und nicht auf dich verzichten will, für nichts auf der Welt. Du wirfst mir vor, dass ich nicht ehrlich war ... und das stimmt. Ich habe dich belogen, aber das habe ich gemacht, um dich zu beschützen. Doch jetzt erst verstehe ich, dass das falsch war. Denn dadurch habe ich dein Vertrauen verloren. Und auch wenn ich meine Fehler nicht wieder rückgängig machen kann, kann ich dir doch zumindest versprechen, dass ich mich ändern werde. Wenn du mir noch eine Chance gibst. Denn ich will nicht ohne dich leben, Cris.« Er umfasst mein Gesicht mit beiden Händen und schaut mir in die Augen.

Plötzlich fühle ich mich so schrecklich schuldig wegen Austin. Das darf ich Cam auf keinen Fall verheimlichen.

Langsam nähert er sich und will mich küssen, doch ich stoppe ihn, wenige Zentimeter vor meinen Lippen.

»Wa... was?«, fragt er verwirrt.

»Warte ...« Ich atme tief ein und mache einen Schritt

zurück. »Was ich dir jetzt sage, wird vielleicht alles zerstören, aber es ist nur fair, dass du es erfährst.«

»Sag.«

»Bevor ich herkam … ich habe den Nachmittag mit Austin verbracht, weil er mir bei Mathe geholfen hat. Dann kam der Moment, als er aufbrach, und da hat er mir gesagt, dass er wegzieht …« Ich verstumme.

»Und?«

»Und … ich glaube, eben wegen dieser Sache, habe ich ihm erlaubt, mich zu küssen.«

Sofort sieht Cam weg.

»Es tut mir leid. Aber ich dachte, ich muss es dir sagen.«

Er muss es wissen. Ich kann ihn ja nicht bitten ehrlich zu sein, wenn ich es selbst nicht bin.

Er sieht mich wieder an und scheint nicht mal sauer zu sein.

»Und was hast du empfunden, als er dich … also, du weißt schon.«

»Nichts.« *Nichts im Vergleich zu dem, was ich empfinde, wenn du mich küsst.*

»Dann muss ich dir auch etwas beichten«, sagt er und kratzt sich im Nacken. »Es ist eigentlich nichts passiert … Aber wenn ich ehrlich sein soll, muss ich dir auch so eine unwichtige Sache wie diese erzählen. Heute Nachmittag nach dem Training hat Lindsay mich besucht, und während wir geredet haben, hat sie versucht, mich zu küssen.«

Eifersucht kriecht in mir hoch, doch ich verjage sie und bleibe ruhig.

»Aber ich habe sie sofort weggeschoben, denn ich empfinde nichts für sie.«

Wir schweigen für eine Weile.

»Bist du sauer?«, fragt er dann.

»Nein, natürlich nicht. Und du?«, frage ich.

Er tritt zu mir und umfasst meine Taille. »Wie kann ich auf dich sauer sein? Klar, ich sollte es, weil es sich immer noch um Miller handelt, aber du fehlst mir viel zu sehr, um dich wieder fortzustoßen. Außerdem ist es cool, dass er fortzieht! Dann sind wir keine Rivalen mehr.«

Ich lächle und seufze erleichtert. Sanft lege ich meine Hände auf seine Schultern, und sein Lächeln wird immer breiter.

»Austin war nie dein Rivale. Denk bitte dran, ich bin nicht Charly«, sage ich, und er nickt.

»Ich weiß, Kleines, ich weiß.« Langsam nähert er sich meinen Lippen und küsst mich.

Er hat mir so unendlich gefehlt. »Und du machst mich wirklich ganz verrückt, Cam«, sage ich. »Bis vor ein paar Minuten hätte ich schwören können, ich reiß dir den Kopf ab, und jetzt will ich nur noch mit dir zusammen sein.«

»Ich liebe dich«, flüstert er und gibt mir noch einen Kuss. »Du bist meine Welt.«

45

Heute steht endlich mal wieder ein alternatives Programm auf dem Lehrplan. Wir besuchen den Monkey Jungle, einen großen Naturpark. Dort leben etwa vierhundert Affen dreißig verschiedener Arten, von denen viele vom Aussterben bedroht sind. Nach Meinung der Lehrer soll dieser Ausflug eine Art Entdeckungsreise in eine unbekannte Welt für uns sein.

»Wo sind denn Caniff und Dearing?«, ruft der Biologielehrer, während wir vor dem Bus warten.

»Taylor kommt schon wieder zu spät«, bemerkt Cloe und checkt ihr Handy.

»Manchmal glaube ich, er macht das absichtlich.« Sam kichert.

»Nein, der ist wirklich so schusselig! Er kommt ständig zu spät und vergisst immer alles«, sagt Nash. »Aber er ist trotzdem ein cooler Typ.«

Das stimmt. Taylor bringt einfach alle immer wieder zum Lachen. Er wirkt zwar oberflächlich und gedankenlos, aber wenn es drauf ankommt, kann er sehr einfühlsam und verständnisvoll sein. Er ist einfach großartig.

In diesem Moment kommt er angerannt und schnauft, als wäre er einen Marathon gelaufen.

Wenig später taucht auch Cameron auf. Gemächlich schlendert er zum Bus. Es scheint ihn überhaupt nicht zu interessieren, dass er zu spät ist. Ich muss kichern.

Gestern haben wir den Abend zusammen verbracht, haben gelacht und uns durch das Fernsehprogramm gezappt und darüber abgelästert. Ich hatte selten so viel Spaß.

Als er mich entdeckt, lächelt er. Ich laufe zu ihm, und kaum dass ich in seinen Armen liege, sind alle anderen um uns herum verschwunden. Auf dieser Welt existieren nur noch er und ich. Niemand sonst. Und das ist das Einzige, was für mich zählt.

»Guten Morgen, Kleines.«

Hach, dieses Lächeln hat mir so gefehlt. Blitzartig versorgt es mich mit der nötigen Energie für den Tag.

Ich löse mich von seinen Lippen. »Guten Morgen.«

»Miss Evans und Mr Dearing! Heben Sie sich Ihr Geturtel für zu Hause auf«, meckert der Lehrer.

Cam stöhnt. »Ich hasse ihn.«

»Komm, gehen wir.« Ich nehme ihn an der Hand, und wir steigen in den Bus.

Sam winkt uns zu sich. Zum Glück hat sie uns zwei Plätze reserviert. Ich setze mich neben sie, während Cam sich hinter uns zu Nash hockt.

»Wo ist Cloe?«, frage ich Sam.

»Vor uns, mit Jack.«

Als hätte sie uns gehört, dreht sie sich zu uns um und zwinkert mir zu. »Wann wolltest du es mir sagen?«

»Es *uns* sagen«, verbessert Sam sie.

»Ich hätte es euch schon noch gesagt.«

»Sicher! Vermutlich während wir irgendwelche komische Pflanzen bestimmen«, spottet Cloe.

»Also seid ihr wieder zusammen?«, fragt Sam.

»Ja.«

»Wirklich?«, fragt jemand von der anderen Seite des Ganges.

Da sitzen Trevor und Taylor nebeneinander.

Ich nicke. Hoffentlich denkt Trevor jetzt nicht schlecht von mir. Er ist ja eigentlich dagegen, dass ich mich mit Cameron versöhne. Aber es ist nun mal mein Leben, und ich muss allein entscheiden, was richtig für mich ist. Wenn es dieses Mal wieder nicht klappt, gehe ich zu ihm und gestehe ihm, dass er recht hatte und dass ich dumm war. Aber vorerst will ich mein Glück einfach nur genießen.

»Wann wolltest du es mir sagen? Ich dachte, ich wäre dein bester Freund.« Trevor hört sich richtig beleidigt an.

Was haben die nur heute alle?

»Ich wollte es dir im Bus sagen«, erwidere ich.

»Und warum hast du es nicht getan?«

»Ich bin doch grad erst eingestiegen, Trevor.«

Er schnaubt und starrt nach vorn, als wäre er wütend auf mich. Das kann doch echt nicht sein Ernst sein! Doch nicht wegen so einer Kleinigkeit!

»Seit wann seid ihr wieder zusammen?«, schreit Taylor über den Krach der anderen hinweg.

»Gestern Nachmittag haben wir uns ausgesprochen.«

»Was war gestern Nachmittag?«, kreischt es von den hinteren Sitzen. Susan starrt mich neugierig an.

Na, das war ja klar!

»Sie sind wieder zusammen!«, erklärt Taylor ihr.

Susan steht auf und kommt zu mir. »Und was ist aus der Rothaarigen geworden?«, fragt sie erschüttert.

»Mit Lindsay ist nie was gelaufen«, sagt Cameron, der von dieser ganzen Aufregung ziemlich genervt zu sein scheint. »Susan, verschwinde einfach, dann ist der Tag für alle gleich viel schöner!«, sagt er und starrt auf sein Handy.

Susan schnappt wie ein Fisch auf dem Trockenen, dann kehrt sie an ihren Platz zurück. Dieser letzte Satz war aber auch echt fies.

»Und was ist mit Austin?«, fragt Sam.

Von dem Kuss gestern kann ich ihr einfach nichts erzählen. Das war ein Fehler, und ich weiß gar nicht, wie ich mich ihm gegenüber heute verhalten soll. Zum Glück sitzt er im zweiten Bus.

»Gut«, sage ich nur. »Und mit Nash, was ist da?«

Gestern haben Cam und ich überhaupt nicht gemerkt, dass die beiden plötzlich verschwunden waren. Sie haben sich klammheimlich aus dem Haus geschlichen.

»Wir haben alles geklärt.«

»Also seid ihr wieder zusammen?«

»In gewisser Weise … Wir wollen es aber langsam angehen lassen, denn wir haben beide ziemlich gelitten. Und wir finden es besser, uns ganz in Ruhe noch mal anzunähern. Ohne Hektik«, sagt sie lächelnd. »Auch wenn das ganz schön hart wird.«

Das ist bestimmt nicht leicht mit einem Menschen, den man liebt. So wie ich sie kenne, werden sie sich vermutlich nicht lange an diese Abmachung halten.

Im Naturpark umfängt uns zunächst ein kleines Stück tropischer Regenwald. Ein grünes Blättermeer umgibt uns, Vögel kreischen hoch oben in den Baumkronen, kleine Affen hangeln sich durch die Äste.

Botanik und Biologie haben mich eigentlich noch nie so richtig interessiert, aber diese grüne Pracht und diese geschickten Tiere aus der Nähe anzuschauen, ist wirklich faszinierend.

»Was ist das denn? Wieso ist das hier so matschig?«, fragt Susan ganz angewidert.

Ich muss kichern. Sie hat mal wieder ihren eigenen Kopf. Trotz der deutlichen Anweisung des Lehrers, was die Wahl der Klamotten angeht – sie sollten bequem sein und Arme und Beine bedecken – trägt Susan ein Ensemble aus Shorts und kurzem Tanktop. Die Mücken umschwirren sie bereits, und sie zappelt unablässig herum, um sie zu verscheuchen. Ohne Erfolg.

»Gut, Leute, auf dieser Seite sehen wir nun eine weitere, sehr interessante Pflanze, die *Caesalpinia sappan*«, sagt der Parkranger, und alle strömen in seine Richtung. »Sie gehört zu der Familie der Hülsenfrüchtler. Wie ihr leicht erkennen könnt, gibt es an dieser Pflanze viele Besonderheiten.«

Austin lächelt mir zu, doch dann verdüstert sich sein Blick.

»Alles klar?«, flüstere ich, um die anderen nicht zu stören.

»Ja ... nur ... du bist nicht etwa sauer auf mich wegen gestern, oder?« Er zupft eines der tropischen Blätter ab.

»Nein, überhaupt nicht! Alles ist gut.« Ich lächle, um ihn zu trösten.

»Gut, jetzt teilen euch die Lehrer in Zweierteams ein, und ihr bestimmt die Pflanzen«, erklärt der Parkranger.

»Tun Sie sich bitte mit der Person zusammen, die neben ihnen steht«, sagt der Biolehrer. Offensichtlich ist er nicht besonders wild darauf, sich um die Aufteilung einen Kopf zu machen.

Austin und ich lächeln uns an, dann setzen wir uns an einen Tisch, auf dem Mikroskope stehen.

»Ich habe überhaupt keine Lust umzuziehen. Miami wird mir verdammt fehlen«, sagt er.

»Musst du wirklich schon Samstagmorgen fahren?«

»Leider ja.«

»Tja, sieh es doch mal positiv. Dann bist du Susan endlich los.«

Er kichert, kaum dass ich es gesagt habe. »Das ist aber auch der einzige Vorteil. Alles andere ist einfach nur blöd.

Mein Basketballteam wird mir fehlen, außerdem Alex, Robin, Camila, du und sogar das Gezicke mit Dearing.« Er lächelt. »Ich hoffe, dass ich ab und zu nach Miami zu Besuch kommen und dich treffen kann.«

Vor meinem inneren Auge sehe ich wieder mich selbst, wie ich Trevor und Cass von meinem Umzug erzähle.

»Du wirst uns alle wiedersehen, da bin ich mir ganz sicher.« Ich lächle ihm zu, und er erwidert es.

Auf ein Mal tritt Cameron zu uns und stellt sich neben Austin.

»Ach, wie süß … Aber jetzt verschwinde, okay? Ich muss mit *meiner* Freundin sprechen«, sagt er und betont ›meiner‹ völlig übertrieben.

Austin sieht mich verwirrt an, dann steht er auf und geht. Mist, ich wollte nicht, dass er so von unserer Versöhnung erfährt!

Cameron setzt sich, und ich sehe ihn schräg an.

»Was ist?«, fragt er.

»Kannst du dich nicht einmal normal verhalten und nett zu ihm sein? Tu's für mich. Er ist nur noch drei Tage da, und dann siehst du ihn nie wieder.«

»Das kann ich nicht«, sagt er total tiefenentspannt.

»Gut, alle haben einen Platz«, verkündet der Ranger. »Dann untersucht jetzt bitte das Präparat, dass ihr im Mikroskop vor euch findet.«

Ich beuge mich über das Gerät und schaue hindurch. Aus diesem grünen Brei sollen wir eine Pflanzenart bestimmen?

»Freitag hast du Geburtstag, nicht wahr?«, fragt mich Cam, während er auf einem Blatt Notizen macht.

Sobald er aufs Lernen konzentriert ist, finde ich ihn noch viel faszinierender. Dann ist er nicht mehr cool und eingebildet, sondern wirklich an etwas interessiert.

»Cris?« Er schaut mich an und wedelt mit der Hand vor meinem Gesicht.

»Äh … was? Ja!« Ich kehre auf die Erde zurück.

»Und das heißt, dass du Freitag feierst?«

»Ja, warum?«

»Um wie viel Uhr soll ich dich abholen?«

»Tja, das weiß ich noch nicht.« Ich weiß nämlich selbst noch überhaupt nichts über meine eigene Party. Darum kümmern sich Trevor, Mama und Kate, und die haben noch nichts erzählt.

»Und wo feierst du?«

»In der Sporthalle der Schule.«

»Dort kann man sehr gut feiern, aber da passieren ständig merkwürdige Dinge.« Er runzelt die Stirn. »Könntet ihr nicht eine andere Location finden?«

»Ich glaube nicht, vor allem jetzt nicht mehr. Es ist schon alles organisiert. Wo ist denn das Problem?«, frage ich neugierig. »Wir feiern doch nicht zum ersten Mal in der Sporthalle.«

»Kein Problem. Ich finde nur, du hättest was Besseres verdient als so eine deprimierende Turnhalle.« Er lächelt.

»Mir reicht es … außerdem wollte ich eigentlich gar nicht feiern.«

»Wieso das denn?«

»Ich weiß nicht … ich hab so eine merkwürdige Vorahnung. Aber das ist bestimmt nur so ein Gefühl«, sage ich.

Er nickt, ohne mich anzusehen. Es ist, als wäre er in diesem Augenblick gar nicht hier.

Die Besichtigung des Parks mit seinen so besonderen Pflanzen und den freilaufenden Affen dauert bis in den Nachmittag. Cameron sagt die ganze Zeit kein Wort mehr, selbst im Bus ist er still. Er scheint über irgendetwas nachzudenken, und das macht mich doch ein bisschen nervös.

46

Die Gewissheit, dass zwischen mir und Cameron alles wieder wie vorher ist, verleiht mir heute Morgen die Kraft zum Aufstehen. Einen schöneren Gedanken am Morgen gibt es wirklich nicht!

Voller Schwung mache ich mich fertig und verlasse das Haus. Ich setze den Kopfhörer auf und *Can't Stop the Feeling* von Justin Timberlake stimmt mich gleich noch eine Runde fröhlicher. Ich hüpfe die Straße entlang, und als ich an der Schule ankomme, parkt Cameron gerade. Ich renne zu ihm und falle ihm um den Hals. Zwischen all den Küssen, mit denen ich ihn überhäufe, erkenne ich, dass er lächelt.

»Wir haben heute aber gute Laune!«, sagt er und legt die Hände auf meine Hüften. Dann lehnt er sich an sein Auto und zieht mich an sich.

»Wieso auch nicht, wo wir wieder zusammen sind?«

Er streicht mir eine Haarsträhne aus der Stirn. »Ich habe dein Lächeln am Morgen vermisst.«

Ich küsse ihn noch mal. »Lass uns reingehen, ich muss noch was erledigen«, sage ich und ziehe ihn ins Schulgebäude.

Während wir gehen, löst er seine Hand aus meiner und legt mir stattdessen den Arm um die Schultern.

Susan starrt uns an, dann zerdrückt sie einen Pappbecher, so dass ihr Kaffee auf den Boden platscht. Sie lässt den Becher fallen und kommt auf uns zu. Jedenfalls will sie das, doch im selben Moment rutscht sie auf der Kaffeepfütze aus und geht zu Boden.

Die Schüler um sie herum brechen in Gelächter aus, doch ihre Freundinnen helfen ihr sofort wieder auf. Sie wirft mir einen hasserfüllten Blick zu und verschwindet in der Toilette.

»Cameron, wir haben keine Zeit! Beweg dich«, ruft Cloe ihm zu und fuchtelt wild mit den Armen.

»Was habt ihr vor?«, frage ich.

»Das erzähle ich dir später«, sagt er und drückt mir einen raschen Kuss auf die Lippen.

Erstaunt bleibe ich im Korridor stehen, während Cameron mit Cloe davonhastet. Nur ihre Schwester Charly kann der Grund sein, warum sie so aufgeregt ist. Vermutlich hat diese Hektik was mit dem Verdacht gegen Susan zu tun.

Sie haben nun schon so lange gewartet, etwas zu unternehmen, und können es vermutlich jetzt nicht mehr herauszögern.

Ich gehe in den Englischraum, aber der Lehrer ist noch nicht da.

Cameron und die anderen stehen um einen Tisch herum und scheinen über etwas Wichtiges zu sprechen.

Ich trete zu ihnen, um mich in ihr Gespräch einzuklinken, als Sam sagt: »Ich glaube, das ist nicht richtig. Wir haben nur ein Foto und eine Augenzeugin, aber noch lange nicht die Gewissheit, dass sie es wirklich war! Wir bräuchten viel stichhaltigere Beweise, um ganz sicher zu sein.«

»Worüber redet ihr?«, frage ich.

Alle schweigen ein paar Sekunden, und ich kapiere sofort, worum es geht.

»Wir überlegen grade, wie wir die Sache mit Charly lösen. Nicht alle sind dafür, das Foto von Susans Auto zur Polizei zu bringen«, erklärt Cloe, wobei sie Sam wütend anfunkelt.

»Nein, ich bin tatsächlich nicht dafür. Das ist doch echt nur ein doofes Foto von einem doofen Auto. Man sieht nicht mal, wer fährt«, erwidert Sam.

»Aber das ist doch logisch, dass sie das war. Wer hätte den sonst den Schlüssel von Susans Karre haben können, wenn nicht sie?«, sagt Cameron.

»Cris, was denkst du denn?«, fragt Sam. Vermutlich hofft sie, dass ich auf ihrer Seite stehe.

Aber ich finde es vernünftig, mit dem Foto zur Polizei zu gehen, auch wenn man den Fahrer nicht erkennen kann.

»Sam, bitte entschuldige, aber ich finde, Cloe und Cameron haben recht. Die Polizei sollte dieses Foto haben. Vielleicht ist es kein Beweis, aber es könnte nützliche Informationen enthalten, die die Untersuchung von Charlys

Tod neu beleben. Vielleicht kann die Polizei es irgendwie analysieren und etwas daraus machen. Möglicherweise erkennen die ja sogar den Fahrer … auch wenn die Antwort eigentlich klar ist.«

Wir alle wissen, dass Susan zu so etwas fähig wäre, da sie nicht gerade der ausgeglichenste Mensch ist und leicht austickt.

»Jetzt fehlt nur noch Austins Meinung«, sagt Sam.

Na, der hat vermutlich gerade ganz andere Sorgen.

»Und meine«, bemerkt Nash. »Ich denke, Sam hat recht. Wir brauchen andere Beweise, damit die Polizei uns nicht auslacht.«

»Dann warten wir noch mal die Mittagspause ab und hören, was Miller dazu zu sagen hat«, schlägt Cameron vor und geht an seinen Platz.

Der Tag vergeht in Windeseile.

In der Mittagspause erklärt Austin, dass er mit Cameron und Cloe einer Meinung ist, was die Polizei angeht. Vermutlich wollte er die beiden nur so schnell wie möglich wieder loswerden. Diese Geschichte ist für ihn einfach nicht mehr wichtig, das hat mir seine Reaktion deutlich verraten.

»An was denkst du?«, fragt mich Cameron ein paar Stunden nach Schulschluss, während wir bei mir im Wohnzimmer auf dem Sofa liegen.

Nach dem Unterricht hat er mich nach Hause gefahren, und wir chillen ein bisschen.

»An nichts Wichtiges«, sage ich und konzentriere mich wieder auf den Film, den wir schauen. Ich erinnere mich nicht mal an den Titel. Cameron hat ihn ausgesucht und geschworen, dass er romantisch ist.

Er nimmt mein Gesicht in beide Hände, damit ich ihm in die Augen schaue. »Du weißt, dass du nichts vor mir verbergen kannst«, sagt er.

»Ich dachte an Susan. Wenn sie rausfinden, dass sie es wirklich war, dann sperren sie sie ein. Trotz allem täte mir das irgendwie leid für sie«, erkläre ich und kuschle mich in seine Arme.

»Ja, es wäre schon merkwürdig, wenn sie nicht mehr da wäre.« Er spielt mit einer meiner Haarsträhnen. »Aber wenn die Sache so abgelaufen ist, wie wir denken, dann ist es richtig. Susan braucht Hilfe, sonst verletzt sie womöglich noch jemand anderen, und das dürfen wir nicht zulassen.«

»Ja, ich weiß, Cam. Aber obwohl sie so fies zu mir war und obwohl ich überzeugt bin, dass sie am Steuer ihres Autos gesessen hat, kann ich irgendwie nicht glauben, dass sie ihrer besten Freundin wirklich etwas antun wollte.«

»Und genau dafür liebe ich dich, Cris! Du siehst immer auch das Gute in den anderen. Allerdings denke ich, dass es bei Susan verkehrt ist. Sie ist nicht so einfühlsam und verständnisvoll, wie du glaubst.«

»Kann sein! Möglicherweise hast du recht, Cam. Aber irgendetwas stimmt da immer noch nicht …«

47

In den vergangenen zwei Tagen war Cameron so verständnisvoll wie noch nie. Er hat keine blöden Kommentare abgelassen oder war genervt, wenn ich gesagt habe, dass ich noch ein bisschen Zeit mit Austin verbringen will.

Austin wird mir wirklich fehlen, darum will ich mich von ihm in der wenigen Zeit, die uns noch bleibt, gebührend verabschieden.

Vor zwei Tagen haben alle zusammen der Polizei das Foto übergeben, das in der Nacht von Charlys Tod entstanden ist, und Lindsay hat ihre Zeugenaussage gemacht. Keiner von uns weiß, was gleich danach passiert ist oder was demnächst noch geschehen wird, sicher aber ist, dass Susan gestern nicht in der Schule war.

Am Nachmittag verbreitete sich das Gerücht, dass sie von der Polizei befragt und festgehalten wird, und dass wir sie für eine Weile nicht mehr sehen.

Es wird seltsam sein, ihr nicht mehr zu begegnen. Denn jetzt gibt es niemanden mehr, der mich beschimpft oder mir böse Blicke zuwirft, sobald ich mit Cameron irgendwo auftauche.

Bereits gestern habe ich ihr Fehlen deutlich gespürt. Ihre Freundinnen saßen total deprimiert auf ihren Plätzen, ohne einen Ton zu sagen. Die standen vermutlich noch unter Schock.

Endlich zwinge ich mich aufzustehen, auch wenn ich in diesem Augenblick viel lieber im Bett bleiben würde.

Da heute mein Geburtstag ist, werde ich mich mal etwas schicker anziehen. Ich hole eine Bluse aus dem Kleiderschrank und lege sie aufs Bett.

Das Fenster ist offen, und die Gardinen bewegen sich sanft im Wind. Seltsam. Ich bin mir ganz sicher, dass ich es zugemacht habe. Als ich es schließen will, bemerke ich auf dem Fensterbrett eine rote Schachtel mit einer lila Blüte. Ein Lächeln huscht über mein Gesicht.

Ich setze mich aufs Bett und lese, was auf dem beigefügten Kärtchen steht. ›Herzlichen Glückwunsch, Kleines. Ich liebe dich. Cameron‹

Während ich das Geschenk auspacke, läuft mir eine Träne die Wange hinunter. In der Schachtel liegt ein Kettchen mit einem Anhänger: ein goldenes Herz, auf dem ›C+C‹ eingraviert ist.

Unglaublich! Cameron ist wirklich heute Morgen hier vorbeigeschlichen und hat mir diesen kleinen Schatz dagelassen. Er hätte mich ruhig wecken können, dann hätte ich mich gleich bedankt.

Ich lege mir die Kette um und schaue in den Spiegel: Sie ist so zauberhaft!

Mein Handy vibriert, und ich schaue nach, wer es ist.

›Glückwunsch, Kleines. Hoffe, du magst das Geschenk. Ich kann dich nicht zur Schule bringen, hab noch 1 Termin. Wir sehen uns da. ILD. Cam‹

Schöner hätte der Tag überhaupt nicht beginnen können. Ich kann es kaum erwarten, ihn in der Schule endlich zu umarmen. Rasch ziehe ich mich an. Im Wohnzimmer überhäufen mich Mama, Papa und Kate mit Glückwünschen und Geschenken.

Nachdem ich alles ausgepackt, bewundert und mit meiner Familie gefrühstückt habe, mache ich mich auf zur Schule. Ich brauche nicht lange, und schon auf dem Parkplatz erkenne ich Camerons Wagen. Drinnen gehe ich noch rasch zu meinem Spind und hole die nötigen Bücher.

»Glückwunsch, Cris!«, sagt ein Mädchen aus meinem Spanischkurs.

»Danke!« Ich lächele, und sie geht weiter.

Was ich an Geburtstagen gar nicht mag, ist, dass ich dann immer so im Mittelpunkt stehe. Das ist das Lästigste überhaupt auf der Welt. Wenn ich an die Party heute Abend denke, wird mir schon ganz übel. Das wird so peinlich, wenn alle mir ein Ständchen bringen, und ich nur so dastehen kann wie eine Bekloppte. Ich weiß nie, wo ich hinschauen oder was ich machen soll.

Meine Eltern und Kate haben in den vergangenen zwei Tagen von nichts anderem geredet als von der Party.

»Das wird mega«, hat Kate immer wieder gesagt.

Was soll nur so anders sein als an den anderen Geburtstagen? Siebzehn ist ein völlig normales Alter, sechzehn ist doch viel wichtiger! Vergangenes Jahr hätte ich aufgeregt sein sollen.

Ich verschließe gerade meinen Schrank, als mir jemand von hinten die Augen zuhält. »Wer bin ich?«

»Trevor«, sage ich.

»Happyyyy Birthdaaay to youuuu!«, singt er, und ich falle ihm um den Hals.

Es ist so großartig, dass ich dieses Jahr meinen Geburtstag mit ihm zusammen feiern kann. Ich darf nur nicht daran denken, wie schön es gewesen wäre, wenn auch Cass … Dann wären wir nach der Schule an einen besonderen Ort gefahren und hätten auf unsere Art gefeiert. Wo meine Freundin jetzt wohl gerade ist? Sie wäre glücklich gewesen, dass Trevor und ich wieder vereint sind. Sie fehlt mir so unendlich.

»Wie fühlt man sich mit einem Jahr mehr auf dem Buckel?«, scherzt er.

»Genauso wie gestern.«

Wir gehen zu unserem Raum.

»Bist du bereit für heute Abend?«

»Ja! Kate und meine Eltern reden schon die ganze Woche von nichts anderem mehr. Ich verstehe nicht, was so besonders an diesem Geburtstag ist.«

»Es ist dein erster Geburtstag in Miami, und der sollte für immer unvergesslich sein!«

Sein Handy klingelt. Trevor bleibt mitten auf dem Korridor stehen und liest die Nachricht.

»Alles klar?«, frage ich.

»Ähm … ja … es ist nur … äh … könntest du mich zum Getränkeautomaten begleiten? Ich … äh … brauche noch einen Tee.«

»Die Stunde fängt gleich an. Ich will nicht zu spät kommen.«

»Das dauert doch nur eine Sekunde. Los, komm schon«, sagt er, ergreift meine Hand und zieht mich mit sich. Er rennt fast, und ich komme kaum hinterher. Was hat er denn? Hier stimmt doch irgendwas nicht.

»Halt«, sage ich und bleibe stehen. Ich mache mich von ihm frei. »Seit wann trinkst du Tee?«

Er flucht leise und tritt dann wieder zu mir. »Hab ich Tee gesagt? Ich meinte Kaffee!«

Er lügt ganz offensichtlich.

»Trevor, willst du mich auf den Arm nehmen?«

»Wenn ich Ja sage, bist du dann sauer?« Er fährt sich durch die Haare.

»Trevor! Was soll denn das?«

Er will etwas sagen, doch da bimmelt sein Handy wieder.

»Nicht so wichtig. Komm, gehen wir in den Unterricht.« Er lächelt und nimmt meine Hand.

»Aber erst erklärst du mir, was das grade sollte!«

»Das wirst du gleich sehen.« Er zwinkert mir zu, und wir gehen zu unserem Raum.

Ich hasse es, wenn er mir etwas vormacht. Hoffentlich hatte er einen guten Grund dafür.

Die Tür von unserem Raum ist schon geschlossen.

Merkwürdig, der Unterricht hat doch noch gar nicht angefangen, oder?

»Na, toll, jetzt sind wir doch zu spät. Danke, Trevor!«, sage ich genervt, aber er kichert nur.

Ich klopfe, niemand antwortet.

»Geh einfach rein.« Trevor stößt die Tür mit einem Ruck auf.

Jetzt ist er also endgültig verrückt geworden.

Als die Tür sich öffnet, sehe ich, dass der Stuhl am Lehrertisch leer ist, und als ich den ersten Schritt hinein mache, singen alle ›Happy Birthday‹ aus vollem Hals.

Meine Freunde stehen in einer Ecke und halten ein riesiges Plakat in den Händen. ›Happy Birthday, Cris!‹ steht darauf. Außerdem haben sie lauter Fotos von uns daraufgeklebt.

Wie schön! Jetzt verstehe ich auch Trevors merkwürdiges Verhalten.

Der Einzige, der in der Runde fehlt, ist Cameron. Vielleicht hat er heute Morgen wirklich etwas anderes zu tun.

Das Lied ist zu Ende, und irgendjemand hält mir die Augen zu.

»Rate, wer ich bin«, sagt eine samtige Stimme neben meinem Ohr.

»Cam?«, frage ich, obwohl ich seine Stimme unter Tausenden erkennen würde. Ich drehe mich um, und er küsst mich. »Herzlichen Glückwunsch, Kleines«, flüstert er. »Hoffentlich hat dir das Geschenk gefallen.«

»Es ist wunderschön«, sage ich und fahre mit den Fingern an meinem Hals entlang, damit er sieht, dass ich es trage.

»Äh … ähm …« Cloe räuspert sich laut. »Wir sind auch noch da.«

Ich lächle und umarme sie. Dann kommen alle anderen an die Reihe.

»Oh, sieh mal, da ist ja schon eine Falte!« Taylor zeigt auf meine Stirn.

Lachend knuffe ich ihn in den Arm.

»Ich freue mich so auf heute Abend«, sagt Sam und umarmt mich noch mal.

»Miamis Partys haben mir echt gefehlt«, sagt Nash und seufzt.

48

»Meinst du, ich kann so gehen?«, frage ich Kate zum tausendsten Mal. Ich trage ein trägerloses petrolfarbenes Cocktailkleid aus Taft. Der breite Saum des weiten Rocks umspielt meine Knie. Dazu trage ich hohe Riemchensandalen im gleichen Farbton.

Gleich holt Trevor mich ab und begleitet mich zu meiner Geburtstagsparty, und ich will absolut perfekt aussehen, wenigstens heute Abend.

Cameron hat meinen Eltern angeboten, beim Aufbauen in der Sporthalle zu helfen. Also ist er schon dort.

»Ja, fehlt nur noch ein Krönchen, dann würdest du wie eine Prinzessin aussehen«, sagt Kate.

Ihr Gesichtsausdruck verrät mir, dass sie das vollkommen ernst meint.

»Ach, spinn nicht rum. Aber trotzdem danke.«

»Ich wollte dich bloß aufheitern! Du freust dich irgendwie gar nicht richtig. Du gehst doch nicht auf eine Beerdigung, sondern auf deine Party.« Sie tritt zu mir und zupft die Rückseite meines Kleides glatt.

»Ich weiß nicht. Da … ist so ein Gefühl, als ob … irgendetwas passieren würde … Ich kann das gar nicht erklären«, stottere ich. Tief in mir drin bin ich unruhig, aber weiß überhaupt nicht, warum.

Es klingelt an der Tür, und Kate macht auf. »Wir müssen los! Trevor ist da. Du willst doch nicht etwa zu deiner eigenen Party zu spät kommen«, ruft sie.

Ich nehme meine Clutch, werfe einen letzten Blick in den Spiegel, dann gehen wir.

Seit Tagen bereiten meine Eltern dieses Fest vor, also sollte ich zumindest so tun, als wäre ich happy, trotz dieser merkwürdigen Ahnung.

Trevor wartet im Garten auf uns. Er ist sehr elegant gekleidet und strahlt wie ein Teddybär.

»Du siehst großartig aus«, sagt er, als ich vor ihm stehe. Mit einem Lächeln küsst er mir die Hand.

Ich muss über diese altmodische Geste lachen.

»Erlauben Sie mir, Sie zum Wagen zu begleiten?« Er deutet eine Verbeugung an.

»Mit Vergnügen, mein Herr.« Ich kichere.

Und auch er lacht.

Vor der Schule reicht Trevor mir seinen Arm, und ich hake mich bei ihm ein. So kann ich auf den High Heels auch viel besser laufen. Ich hasse diese Dinger, aber Cloe hat darauf bestanden, dass ich sie anziehe.

Im Schulgebäude ist es ganz still, wir durchqueren die Korridore zur Sporthalle. Alles wirkt wie auf einem Raumschiff in einer fernen Galaxie. Sollten wir nicht schon längst die Musik hören? Und die Stimmen der Gäste?

»Kann es sein, dass sie doch im letzten Moment den Ort noch gewechselt haben?«, frage ich besorgt.

Trevor und Kate schweigen.

Da kommt ein Junge die Treppe herunter.

»Nash?« Er trägt einen Pyjama!

»Cris, was machst du denn um diese Uhrzeit hier? Du weißt, dass du hier nicht sein darfst«, sagt er ernst.

»Aber heute Abend ist doch die Party«, erklärt Trevor.

»Die Direktorin hat alles im letzten Moment abgesagt. Wisst ihr das etwa nicht?« Er zieht erstaunt die Augenbrauen hoch.

»Cameron und die anderen sind schon vor einer Stunde hergefahren. Wo sind die denn?«

»Vermutlich sind sie wieder nach Hause zurück«, sagt Nash.

»Aber wie kann denn das sein?« Kate schaut mich mit ängstlichem Blick an.

»Sie hätten uns doch Bescheid gesagt.«

»O nein! Ich seh grad, dass ich zehn verpasste Anrufe von deiner Mutter habe!« Trevor starrt auf sein Phone.

»Wenn ihr mir nicht glaubt, dann schaut ruhig nach. Die Sporthalle ist leer«, entgegnet Nash.

»Nein, schon gut«, erwidere ich. »Ich glaub dir ja. Ich bin bloß ziemlich enttäuscht.« Auch wenn ich keine große Lust auf die Party hatte, tut es mir schrecklich leid, dass all die Arbeit von Mama und Papa umsonst war. Sie haben sich so viel Mühe mit dem Fest gegeben, um alles bis ins kleinste Detail zu organisieren. Das ist schon schade.

»Sicher?«, fragt Nash.

»Ähm … klar, ich vertrau dir.«

»Ich nicht«, sagt Trevor. »Das will ich mit eigenen Augen sehen.« Er lächelt und zieht mich mit sich.

Hm … das ist alles viel zu merkwürdig. Vielleicht verheimlichen sie mir etwas.

Vor der Sporthalle grinst Nash mich megabreit an. Kate geht ihm voraus und reißt die Tür auf.

Hunderte bunte Luftballons, farbige Lichtkegel und die Klänge von Steve Wonders *Happy Birthday* empfangen mich. An der Wand hängt ein riesiges Poster mit der Aufschrift ›Danke, dass es dich gibt und du unser Leben verschönerst!‹. Alle meine Freunde haben darauf unterschrieben.

Wow!

Nur mit Mühe kann ich die Tränen zurückhalten, während meine Eltern mich umarmen.

»Gefällt es dir?« Papa zeigt auf den Saal.

»Es ist fantastisch!«

»Du musst dich bei deinen Freunden bedanken. Sie haben alle heute Nachmittag mitgeholfen«, erklärt Mama.

»Wo sind sie denn? Ich seh sie gar nicht.« Ich schaue mich um.

»Vorhin standen sie noch alle am Büfett. Sie wollten checken, ob mit dem Essen und den Getränken alles in Ordnung ist.«

Ich dränge mich durch die vielen Gäste, die bereits tanzen.

Neben einem Tisch unterhalten sich Robin und Alex mit Camila.

»Da ist ja das Geburtstagskind!«, sagt sie.

Keine Ahnung, ob sie froh ist, mich zu sehen. Egal, ich habe Wichtigeres zu tun.

Robin und Alex kommen und gratulieren mir.

»Also, Cris, was sagst du?«

»Es ist wunderschön!«

»Möchtest du was trinken?«

»Äh, jetzt nicht, danke. Ich suche Cam und die anderen. Aber ich kann sie nirgends finden.«

»Vor ein paar Minuten waren sie noch hier. Aber ich weiß nicht, wo sie hin sind«, sagt Camila.

»Na, dann suche ich einfach mal weiter.« Ich lächle und durchquere die buntgeschmückte Sporthalle.

Endlich entdecke ich Sam und die anderen. Sie scheinen mich auch zu suchen.

»Herzlichen Glückwunsch!!!«, kreischt Sam und umarmt mich.

Wir beide haben dieses Jahr wirklich viel durchgemacht. Aber am Ende haben wir alles überstanden! Ich habe so ein Glück, dass sie meine beste Freundin ist.

Ich umarme Taylor, Cloe, Jack und Lindsay. Gemeinsam haben sie dafür gesorgt, dass ich mich in dieser Stadt immer mehr zu Hause fühle. Ich schaue in die Runde und bin glücklich: Die richtigen Leute sind bei mir und feiern.

Sie sind diejenigen, die meinem Leben Wärme und Spaß schenken.

»Danke euch allen! Ich kann gar nicht glauben, dass ihr das alles für mich auf die Beine gestellt habt!«

»Für meine beste Freundin ist das grade gut genug.« Sam lächelt, und Cloe funkelt sie böse an.

»Für *unsere* beste Freundin«, korrigiert sie Sam.

Ich lache.

»Jetzt muss ich wohl mal alle anderen begrüßen. Wir sehen uns gleich.« Ich winke in die Runde und wende mich den übrigen Gästen zu.

In Wirklichkeit wünsche ich mir gerade nichts sehnlicher, als Cam zu finden und mich in seinen Arm zu kuscheln.

Unglaublich viele Leute gratulieren mir, dann endlich entdecke ich ihn.

Die bunten Luftballons schweben um ihn herum, er ist in rotes Glitzerlicht getaucht und schaut sich um, vermutlich sucht er mich. Da breitet sich ein verführerisches Lächeln über seinem Gesicht aus. Er hat mich gesehen. Seine Augen blitzen. Das ist das Schönste, was ich je erlebt habe.

Ich laufe zu ihm. Niemand kann sich meine Erleichterung vorstellen, als er seine Hände auf meine Hüften legt und mit seinen verheißungsvollen Augen auf meine Lippen schaut.

»Guten Abend, meine Prinzessin«, scherzt er.

»Guten Abend, mein Prinz.« Ich recke mich zu ihm

und drücke ihm einen kleinen Kuss auf den Mund. »Bist du schon lange da?«

»Seit einer Weile. Ich konnte ja Sam und die anderen nicht alles allein machen lassen. Dann wären sie nie fertig geworden.« Er lächelt und zieht mich auf die Tanzfläche.

»Es ist so wunderschön!«, sage ich und drücke ihm noch einen Kuss auf die Wange.

»Und es ist alles nur für dich, Kleines.«

Ich bin so megaglücklich! Endlich habe ich den richtigen Menschen gefunden!

»Ich liebe dich«, sagt er plötzlich.

»Ich liebe dich auch, Cam.«

Er küsst mich langsam. Wie in Zeitlupe. Mit seinen weichen Lippen macht er mich völlig verrückt, und das weiß er genau.

»Entschuldigung, darf ich mal?«, fragt jemand neben mir.

Austin steht mit ausgestreckter Hand da. Er schaut Cameron an. Das verspricht nichts Gutes.

»Aber nur, weil du bald weit weg bist«, knurrt Cameron.

Austin nimmt meine Hand, und gemeinsam tanzen wir in die Mitte des Saals. Er wirbelt mich herum, dann zieht er mich an sich.

»Tolle Party.« Er lächelt.

»Ja nicht? Sie haben das alles so perfekt organisiert.«

Ich lege mein Kinn auf seine Schulter, so dass ich genau sehen kann, wie Cameron zu Cloe, Sam und Lindsay geht.

Alle vier sehen irgendwie besorgt aus … Ob was passiert ist?

»Also, du und Cameron, ihr seid wieder zusammen?«, flüstert er in mein Ohr.

»Ja«, sage ich nur. Ich will mit ihm nicht darüber reden, schon gar nicht heute, an unserem letzten Abend, den wir zusammen verbringen.

»Die Wahl ist also wieder auf ihn gefallen.«

Ich rücke ein Stück von ihm ab. Er lächelt gequält. »Austin, es tut mir leid …« Ich bleibe stehen.

»Kein Problem.« Er zieht mich wieder an sich, so dass wir weiter tanzen. »Ich weiß nicht, was du und Charly an ihm finden, und ich will es auch gar nicht wissen. Aber ich bin glücklich, dass ich dich getroffen habe. Du bist eine großartige Freundin. Nur eines möchte ich gern wissen.«

»Was?«

»Wenn Cameron nicht gewesen wäre, glaubst du, dass es dann anders gelaufen wäre? Ich meine, mit dir und mir.«

»Das werden wir nie wissen, Austin. Vielleicht wären wir zusammengekommen, vielleicht auch nicht. Wer kann das schon sagen?«

Wir schweigen eine Zeitlang. Die Musik spricht an unserer Stelle, während wir weiter Arm in Arm tanzen.

»Es war ein hartes Jahr, aber es war schön, es mit dir verbracht zu haben.«

»Ebenso«, sage ich.

»Höre nie auf die anderen. Du bist überhaupt nicht wie Charly! Du … bist anders.«

»Ich weiß.«

Denn ich habe Cameron immer geliebt, und ich hatte nie Zweifel an dem, was ich für ihn empfinde.

»Wir sehen uns später, Cris.« Er drückt mir einen zarten Kuss auf die Stirn und geht.

Den ganzen Abend feiere ich ausgelassen mit meinen Gästen. Wir tanzen und singen, bis sich Hunger und Müdigkeit bemerkbar machen.

»Ich hätte nie gedacht, dass ich so einen Spaß haben könnte!« Erschöpft, aber glücklich lasse ich mich auf einen Stuhl fallen.

»Siehst du, Cris! Ich hab es dir doch gesagt«, meint Cloe.

Sie hat wirklich immer recht gehabt, daran gibt es überhaupt keine Zweifel mehr.

»Ach herrje!«, ruft Sam.

Ich sehe in ihre Richtung. Matt und Trevor kommen auf uns zu.

»Glückwunsch, Cris!« Matt umarmt mich.

»Danke dir.« Ich zwinge mich zu einem Lächeln.

Er wendet sich an Sam und Cloe: »Respekt! Das habt ihr echt cool organisiert.«

»Ich dachte schon, ich hätte dich verloren.« Trevor kichert. »Es sind zu viele Leute hier.«

»Es sollten eigentlich viel mehr sein«, bemerkt Sam.

»Ey, Leute!«, schreit Lindsay und rennt auf uns zu.

»Was ist?«, frage ich, als sie keuchend bei uns ankommt.

»Susan ist vor eine halben Stunde wieder freigelassen worden.«

»Was?«, rufen wir wie aus einem Mund.

»Wie es scheint, hat die Polizei festgestellt, dass sie nicht am Steuer des Autos gesessen hat, das Charly angefahren hat«, erklärt sie in einem Zug.

Das kann ich nicht glauben.

»Und wer war es dann?«, fragt Trevor.

»Das weiß ich nicht. Meine Eltern konnten mir nur das sagen.«

»Wir müssen das sofort Cameron erzählen«, erwidert Cloe.

»Ich suche ihn«, sage ich und stehe auf.

»Ich komme mit. Wo hast du ihn zuletzt gesehen?«, fragt Trevor.

»Vor fünf Minuten stand er mit Camila am Büfett«, antwortet Lindsay.

Wir schieben uns durch die Menge und gelangen schließlich zu Camila.

»He, Leute, was geht ab?«

»Hast du Cameron gesehen?«

»Ja, er ist rausgegangen.« Sie sieht verwundert von einem zum anderen. »Ist was passiert?«

»Nein«, sagt Trevor.

Wir verlassen die Sporthalle und gehen auf den Hof, aber von Cameron ist nichts zu sehen.

»Wo zum Teufel steckt er nur?«, frage ich und bleibe kurz stehen.

»Vielleicht ist er auf der anderen Seite der Schule. Ich seh mal nach.« Lindsay läuft los.

Wir suchen den Parkplatz ab. Schließlich zieht Trevor sein Handy hervor.

»Warum habe ich hier jetzt verdammt noch mal kein Netz?« Er fuchtelt mit dem Teil in der Luft rum, auf der Suche nach Empfang.

»Du musst ein Stück von der Sporthalle weg. Hier gibt es kein Netz«, sage ich. »Geh weiter da rüber.«

»Okay.« Trevor entfernt sich.

Ich kann immer noch nicht glauben, dass Susan unschuldig sein soll. Wenn sie Charly nicht umgebracht hat, wer war es dann?

Ich sehe Trevor hinterher, aber er ist mittlerweile verschwunden. Wo ist er denn jetzt? Langsam macht mir dieser Ort Angst.

Ich drehe mich um, als ein Auto mit Höchstgeschwindigkeit angerast kommt.

Auf mich zu.

Die Reifen quietschen.

Die Farbe des Jeeps ist unverwechselbar.

Hinter der Windschutzscheibe erkenne ich die grünen Augen des Fahrers und seinen mörderischen Blick.

Warum tut er das? Ich dachte, ich könnte ihm vertrauen!

Ich renne los, obwohl ich genau weiß, dass ich keine Chance habe.

Die Geschichte von Charly wiederholt sich, dröhnt es in meinem Kopf. Sie hatten recht … aber ich hätte nicht gedacht, dass der Mörder ausgerechnet …

»Neiiiin!« Das ist Trevors Stimme.

Ein mächtiger Schlag wirft mich zu Boden.

Und alles wird schwarz.

Finde in »Mein Dilemma bist du! Aber wir lieben uns« heraus, wie es mit Cris und Cameron weitergeht! Wie wird sie den Unfall überstehen? Eins ist jedenfalls sicher: Im dritten Band der dramatischen Geschichte wird sich herausstellen, wer Cris' wahre Freunde sind und in wem sie sich bitter getäuscht hat!

Verpasst, wie alles begann? In »Mein Dilemma bist du! Aber ich denke nur an dich« treffen sich Cris und Cameron zum allerersten Mal – und das ist ganz und gar nicht Liebe auf den ersten Blick, oder doch?